索伦兄弟

袁也 著

SON OF THE UNIVERSE

之

宇宙之子

本故事纯属虚构，如有雷同，纯属巧合

華中科技大學出版社
http://www.hustp.com
中国·武汉

图书在版编目（CIP）数据

索伦兄弟之宇宙之子 / 袁也著. -- 武汉 : 华中科技大学出版社, 2020.12

ISBN 978-7-5680-5762-2

Ⅰ. ①索…　Ⅱ. ①袁…　Ⅲ. ①幻想小说—中国—当代　Ⅳ. ①I247.5

中国版本图书馆CIP数据核字（2020）第134462号

索伦兄弟之宇宙之子

Suolun Xiongdi zhi Yuzhou zhi Zi

袁也　著

策划编辑： 郭善珊
责任编辑： 李　静
封面设计： 李　宁
责任校对： 聂　聪
责任监印： 朱　玢
出版发行： 华中科技大学出版社（中国 · 武汉）　电话：（027）81321913
武汉市东湖新技术开发区华工科技园　邮编：430223
录　　排： 北京欣怡文化有限公司
印　　刷： 北京富泰印刷有限责任公司
开　　本： 787mm × 1092mm　1/32
印　　张： 9.625
字　　数： 140千字
版　　次： 2020年12月第1版第1次印刷
定　　价： 39.00元

華中出版

目　录

楔子

银河系的索伦星球上，物种发生了全面的进化。植物的基因以最优的排列组合形成了植物完全进化的诺威大地，矿石的进化表现在以地表和地心由曜能石构成的辉耀大地，而这一切均来自索伦星球的继承人权柄上的“曜原石”。索伦星球为夺回“曜原石”对地球发动了一场战争……

传说“曜原石”落入了地球，新的宇宙之子即将诞生。而“曜原石”落入地球后，索伦星球的钻石大面积地变成土块和泥沙，植物的生长也在退化，这激怒了辉耀女王雪莉，她发誓要去地球找到宇宙之子，找回“曜原石”……

壹　贫民窟的头号玩家

宇宙之初

新的星体在这里诞生，从未曾见过，
旋涡里的空气将演变成一个新的太阳系
在一个年轻的太阳周围形成
星云具有创造生命的必须元素
气体和灰尘在这里采集以创造新的星体
更令人惊奇的是，在猎户星云的中心
显示出一个蓝晶的星体孕育所
生命将在这里产生……

一个声音叙述着诗一般古老的关于星球诞生的秘密，这声音遥远而浑厚。而在亿万年前，一个崭新的星球，在一团混着蓝紫色的云雾状的星云旋涡中诞生了……

我的名字叫古馨，我已经老得记不清自己的年龄。我在一场毁灭性的浩劫中幸免于难。而生、老、病、死乃自然轮回，这个世界终将过去，花必凋零，草必枯干，在这世界实在是没有什么永恒长久之物。如果没有遇到他们，我只是个行走江湖的游医而已，是卡索和卡伦两兄弟，给我的生命重新注入了活力。我很想陪伴他们成长，可对于垂垂老矣的我来说，已是生命中可望而不可及之事。

新年的钟声敲响了，仿佛在撬动大地，每一个撞击都是警示……

我今生中最宝贵的财富，便是在荒漠中遇到了这对兄弟。我还记得第一次见到两兄弟的样子，那一年，卡索七岁，怀抱着刚出生不久的弟弟，从顷刻间化为灰烬的村庄里爬出来，顶着满头满脸的尘土。这两兄弟竟然能在地球这场浩劫中奇迹般地活下来！多年以后，回想起两兄弟存活于荒漠的这一幕，我才意识到，这两个孩子的来历并没有那么简单。

星历 823 年，地球的时代早已过去了……

风裹挟着黄沙，卷曲着形成旋涡，扬起了沙尘。在瓦砾间蜷缩的蜥蜴一动不动，像是雕塑一般，只是偶尔用它粉红色的舌头舔舔眼珠。一望无际的荒漠里建造着几排集装箱似的临时房子，几平方米的空间里却隐藏着另一个更大的世界。

天死一样沉寂。昨夜的风让漫无边际的沙丘拖着集装箱，又移动了一百米。集装箱内传来竞技的格斗声，这些远离现实的孩子，正在虚拟现实中的雪山攀岩。

扑面而来的冷空气，让卡索不禁打了一个寒战。卡索刚带上头盔，便立即置身于白雪皑皑的冰山中。

卡索刚一出现在游戏赛场上，整个赛区便如沸腾了一般。要知道在“雪域之峰”虚拟游戏的排行榜上，“本杰明”这个名字从来都没有下过前三。“本杰明”是卡索在游戏中的代号，他平常不在线，除了在游戏中完成一些必要的交易外，卡索从不与人多攀谈一句。但只要他一出现在游戏赛场上，便会引起千万粉丝们的关注。

“快看，本杰明上线了！”一个游戏玩家第一个发现了本杰明在雪山中的身影，兴奋地摘下了虚拟游戏头盔，长吸了一口气。

“我也看到他了，我和他在一个赛区耶！”另一个玩家在玻璃房里跳跃起来。

“听说本杰明从不花钱在装备上，我倒要见识一下，他有什么三头六臂。”一个在虚拟现实中穿着蓝麟甲的玩家，紧跟着本杰明身后进入了比赛等候区。

卡索从不花一分钱在装备上，白手起家到成为“雪域之峰”中最富有的人之一，这让他成为虚拟游戏中的传说。他一头漆黑的头发，衣饰极简单，这反而让卡索具有极高的辨识度。卡索过五关斩六将渐渐成了游戏江湖中神秘的高手！关于他的身份，人们有各种不同的猜测。

卡索刚一上线，就引发了上万条的议论。为了集中精力，卡索关闭了所有对话窗口，专注于分析关底对手。

“今天这场本杰明斗‘百目妖’大战，大家可以一饱眼福了。”观战区的主持人拿起了话筒，“这将是本月最精彩的决战！”

主持人的话刚传出去，不同赛区的游戏玩家便纷纷退出游戏，纷纷休战，围观本杰明的比赛。

观战区的虚拟大厅里，在射灯照射下不时出现新的玩家，没多久大厅里便挤满了人。

“本杰明这家伙半个月都没有出现了，总算等到了！”一个身披红色披风的玩家说。

从不在这游戏世界中逗留的卡索，总是来无影去无踪，引得众人好奇不已。

“看本杰明在游戏里过关，比自己过关还过瘾！”一个抱着满怀的爆米花的家伙说道。听说可以看本杰明大战‘百目妖’，他激动得把爆米花扬了一地。

“本杰明要决战‘百目妖’？好！我们下一场雪域之峰见！”一个身穿贵重的蓝麟甲战衣的玩家，用低沉的声音说道。他关注本杰明已有半年之久，发现本杰明一般打完擂台就会立即回到自己的主战场上。这一场本杰明的主战场就是“雪域之峰”。

每周游戏公司都会推出一个游戏擂台赛，有很多奖品产生。本期的擂台挑战赛的对象就是传说中凶恶的“百目妖”。

“哇！本杰明出场了，快看！”一群女孩兴奋地尖叫着。

“本杰明好酷，从不回应粉丝的热情。我就是喜欢他的酷，这才是本杰明呢！”另一个赛区的粉丝的热情被本杰明的出场点燃。

粉红色的“百目妖”开始作怪，赛区内的玩家被纷纷打落。

“小心，后面！”一个衣着背后印着“本杰明”头像的女孩尖叫着，“小心‘百目妖’！竟然敢从后面偷袭本杰明！太卑鄙了！”

“本杰明一个闪电般地躲闪后，又转身一个漂亮的回旋踢！”游戏中出现了一位主持人来主持战局。

“身手还真是不错！”看着大屏幕上卡索厮杀的身影，一个低沉声音说，“本杰明，我倒是想见见你本人。”

而生活的悖谬之处在于，你越不关心尘世的美好和成功，它们对你来说反而越变得唾手可得。卡索对虚拟游戏世界的名利毫无兴致，然而他却早已盛名在外。作为卡索的师父——古馨，从卡索七岁起便开始教他功夫，而他在虚拟游戏里的所能展示的不过冰山一角。不出半年，卡索从一个白丁成为享誉全球的头号玩家。

不负众望，卡索在十分钟内险胜“百目妖”，点燃了观战厅内人们的激情。中央看台戴墨镜的男人所坐座位空了，现场一片混乱。星际 823 年的地球，人们已经不再关注现实的体育运动，都转而投身于虚拟世界的各种大赛。这热火朝天的游戏，就像往日地球上盛极一时的世界杯一样受人瞩目。

现实中的卡索带着虚拟头盔在玻璃房里翻转着。他穿着一件洗得发白的灰色带帽衫，裤子已经磨损得破了洞，鞋子上沾满了泥泞。谁能想到这个在游戏世界里鼎鼎大名的本杰明，一直生活在地球最贫困的角落——蓝顿大地。

卡索在消失半个月后，突然回到游戏中，还是延续了以往的风格，快速转战，不做丝毫停留。他面无表情地在集装箱的小房子前长吁一口气，等待游戏转场。趁着这会儿，他转动脖颈，简单放松了一下肌肉，继续带上虚拟眼镜，随着小房子的灯光熄灭，卡索进入了白茫茫的极地冰雪世界。

“好冷！”卡索往双手中间呼出一口气，立即飘出一团白色的空气。卡索看到屏幕下方显示这里的温度是零下五十度。他一低头，发现自己竟然是挂在悬崖的半山腰上的，腰间只有一条细细的银丝系在山上的一颗铆钉上。一阵风吹来，卡索感到脸上如刀割般的刺痛，他顿时变得异常清醒，虽然这只是虚拟现实游戏，但如果没有在“雪域之峰”做好防护措施，人也一样会在这虚拟的世界里冻僵，哪怕现实中身体还是正常的温度，但脑神经会接收到冻僵的信号，身体一样会进入沉睡状态。

这虚拟现实逼真得简直让人难辨现实与虚幻。

一只飞鸟呼啸而来，卡索眯着眼睛，一瞬间以为自己眼花了，远处成千上万的飞鸟铺天盖地地飞过来，遮蔽了半个天日，它们惊慌失措地四处乱飞。卡索立即收紧腰间的绳索，攀岩上了雪山的半山腰，在山腰间的夹缝中刚站稳脚跟，便看见黑压压的群鸟像一大片黑云般铺天盖地地向雪山移动，飞鸟的速度极快，不一会儿，这群鸟便接近了卡索。无数震动的翅膀扑向卡索，卡索一时间抵挡不住，被群鸟缠住，脚下一滑，随着乱石，坠入万丈深渊……

混乱中，卡索用力抓住一条生长在峭壁上的藤蔓，这让卡索并没有像其他玩家一样跌落谷底。卡索用嘴叼住一把刀子，右手紧紧拉住藤蔓，左手将刀子深深扎进了石缝，将自己固定在峭壁间，然后，纵身一跃在不远处的矮松旁站稳。这时，卡索才长吁了一口气。

此时，卡索的身后赶上来一位身材魁梧的男孩儿，这男孩儿穿着一身蓝光战袍，一头橘红色的头发极为亮眼。男孩儿似乎丝毫不在意悬崖的陡峭，一群飞鸟疾驰而过，他从身后射出利剑，飞鸟被命中，纷纷掉落谷底。这穿蓝光战袍的少年企图挑战卡索在游戏玩家中的名次，便有意在卡索面前显示技能和装备，以闪电的速度超过了卡索，并斜着目光不屑地回头瞄了一眼落后在山腰上的卡索，而正当他得意地直立起身子，在垂直的悬崖上行走，引得周围人惊叹时，山顶突然发出轰隆隆的地震般的巨响。

是雪崩！突然，无数雪球自上而下滚落下来，整个山体似乎要崩塌了。穿着蓝色战袍的男孩儿冲在最前面，很快消失在雪球中。卡索倒吸一口凉气，“雪域之巅”的关底难道就没有解了？游戏就这样结束了？要知道，每个“雪域之峰”的选手，都是用了至少半年的时间才抵达关底的。

卡索镇静地点开脖子上的按钮放下头罩，启动了秒表。滴答声响了起来，卡索开始测算雪崩的距离和他最后剩下的时间。他迅速撤退，急速下山。

而现实中，卡索在玻璃房内，身体悬空，身上贴着金属片，金属片连着数条金属线，看上去很像被绳索牵动的玩偶。游戏中其他的少年则在不同的玻璃房内，连着同样的金属线。游戏中雪崩，让很多人惊恐地大叫在半空翻滚跌落。

嘟嘟嘟……五秒倒计时开始，雪崩距离自己越来越近，眼看就在头顶，这是最后五秒钟了！卡索屏住呼吸，环视四周，玩家们或者被巨大的雪块击落，或是自己跳山坠崖。卡索用最后两秒时间抽出绳索和悬钩，在最后一秒，他瞥见了身旁正在逃命的巨鸟。卡索眼前一亮，瞬间他找到了通关的秘笈，是飞鸟！卡索用尽了全身的力气向半空一跃，在雪崩坍塌下来之前，他用绳索系住了这大鸟。雪崩瞬间把整座山都掩埋掉了，连同所有的探险者。当游戏玻璃室内，玩家们都哀声兴叹之时，卡索正驭风而行，他站在大鸟的背上，驶向雪域之峰。转眼间，卡索已踏上“雪域之巅”的疆土，摘下峰顶飘浮在空中的雪莲。

“怎么会这样！”蓝麟甲摘下虚拟头盔，将头盔狠狠地扔在地上。

“雪域之峰”的游戏结束了，卡索成了“雪域之峰”的王者！星耀城的豪华大厅中反复播放着刚才卡索纵身一跃的视频，引来一群人围观。

虚拟游戏公司的总裁都不得不终止会议，全体观看“本杰明的战况直播”。

“查查这个本杰明来自地球哪个区域。”坐在会议主席台的人也注意到了这个引起游戏界轩然大波的卡索。

“来自蓝顿大地，主席。”一个头发散发蓝光的女孩说，“蓝顿大地……那是地球上堆放最多垃圾的地方。那里竟然能出一个‘王者’？”

卡索从现实中醒来，他来不及关注众多“雪域之巅”游戏粉丝送给他的礼物和赞美，他不停地看着时间，迅速点击屏幕，看见自己的游戏账户中多出三十万雪域虚拟金币的奖金。

玻璃房突然投射出一个虚拟的服务员，他礼貌地对卡索说：“本杰明先生您好，雪域之峰的领主，我是星耀公司的服务人员，欢迎选择虚拟现实的任意服务：环游世界、角色体验、穿越时空、饕餮美食、兑换现金、世纪超市等。请问您需要星耀公司为您提供哪些服务？”

屏幕环游世界的菜单下面是一个短视频体验，任何玩家都可以根据自己的经验值换取游历全球的服务；角色体验的内容更加丰富，只是带上一个虚拟头盔的事；穿越时空的虚拟现实体验价钱极其昂贵，但有人就是愿意一直续费生活在虚拟的古代王朝里，坐拥天下。卡索毫不犹豫地点击了“NO”。

“星耀”科技集团的虚拟游戏最吸引人的一点便是：虚拟现实中获得的金币不仅可以和现实中的货币进行同等兑换，还可以立即获得超乎想象的各种身体、感官的体验，当然也可以直接换取现实中的任何物品。目前，“星耀”虚拟科技集团的产品已经遍布全球，它让人在虚拟世界过上更加真实的生活，人们可以在家办公，实现了全球虚拟现实化的生活。虚拟和现实之间的差距越来越小。

“欢迎您使用星耀公司出品的‘雪域之峰’虚拟现实游戏，星耀公司承诺，虚拟现实游戏中所得的所有奖金都可以与现实货币通用，请您收好这三万现金。谢谢您的惠顾！将您的想象变为现实，星耀公司竭诚为您服务。”游戏中的语音提醒后，现金直接从虚拟游戏设备中输出，卡索兑换了三万元的现金，然后点击进入了超市，很快，苹果、蔬菜等新鲜食物源源不断地流入卡索的黑袋子里，一会儿工夫，卡索的袋子已经鼓得装不下任何东西了。

卡索正要离开，投射在房间的服务人员突然出现：“本杰明先生，您好！恭喜您成为‘雪域之峰’的领主，您将拥有一张VIP星耀酒店贵宾卡，星耀公司随时欢迎您的到来，并隆重邀请您来到星际城，参加建成星耀公司十周年纪念宴会，宴会期间所有区域领主都将欢聚一堂，共享盛宴。您此次行程的所有费用将由星耀公司全程提供，还诚挚邀请您的家人同行，来宾均有意外奖品相送。请问您需要订立即通往星际城的专用飞机及宴会门票吗？”

“是的！”卡索不假思索地回答。

“谢谢您的惠顾，将您的想象变为现实，星耀公司竭诚为您服务。”卡索手里瞬间多出了一张透明的 VIP 卡。

卡索看着手表上的时间，时间刚刚好。他将帽衫上的帽子戴起来，背起黑袋子，快速地从游戏玻璃房中出来。一转身便看到三个高个子男孩围过来，把卡索拦在路中央，三个高个子男孩一起向卡索慢慢逼近。

卡索紧紧抱住怀中的黑袋子。他想绕过这三个高个子男孩，却没那么容易。卡索判断得没错，这几个围住卡索的人在刚才的游戏中输了，这胖男孩便是游戏中跑在最前面的穿着蓝光战袍的玩家，他观察卡索很久了，一直想一睹卡索的真容，这时再看卡索，发现卡索和游戏中差不多，看不出有什么特别的地方。

“嘿！你就是本杰明？大家找了你好久了，没想到‘雪域之峰’的领主竟然在被沙化了的蓝顿大漠里生活，在这么荒芜的地方，难怪你从不买新装备，他们都在背后议论你是因为实力太强，不需要装备，哈哈，看来，是因为你买不起好装备吧？蓝顿大漠出一个区域领主，天哪，这怎么可能呢？”

蓝顿大漠是整个地球最贫瘠的地方，垃圾堆成山，方圆几千里寸草不生，都是沙化的荒漠，据说这里以前是海洋，但沧海桑田，谁能预料到海洋也会被垃圾填满，久而久之变为一片荒漠呢？这胖男孩为了找到卡索，颇费了一些心思，他不为别的，为的是卡索领主的位置。当他定位到卡索在大漠里时，就下决心要劫卡索一道。要知道蓝顿大漠几乎是地球的盲区，无人管辖，很多孩子在这里失踪了都无人知晓。几个高个子男孩相视笑了笑，“像你这样一个在贫民窟里勉强生活的穷小子，雪域之主这个 ID 对于你没多大意义，不如让给我们领主。”

卡索看出来者不善，索性摊开双手说：“你说得没错，对我来说，‘雪域之峰’的领主对我没有太大意义，不如让给你。可是，就算你在游戏中成了本杰明，但只要你一出手，还是会被认出来，是吧，蓝麟甲？”

胖男孩儿没想到卡索竟然能认出自己游戏中的身份。对于卡索来说，这样重视装备，花大笔钱买蓝麟甲的只有眼前这个胖男孩儿能做得出来。

“你敢羞辱我？你知道我是谁吗？我出生于星际大地，我父亲就是星耀虚拟游戏公司的股东之一，你们这些玩家走到哪里也逃不出我的手心。”

“没有谁有任何权利掌控他人，你自己在游戏中判断失误，不总结教训，下回只能输得更惨。”卡索淡淡地说。

胖男孩儿说不过卡索，便扯住卡索的黑袋子想抢过去。几个高个子男孩儿也早做好了准备，他们拿出录像机，准备暴打卡索一顿，再将视频发布到网络上。如果能把本杰明的真人视频发布到网络上，他们想不成名都难。想想看，如果大家看到本杰明真人的狼狈模样，谁还会把他当作偶像一样崇拜！

这几个男孩儿显然打错了主意！

胖男孩儿意想不到的是，卡索虽然看上去一副文质彬彬的文弱书生模样，却很有力量。卡索用力一拽，胖男孩“嗖”地腾空而起，正好摔在几个高个子男孩身上，几人跌成一团。胖男孩刚才在和卡索近距离接触的时候，感到了一阵气流的涌动，现在光看着卡索那双眼睛就让他感到一阵颤抖。

“你，你会功夫！”

胖男孩儿刚要站起身，突然听见一个稚嫩的声音喊着：“哥，看剑！”

他们回头看去，只见一个穿着红色帽衫，帽子遮住头的矮个子男孩儿站在雪域英雄塑像肩膀上，还摆着一个帅酷的姿势，这让在场的人都吓了一跳！

卡索一看就认出了是弟弟卡伦，不由“扑哧”一笑！

别看卡伦七八岁，个子不高，看起来比实际年龄还要小一些，但手脚十分麻利。他迅速把盾牌后面的剑拿下来，扔给了卡索。卡索故意像骑士一样夸张地比画着利剑，将剑尖直指胖男孩的眉心，胖男孩的嚣张气焰立即全无，吓得瘫坐在地上，周围几个男孩一看前面的人倒地，一个个慌里慌张的，不敢上前。卡索趁机带着卡伦往门外跑去。

几个男孩反应过来，追了出去，只见门外有几个保安在不远处来回巡逻，只好放缓脚步，眼睁睁看着两兄弟离开。卡索在离开前，将那只轻薄如纸的塑料剑扔在地上。

门刚打开，一阵狂风咆哮，门外是无尽的荒漠，几个小集装箱在沙漠中就像沙砾一样渺小，但这一排集装箱里的保安们，却沉浸在一场激烈的沙滩美女虚拟排球赛中，喝着啤酒，听着劲爆的音乐，带着标注着英文“star”的头盔享受着在虚拟现实中的乐趣。

集装箱外面的沙尘却让人难以呼吸。卡索和卡伦带上氧气面罩，艰难地在沙漠中穿行，直到在休息站找到了一辆送货的货车。趁着货车开动的瞬间，两人钻进了封闭的后备厢里。还好刚才有惊无险，他们摘下面罩，不约而同地笑出了声。卡伦今年有七岁了，但看上去只有五六岁大，显得十分瘦弱，他挽着哥哥的胳膊，稚嫩的小脸上闪着光芒。两人相互依偎着在货车的废旧物品堆里仰面朝天躺下，就像躺在广袤的原野上一样自在。

“嘿，哥，今天是我救了你！”卡伦露出了无比骄傲的神情，“我厉害吧！”

“你最厉害！我的小英雄！”卡索揉了揉卡伦的头发，从袋子里掏出一个红苹果递给卡伦。

“是苹果？”卡伦眼睛里闪着光，“真的是——苹果！”卡伦兴奋地把小鼻子凑上去，果香四溢。在荒漠里，能吃上这样新鲜的水果可不容易，卡伦已经一年没见过苹果了。拿起苹果在身上蹭了蹭，“咔嚓，咔嚓！”货车后备厢里不时发出清脆的咬苹果的声音。

“不急，慢慢吃，哥哥这袋子里还有好多呢！”卡索把袋子打开。卡伦就像是见到了珍宝一样，眼睛都亮了起来。卡索顾不上吃，警惕地探出头看了看外面的情况，才安心把后备厢的帘子拉好，和卡伦一起坐下来啃了两口苹果。

而游戏大厅里，那个想挑战卡索的“蓝麟甲”玩家，捡起了地上轻飘飘的塑料剑，气得一把掰成两截。

卡索看着手表上的时间：“我们这时候去，刚好赶得上活动限时特价优惠！”

“我们要去哪儿？”

“卡伦，记得今天是什么日子吗？”

卡伦鼓着两个腮帮子，整个头都塞进袋子里找吃的，“有苹果吃的日子！”

卡索笑笑，不再说什么。卡车司机开着车，疑惑地发现车后面好像在晃动，他立即停了车。去检查时，两兄弟早已经跳车离开了，只留下了一些饼干碎末。司机以为后备厢里进了一只猫。

星历 823 年，地球已经普遍实现了虚拟现实的科技，人类足不出户就可以体验人生。人们不需要去特定的工作地点上班，在家里便可以通过虚拟现实办公，人们甚至可以在虚拟世界里结婚生子，体验理想中的安全舒适，避免伤害的人生。现实中，大街小巷几乎都空无一人，人们只要带上虚拟头盔，足不出户，便可以实现逼真的海底潜泳、穿越南极等旅行。人们沉浸在虚拟现实营造的感官世界中，却忽略了现实的环境污染对地球造成的负担。地球贫富差距悬殊，有钱人为自己营造完美天堂，将化工厂等污染工业全部迁移至蓝顿大漠以北，蓝顿大漠北部的海洋被塑料垃圾填满，土地沙化严重，无法种植树木，被称为贫民区。蓝顿海峡以南的星耀城是富人区，这里遍布虚拟科技和人工智能，富人们在星际大地的虚拟世界里享受着蓝天白云，他们永远不会知道自己制造的垃圾已经让整个生态陷入了恶性循环，蓝顿大地正在走向荒芜。

爷爷虽然已经老了，经历了八十五个春秋，什么是真，什么是假，什么是现实，什么是虚幻，其心里了了分明。如今已经到了星历 823 年，虚拟现实的普及和人工智能的进步，除了让人类日益沉浸在感官的快感中难以自拔外，并没有唤醒人类对自我的认知。自然环境的日渐衰败，人与人之间的冷漠，全部都被虚拟现实抹平，人们完全可以躲避在虚拟现实而对这一切视而不见，回避面对自然、自己和他人的一切问题。带上虚拟现实的头盔，我们的灵魂被感官所遮蔽。在虚拟世界里，心灵并没有醒来，反而更加迷失在幻境中，身体已成了心灵的牢笼。我们并不反对科技的进步，但科技如果没有让我们更接近灵魂，更接近生命的实相，而是让人们蒙蔽在虚幻中，那就只会让我们距离真实的自己越来越远。

所以，当卡索进入虚拟游戏中时，虚拟现实的技术之强大，可能令人沉浸其中，只有意识清晰，意志坚定才不会迷失自己。而卡索最大的弱点便是他的弟弟卡伦。卡索的意志坚不可摧，卡伦是他唯一的亲人，也是他唯一的弱点。卡索的性格很倔强，甚至可以说顽固，但他为了卡伦，可以不顾一切。卡伦看起来有些柔弱，但他身上有种魔力，但凡接近他的人，都会忍不住喜欢上这个孩子。

尽管蓝顿大漠连一块蓝天都找不到，卡索还是想给卡伦过一个像样的生日派对。现实中的蓝顿大漠上除了沙子就是垃圾，卡索得知附近有星耀公司的虚拟生活馆，便带着卡伦进入集装箱里。迎面而来是云淡风轻的世界。卡索是雪域之峰的领主，想让自己和弟弟过上虚拟世界的幸福生活并不是难事。

卡索看了眼手表，时间比预计的晚了一些，刚才和几个男孩周旋耽搁了一点时间，但卡伦的生日这个环节不能少。

“云朵蛋糕店！今天是我的生日！”卡伦看到眼前精致的蛋糕店，飞奔过去。一推门，香甜温暖的味道扑面而来，卡索几乎点了所有卡伦喜欢吃的甜点。

而现实中两个孩子却躺在沙发上，带着头盔，乐呵呵地晃着脑袋。

蛋糕店放着轻快的音乐，卡伦感到自己像是扑到了一个巨大的棉花糖上，他喜欢哥哥送给自己的生日礼物。卡伦一直想去星耀城看看外面的世界，呼吸新鲜的空气。虚拟现实的世界可以让人感到更加欢愉，卡伦感觉身体轻飘起来，飞到了云层之上，看到了无数个云朵一样的棉花糖，真不愧是“云朵蛋糕店”啊！两兄弟在粉红的棉花糖上踮着脚跳舞，卡伦看见哥哥头顶出现了光环，还长出了天使翅膀，两兄弟开怀大笑着。这时候，彩灯都变作旋转的彩色棒棒糖，卡伦看到了一条宽阔的巧克力河，卡索挥舞着天使魔棒，带着卡伦登上了华夫船。卡伦拿着蛋卷用力划船，眼看华夫船被巧克力洪水冲下了奶油瀑布，两人在牛奶湖里洗了个澡，刚换上新衣，重磅生日蛋糕就被一群小动物们给端来了！森林！哥哥！这是森林生日派对！太酷了！森林里的孩子们和小动物们都被这三层蛋糕吸引了，大家都前来拍照合影，烛光星星点点，众人围起来给卡伦唱生日歌，卡伦沉醉于精致的翻糖蛋糕中。

这种五星级虚拟现实的生日派对是第一次在蓝顿大地举办，是限时特价优惠，这也是蓝顿大地第一次有人选择这样奢侈的生日派对，还差五分钟活动截止，卡索时间掌握得刚刚好。付款的瞬间，卡索犹豫了一下，不过听到卡伦的欢笑声，卡索不假思索地点击了五星级虚拟现实生日派对的支付按钮。

“爷爷如果在这里该有多好！”卡伦吃蛋糕忍不住咧着大嘴“哇”地大哭起来。

七年前，卡伦出生当天，卡索和卡伦现在的年龄一样，也只有七岁。七岁的卡索，带着刚出生不久的卡伦，在大火过后的废墟里寻找父母。卡索回忆那天第一次见到满脸胡须多到几乎看不见眼睛的爷爷。那天后两兄弟便跟着爷爷浪迹天涯。

蓝顿大地污染得很严重，四处都是黄沙，唯有一处绿洲，有一些树木和水草。爷爷带着两兄弟在绿洲附近安了家。不幸的是自从去年化工厂泄漏了毒气，爷爷感染得了肺病后，身体就大不如从前了。

蓝顿大地的尽头有一座云雾山，这座山深藏在重重云雾之中，云雾深处彩霞云端是蓝顿大地唯一没有被污染的区域，爷爷不想让两兄弟看着他闭眼，于是一狠心躲进了深山。

星际战争后地球地质板块发生了位移，被战争袭击的“那个村落”所在的大陆遭到了辐射，土壤贫瘠，植物无法生长，逐渐沙化形成大面积的荒漠。海水也遭到了污染。为了防止辐射的扩散，人们将地球分裂成贫富分化的两极大地——蓝顿大地和星际大地。遭到袭击的蓝顿大地逐渐变为贫民窟，星际大地的化工厂和废气厂在这里林立，久而久之，蓝顿大地成了星际大地的垃圾停放区。每天从星际大地运往蓝顿大地的垃圾不计其数，而且在逐年递增。

地球没有了国与国的界限，一切资源都已通过电子传输文化共享、共通，甚至开始将知识存储进芯片，以在身体某部位植入芯片的方式，通过神经系统，连接脑神经。很多差异性大的文化都在沧海桑田的演变中消亡了，但一些从远古时代传承下来的精神和文明随着时间的推移愈久弥香。那些不被时间洪流卷走的，留下来的古老文明在复苏，以更大的光亮照耀前路。

作为古老文明的传承者，我躲过了那场星球之间的战争，存活了下来。在荒漠地带的贫民窟，凭借着游医，让自己和两兄弟在蓝顿大地平安地度过了七年时光。如果不是化工厂的毒气泄漏，我想不会过早离开两兄弟，现在看来也许，一切都是最好的安排。

自从我遇到卡索那天开始，便确定他就是我的传承人，计划着如何把一身的绝学都传承给他。卡索长大后，每天在我的教导下学习吐纳、呼吸。沉默专注的他，凡事喜欢刨根问底，渴望探究事物的真相。

在我看来“生命就在呼吸之间，把每次呼吸都当作最后一次呼吸。只有专注、活在当下的你，这一刻才有意义。”

蓝顿大地遍地垃圾，每到严寒酷暑，只好带两兄弟进到云雾山里躲避工业废气的重度污染。云雾山的路途崎岖，四处悬崖峭壁，是蓝顿大地仅存的一座原始高山。由于山上的石头矿物质含量极低，没有任何开采的价值，也被称为废石山，被荒废在深山之中。云雾山常年云雾遮顶，不见天日，人若进去，也是云里雾里的，一脚不稳，就容易坠入山崖，所以诺大的云雾山，却无人敢登。而云雾山的最深处，却是一块宝地，我将这里打造成了两兄弟的天然训练场。

夏天，我带他们去湖边，让他们练习赤手空拳抓鱼；冬天，我把他们独自留在雪山上，锻炼他们野外生存的技能；两兄弟就是在这样险象环生的山涧之间，练就了一身的灵巧功夫。

“保持呼吸，马步要稳！”我拿着树枝点着卡伦的腿。

“爷爷，我饿了，我手疼！”

“去吧，去吧！”我知道卡伦在偷懒，但对他我总是严厉不起来，反倒是对卡索的严格要求。

“不要被你所见的限制住视野”。古馨说。

“爷爷，这世界从哪里来？”卡伦在一旁一边吃果子一边问。

“古人有云，道生一,一生二,二生三,三生万物。”卡伦虽然小，我没想到他小小年纪，会问出这样的问题来。

“道是什么？”卡索停下手中的正在削的木剑，坐下来问道。

“道者，天地之始，万物之母。”我感叹道，“那是生命的源头。你去观察太阳如何东升西落，星宿如何按着轨道运行，四季如何有规律的运转，花如何绽放，草如何发芽，大自然让人敬畏，如此井然有序，都有其规律可循。”

在卡伦童年的记忆里，自己的亲人除了哥哥就是爷爷。七岁生日这天，爷爷不在身边陪伴，永远地离开了自己，卡伦每每想起来都不由“哇哇”大哭。

“卡伦，记得爷爷说过什么吗？”卡索认真地看着卡伦。

“爷爷说，有一天，我们总会再相逢。”卡伦擦着眼睛，抽泣着说，“可现在爷爷在哪里？我还是想爷爷！”

实际上，在贫民窟捡拾垃圾的生活根本没有什么乐趣可言。每天不仅要在一堆臭气熏天的垃圾里找还能卖得上点钱的物品外，还要和一群蛮不讲理的人抢地盘。卡索和卡伦挨打或者被欺负，那都是家常便饭。

“爷爷！”卡伦一脸无辜地看着古馨，古馨抚摸着卡伦柔软的头发，“他们说我生病了，为什么我的眼睛和别人的不一样，是紫色的？”卡伦那饱含泪水的紫色瞳孔被润泽得愈发明亮。

古馨摇摇头：“孩子，你的眼睛是天生的，没有生病。”

他走过来心疼地牵起卡伦的手，问卡伦：“这半个月都淘到了什么宝？”

卡伦赶紧拿出一条羊毛毯子，又从箱子里拿出一堆看起来花纹精美的陶瓷瓦罐，显然是星际大地人们用过的旧物，样式有些过时，但并不妨碍使用。

“看看，有没有咱们家里能用得上的！”古馨爷爷看着两兄弟半个月的成果眉开眼笑，“最近天凉了，这条羊毛毯子正好给你和哥哥用！碗筷也该换新的了！”

卡索性格倔强，但并不固执。也越来越能从事物的表面看到本质，坚信只要心在天地之间守住这份平衡，就算在蓝顿大地的垃圾山中也一样可以散发出馨香来。

蓝顿大地的天总是灰蒙蒙的，看不到星星和月亮，但云雾山深处可以看到明亮的星星。

那天，天空难得的晴朗，卡伦第一个爬上山顶，大喊起来：“天上有光，七彩的光！”

我非常兴奋赶紧拉着卡索冲了上去，拿起天文望远镜对着星空，卡索也找好了位置，透过望远镜看着天空的星星。天空中七颗星次第排开，同时闪烁着七彩斑斓的光，淡云中透着美妙绝伦的晚霞。那一夜，我看到天空的两端出现了日月同辉的景象。

可自从那天观星后，古馨爷爷便染了肺病，很快一病不起。

一个晚上，古馨把卡索叫到床边。

“卡伦睡下了？”古馨躺在床上关切地问。

卡索点头。

“卡索，你今年多大了？”古馨生病后，一夜的工夫好似人老了很多，他有气无力地伸手把卡索拉到自己身旁坐下。

“我十四了，爷爷。”卡索依恋地趴在古馨身边，就像七岁那年时一样。

“时间过得好快，七年了！”古馨笑道，“人都会经历生老病死，这是自然现象，就像这片叶子。”古馨拾起一片从窗外飘进来的秋叶，“就像春夏秋冬，冬天你总得经历，过去了就又是一个春天。”

卡索沉默不语。

“我呀，知足了，这七年，我比我前七十年过得都快乐。”

古馨满眼都是对两兄弟的爱和不舍，说着古馨从床上下来，卡索扶着爷爷。古馨跪在地上，让卡索也跪下来。

“向上天，向你父母磕头！跪拜！”卡索不解地看着爷爷。

“我的父母？他们不是都在大火中丧生了吗？”

“求上苍护佑我这两个小孙子，带领他们早日找到他们的亲生父母。”

卡索一惊。“爷爷，你说什么？我的父母？”卡索记得，古馨曾告诉自己父母在大火中丧生了，“我父母在哪里？”

“你父母所在的村子现在已经被烧没了。我给村民看病时，曾听说有家孕妇住的房子里常常有紫色的光。村民们议论过这个现象，但我没见过你父母。他们似乎从不生病，也很少走出村庄。那天，我无意中看见人们传说中怀孕的女人，而且她不需要拿任何东西，物品便悬浮在身边任她使用。那女子的眼睛是紫色的，至今我记忆深刻。”

卡索猛地回忆起记忆中母亲的面容，母亲眼睛的颜色是紫色的，那是母亲，没错！

古馨摇头：“我不确定她是否是你的母亲，但按照时间来算，那孕妇生产的日期，差不多就是卡伦出生的日子。”

“那一定是母亲，她和卡伦的眼睛都是紫色的，然后呢？”卡索着急地追问。

“她身边还有位寸步不离的男子，两人看起来十分恩爱，是对琴瑟和谐的夫妻。那个男人的手臂是金属做的，但灵活自如。而你，就在旁边玩耍，那是我第一次见到你。再次见你的时候，整个村庄已经被一种毁灭性的武器炸毁了，我也不知道你和你弟弟是如何生还的。”

卡索那一年七岁，他记得父亲的样子，依稀记得父亲的金属手。

“是的，就是那场战争，武器让地球破了一个大洞，于是就有了蓝顿大地贫瘠的土壤。自从蓝顿大地的土壤沙化后，全世界的垃圾便都往这里倒，一发不可收拾了。”古馨叹了一口气。

“我父母——他们不是在战争中去世了吗？”卡索说。

“我也以为是这样的，那场战争让整个村子的人除了你、卡伦和我之外无一生还。可是，就在三年前，我在一次集市中见过那个有金属手的男子。我刚要过去找他，他就消失在人群中了。”古馨遗憾地说，“他没有死，应该一直在寻找你们。”古馨若有所思地说。

“这是真的吗，爷爷？”卡索激动不已。

“千真万确！你们家还有一个常客，我最近在电视上看到了他。”古馨说道，“虚拟游戏的主创——雷隆，我听说是你父亲的好战友。”

卡索静静地听着。

从那时起，卡索不再去垃圾场捡拾垃圾，而是去荒漠市中心的集装箱里参加虚拟游戏的作战比赛，等待去星际城的机会。

想去星际大地，可没有那么容易。星际大地是个遍布虚拟现实的世界，想要进入星际城，就必须在虚拟现实的世界立足。

卡索日日精进，终于在一年内成功打入虚拟游戏的关底。但他每次都来去匆匆，从不与人攀谈，对于虚拟世界粉丝的热情，他也假装毫不知情。

而此时，卡索这才注意到自己身处一个臭气熏天、堆满一望无际的垃圾的世界。自从古馨离世后，只要卡索一离开住处，卡伦就号啕大哭，卡索清楚，卡伦是害怕卡索一走再也不回来，整个世界就剩下他自己一个人了。

在这世界上没有比孤独更让人绝望的东西了。但爷爷那句“你的父亲还在世”便成了卡索心中唯一的希望。

“雪域之峰”那场游戏，是卡索第一次带着卡伦出来，他是拼了命要赢，而且是一场只能赢而不能输的战斗！最终，卡索如愿以偿，拿到了大赛资格。

此时“云朵蛋糕店”的电视里播放着“星际之巅”虚拟游戏大赛的情况，打断了卡索的回忆，店内的嘈杂声瞬间消失，大家都安静下来。卡伦的蛋糕在不断缩小，虚拟现实派对的体验只有三十分钟，时间到了，卡索带着卡伦走入“云朵蛋糕店”大厅结账，大厅里不断循环播放着星耀城虚拟现实游戏的广告。

“一年一度的‘星际对决’大赛向全球的少年招募，这里是勇敢者的挑战，强者会在这里胜出！奖金五千万，各区域冠军可以直接入住星耀大厦，这里有更高级的虚拟设备，给你超乎想象的体验。”电视里主持人穿着雪域之峰的蓝色战袍，表情十分夸张地介绍星耀公司的游戏，“获胜者将是星耀的王，星耀将以他为傲，将以他的雕塑作为星耀的标志！蓝顿大地的少年可以直接移民星耀大地，奖金五千万！”

蛋糕店响起一片惊呼：“可以直接移民星际大地！奖金五千万！”

“来吧八岁到二十八岁的少年们！来到星际对决的舞台上，在你们最美好的青春年华，在最夺目的舞台上绽放！”明星在台上演唱游戏的主题曲，店内的孩子和家长们都纷纷讨论着要报名。

卡伦被音乐吸引，他放下手里的甜点，走到哥哥面前：“哥，我可以报名吗？电视里说的是什么地方？”

“过了今天，你刚好有资格报名。”

“耶！我也可以和哥哥并肩作战了！”卡伦的眼睛中充满了无限的天真和喜悦。

生日派对的彩蛋最后在“砰砰”的破碎声中结束，蛋糕房里播放着温馨的生日歌。卡伦收到了一个大大的智能汽车模型。

愉快的生日派对在一群人的狂欢中结束了。卡伦把头盔摘下来，对哥哥说：“哥，我们离开蓝顿大地吧，我不想睁开眼看到的只有沙尘，全是沙尘，到处都是沙尘。”

两兄弟的家住在蓝顿大街98号街区，在绿洲贫民窟的最深处，也就是堆积着垃圾和废物的地方。这里很久以前是一片海。回家的路上，卡伦还沉浸在方才的喜悦中。突然，乞丐头老格雷出现在路边，他是来要钱的，这是贫民窟里的规矩，每个人都要给老格雷交“保护费”，才有资格捡垃圾，有地方居住，在这里生存下来。贫民窟里没有别的，只有山一样高的垃圾。交不起“保护费”的，要么被逐出地盘，要么被老格雷从头到脚地收拾一番，蓝顿大街上被迫乞讨的瘸腿的孩子，都是被老格雷“收拾”过的孩子。

古馨把废旧房车留给了两兄弟，这辆破车看上去破烂不堪，像一艘沉没在海底的古船。如果给这车加上一个尾巴，那就是一只灰老鼠。车的表面锈迹斑斑，被厚重的尘土掩埋着，四个轮子只剩下一个，已经干瘪得不成样子。不管怎样这里勉强还算是一个家，一个可以歇脚的地方。古馨去世后，格雷便再也无所顾忌，卡索不但每天要在老格雷的安排下分类处理大量的垃圾，还要在规定时间内交足“保护费”。今天他好容易才抽出一些时间去虚拟世界里做回他的头号玩家。

而当晚雪域之巅的虚拟游戏大厅里，大家都在寻找这个神秘巨星——“本杰明·迈克”，可有谁能想到，“雪域之巅”的英雄就住在一个废旧的车里，还要被一个老乞丐剥削。老格雷只有一只眼睛，另一只已深深地凹陷进去。他嫌天热，不愿意戴上眼罩，那耷下来的眼皮下是黑暗的深渊，他却用那只“眼”看了看卡伦，嗅到了卡伦身上一丝甜甜的蛋糕味，这味道和垃圾场里腐朽的味道极不相称。

“卡索，你们的爷爷已经去世一个半月了，从今天开始你们要交场地费了。”老格雷拦住两兄弟的去路。

卡索想起古馨爷爷说过，他一走，老格雷很有可能会来找自己的麻烦，他提醒卡索要机智应对，不要惹毛老格雷。

卡索没有多言，从兜里拿出三百元交给老格雷。

“怎么这个月有钱了？”老格雷早发现卡索行踪诡异，总是早出晚归，不知道去了哪里，“你们今天去哪了？东区的垃圾已经很久没人清理了！”老格雷又看了看卡伦的小脸。卡伦虽然年纪小，但小脸散发着月亮般的皎洁光芒，尤其在臭气熏天的垃圾山旁，卡伦清澈的双眼总是让人印象深刻。

“这么标致的女孩子，在贫民窟真是可惜了！”老格雷把脸凑近卡伦，伸出脏手想要捏一把卡伦的脸蛋。

“格雷老爷，卡伦是我弟弟，是男孩子！”卡索说着立即把卡伦挡在自己身后。卡伦听到有人说自己是女孩儿，眉头皱了起来，正要说什么，被卡索一把拉住按在原地。

“这么白净的男孩子！”老格雷摇摇头。一直以来，老格雷都以为卡伦是女孩儿，还想着等古馨一死，就把卡伦卖去外地当女佣。在老格雷眼里，这世上除了金钱，就是可以转换成金钱的人和事。

卡索拿出一个橘子递到老格雷鼻子前，“这是送您的！”老格雷眼前一亮，大漠里能吃到新鲜橘子，可是件奢侈的事。

“看来你们最近捡垃圾收获不小啊，东边的垃圾很新鲜，动手慢会被抢了先，可别怪我没有提醒你们。另外，你们爷爷没了，怪可怜的，以后都来我老格雷的家里吧，我们可是一个大家庭。”老格雷笑着掰开橘子，一口吞到肚子里便离去了。

卡索深知老格雷说的大家庭的含义，蓝顿大地，一草一木，只要老格雷有机可乘，都不愿放过。爷爷说过老格雷表面做垃圾处理的工作，暗地里在蓝顿大地做人贩子的勾当！要知道，蓝顿大地的人受到环境污染的影响，病魔肆虐常有人需要器官移植。

十岁以下的孤儿在蓝顿大地，要么被贩卖到外地，要么因老格雷的欺压致残，这不仅可以使老格雷顺利拿到地区管理部门的保险福利，还可以控制这些残疾儿童通过行乞多一条赚钱的渠道。就这样，很多孤儿在蓝顿大地上过着苦难的生活。

荒草中，废旧车里散发出米饭的香气，卡索在车内的储物柜里摆弄着净化水循环的器械。贫民窟的饮用水很昂贵，卡索发明了一套多层循环过滤装置，这样，两兄弟就可以喝到干净的饮用水。从外面看，这个家就是个废弃很多年的“铁疙瘩”，但车内的景象却完全不同。两兄弟把房车内打扫得很整洁，虽然都是从垃圾堆里捡回来的物品，但都擦拭得干干净净，摆放得井然有序。空间虽然不大，却利用得恰到好处。兄弟俩的卧室是上下铺，无论是隔间储藏室还是厨房里的杂物都整齐摆放。卡伦喜欢收集各种亮晶晶的石块，卡索只要见到奇形怪状的石头就会拿回车内，洗刷干净，摆在储藏室的隔层里。屋内，碧绿的藤萝缠绕在房屋四周，还有许多开着紫色蓝色的小花。水仙花在驾驶室里兀自绽放盛放，金黄色的花蕊刚刚张开，香气沁人心扉。卡索喜欢搜集各种植物的种子，因为在蓝顿大地上很难看到绿植，可这两兄弟的房车就像植物园一般，生机盎然。阳台边还种植着蔬菜，这是两兄弟的一小块绿洲。

卡伦进屋后，径直走向爷爷的遗像，他恭恭敬敬地行礼道："爷爷，今天是我的生日！"卡伦把蛋糕放在遗像下面，"请爷爷吃蛋糕！"卡伦嘟着小嘴亲吻了一下爷爷的照片，照片上，古馨爷爷笑得非常慈祥。

卡索按照爷爷的策划有条不紊地推进逃离蓝顿大地的计划。卡索将一部分现金藏在柜子里，卡伦把带回的食物储存好。这期间，他们不再需要依靠捡垃圾生活，卡索为了让卡伦能一同参加星际大赛，未来在星际大地生存下来，开始了对卡伦的体能训练。更重要的是，报名参加"星际之巅"大赛的事绝不能让老格雷知道！

宽阔的蓝盾海峡的另一端是"星耀之城"，是这里所有人向往的地方。星耀之城富丽堂皇，"星耀游戏大赛"的创始人雷隆正在无数媒体前宣布此次大赛的奖项。

这时，卡索、卡伦和几个孩子都围坐在露天广场看电视。当雷隆在电视上出现时，卡索突然感到脑海里闪现了一道光，这个人似乎在哪里见过？卡索脑海中闪现出卡伦刚出生时屋子里着火的记忆，再用力想卡索突然感到头痛欲裂，他无意识地一挥手将桌子上的杯子打翻在地。卡伦赶紧把水杯都捡起来："哥，你怎么了？"

"这个人，电视里这个人，我好像在哪里见过！"

"你见过？你知道这是什么人啊，星耀大地的主席！从出生就没有走出过蓝顿大地，你怎么能见过他呢？"老格雷说，"这个人叫雷隆！"

卡索立即想起这名字古馨爷爷提起过，他说曾见过这个人，这个人和父母认识。就是这个人！没错！卡索更加坚定了要去星际大地的决心。

夜里，卡索梦见母亲紫色的双眼，她将两块发光体放入自己和弟弟身体里，并告诉自己："卡索、卡伦，以后你们就是宇宙之子，索伦星球的命运、地球的命运、整个宇宙的命运都掌握在你们手中了。"接着卡索梦见母亲和父亲拉着自己的手在草原上奔跑，忽而消失了……

惊醒后卡索看见自己的身体在放光，同时弟弟的身体里也放射出光芒来，两道光芒交相辉映。卡索渐渐想起古馨爷爷说的看到母亲怀着卡伦的那一幕，似乎明白了什么。光持续了好长时间才慢慢消失，卡索冷静下来，他发现自己双手发烫，于是把手放在冰凉的桌子上，想借此冷却一下，没想到，桌面上留下了一个红色烙铁般的手印，这让卡索非常吃惊。

我，我这是怎么了？

外太空中，有一道光一闪而过。电光火石间，在另一个星球上，有一位中年男子穿越时空，和卡索似乎面对面。

你是谁？

你，你是谁？

两个人在空旷的宇宙空间相见，四目以对。

是你吗？父亲……

贰　去往星耀城

蓝顿大地

“从今天开始，我们一起进入游戏！”天刚亮，卡索便在废旧的楼顶天台上开辟出一块地方来训练卡伦，“虚拟现实游戏，最重要的是你的反应速度和体能，卡伦，你身体有些弱，需要更多的锻炼。游戏通关也需要很多知识，先背会这些。”卡索从图书馆借来一堆书籍，但整个图书馆并没有任何关于索伦星球的记载。

虚拟现实游戏非常逼真，它直接连接人的脑波和感官机能，对于个人的身体素质要求很高。

卡索给卡伦增加了一些跑步和力量的训练，卡伦的身体也日渐强壮起来。天气好时，卡索就会带着卡伦去翻越沙丘，练习在荒漠里攀登沙石，教卡伦一些基本的防御本领。卡伦领悟力极高，没多久，卡索带着卡伦进入荒漠的集装箱里。很快在虚拟现实的游戏中，卡伦也能应对自如，独挡一面了。

两兄弟在虚拟游戏中快速赚取生活所需，通关后，绝不进入任何感官体验馆消费，兑换现金足够生活后便立即离开。老格雷吩咐的东边垃圾清理任务他们也总能按时交工，给老格雷的“场地费”也分文不差。老格雷虽然也有所怀疑，但想到也许古馨给他们留下了一笔钱。于是，老格雷在背后找人打开过这破车的门，但车里面除了几块破石头外，什么也没有搜到。

卡索假装不知道老格雷这些背后的动作，他只专注于星际大地虚拟游戏正式比赛的时间及两兄弟所赚取的金币能在星际大地生存多久，卡索每天抓紧时间带着卡伦去市中心的图书馆看书学习，两人相互提出问题，以便在游戏通关中相互配合。而蓝顿大地东边垃圾场的工作他们交由小乞丐阿瓜帮忙照看，卡索也从不亏待阿瓜。

生活和学习，一切都在按部就班中，但卡索早已以“雪域之峰”领主“本杰明”的名义定好了飞往星际大地的专机……

卡索虽然只有十四岁，但他具备一种比同龄人更成熟的理性思维，这让他给人距离感。而在老格雷眼里，卡索始终是个谜。这段时间卡索总是早出晚归，让老格雷实在有些按捺不住了，伺机布下阵势，就等两兄弟自投罗网。

卡索带着卡伦刚回到贫民窟，就看见老格雷的人用异样的眼光警惕地看着两人。

卡索看着坐在垃圾堆旁几个身有残疾的小乞丐，感觉今天的情况很不对劲。

“哥，他们要对阿瓜弟弟做什么？”卡伦虽然年纪小，但他愿意跟哥哥站在一起保护阿瓜。

这是个阴冷的屋子，只站在门口就会让人感到一股不寒而栗的阴森。

卡索边盯着小黑屋边问老格雷：“你要对阿瓜做什么？他犯了什么错？”

“三天没有交上来一分钱，你以为我这里是慈善机构？”老格雷本来是想吓吓两兄弟，没想到卡索会质问自己。

“阿瓜欠你多少钱？”

“卡索，你想逞英雄？怎么，古馨给你留了一笔遗产？你小子最近在哪儿发财了？”

卡索感到再啰唆下去，阿瓜可能已经被毁了。他三步并作两步冲向小黑屋。卡索抡起卡伦，卡伦趁势一脚踢碎了小黑屋的门。

老格雷一看两兄弟动手，竟有些慌了！

“古馨爷爷，对不住了！”卡索曾答应过爷爷不出手打人，但这次为了救人，也是迫不得已。卡索心里默默祈祷爷爷能原谅自己，手上已扶着阿瓜逃出小黑屋。

“卡索，卡伦！你们两兄弟要干什么！”老格雷只是想给两兄弟一个下马威，没想到古馨把功夫传给了两兄弟。老格雷看到自己手下的残兵败将，恼羞成怒，但骇于卡索的身手，老格雷也不敢轻举妄动，于是语气又转温和了。

“想救阿瓜，可以，把东边的垃圾在一周之内给我铲平，另外至少需要五百元钱来偿阿瓜的债。”

“五百？！”一旁的小乞丐心想，够我讨一年饭的了。

老格雷瞪了一眼小乞丐，如果这次阿瓜残疾了，他至少能拿到五百元的儿童残疾津贴。

老格雷瞪着眼睛起身，一瘸一拐地走到卡索和卡伦跟前。出乎老格雷的预料，卡索竟然真的交出了五百元！

“东边的垃圾一周时间铲平。还有其他要求吗？”卡索沉声问道，卡伦崇拜地看着哥哥。卡伦一向以哥哥为荣，他也想长大后像哥哥一样站在正义的一边。

“什么？”出乎老格雷的意料，卡索竟然没有被吓住，要知道东边的垃圾堆得像一座山，如果都填进海里不用一个月根本做不完，老格雷倒是想看看卡索要怎么交差。

“好，你们带走阿瓜吧！”老格雷把钱揣进胸口，带着人离开。

阿瓜瘫软在地上，两兄弟扶起了阿瓜，离开了老格雷的视线。“就这么轻易放过这两兄弟？”

“不然你能打得过他？现在古馨死了，我看他们能撑多久？明天就去把‘头盔哥’叫来，看他们往哪里跑。”“头盔哥”是和老格雷长期做人贩子交易的老搭档。

卡索在一周内当然铲不平垃圾山，但他根本就没有想过要去铲，因为明天，正是卡索计划的出逃日。

卡索和卡伦把阿瓜带回住处，给他煮了粥。卡伦看阿瓜几天没吃饭，又把刚买的面包拿了出来，分给阿瓜。阿瓜见到食物立即狼吞虎咽大吃起来。他今年只有六岁，还是最需要家人的时候。卡索看着他，想起自己当年也是差不多的年龄，失去了父母。阿瓜三天没吃饭，吃饱了，刚才惊吓带来的疲累就一下子涌了上来，手里还留着半个面包就倒头睡着了，睡梦中还一直喊着“妈妈，爸爸，你们在哪里？”

卡伦听到后，问卡索：“

哥，我们有爸爸妈妈吗？”卡索沉默了一下，道：“当然有，每个人都有自己的父母。”

“你知道他们长什么样子吗，哥？他们在哪里呀？我好想见到他们。”卡伦仰着头，一脸渴望地看着卡索。

卡索沉默了，卡伦总是问他这些他回答不了问题，好在卡伦累了一天，没多久便睡下了。卡索在台灯下回忆起梦中，母亲在光晕里向他微笑，呼唤他的姓名。卡索闭上眼睛用力地回想，拿出纸笔将母亲的肖像画了出来，然后郑重地轻轻夹在本子里。

深夜，卡索拿出了画好的逃生路线图。卡索动用了爷爷留给两人的部分遗产，在蓝顿海峡附近，给阿瓜找了一所学校，并一次性交付了全额学费和生活费。看到阿瓜和卡伦都睡熟了，卡索走到爷爷的遗像前，双手合十，虔诚地对爷爷说：

“爷爷，请您在天之灵保佑我和卡伦明天顺利离开蓝顿大地，保佑我们能在星际大地上找到父亲！”

星际大地

“这不是一次普通的较量，这是勇者的角逐，强者的舞台！星际之巅大赛集合了体育、知识、协作等全面的竞赛项目，虚拟现实已经一步步走入我们的生活，我们也从生活中一步步迈进虚拟现实的世界。虚拟现实技术或许无处不在。”雷隆在众媒体面前侃侃而谈。

记者在现场直播星际大地的情况：“大家好！如今在星耀大地上，已经有三十六个州市实现了虚拟办公、虚拟旅行等业务，全球百分之二十的人选择在虚拟世界过着零负担人生。如今‘星际之巅’游戏大赛的招募，对于全球少年来说都是难得的机遇，据说此次大赛作为未来智能科技人才的选拔赛，选中的少年将成为国家重点培养目标的军事人才储备！”

来自不同大地的观众在电视机前瞪大了眼睛，很多少年已经跃跃欲试。

“我也想去从军，妈妈！”一个看起来只有五岁的男孩儿在电视机前说道。

星际城里，“星际之巅”的游戏创始人雷隆还在接受媒体采访。突然，他发现自己的皮肤上出现了一小块黑色的斑点，瞬间脸色微变。此时，他身后一位戴着墨镜的黑衣保镖的口袋里露出一小块彩色的棒棒糖糖纸。雷隆拨开了围观的媒体，一边维持着微笑感谢记者们，一边急匆匆地离开现场。

一辆鲨鱼形状的纯黑色悬浮跑车停在雷隆面前，媒体纷纷赶过来拍照，惊叹这辆星际之巅游戏公司出品的最新款的跑车。汽车没有轮子，完全悬浮于地面，车门是感应的，雷隆刚走到车门前，车门立即变为透明，雷隆进入车里坐好后，车窗随即显现，这时整个车的流线型结构才完全展现出来。记者们还想对新款跑车进行采访时，这跑车已经像一道光似的从大家眼前消失了。

现场一片哗然，媒体纷纷报道着“星际之巅”游戏大赛的进展，电视里也反复重播着这“鲨鱼”悬浮车出现的镜头。

悬浮车的速度惊人，如雁过无痕。前方的驾驶座位上，雷隆的保镖，那名黑衣男子突然变身为一个五官精致的女孩。女孩儿看上去只有十四五岁，梳着精干的短发，嘴里含着一颗棒棒糖。女孩儿的名字叫拉菲。

“拉菲，快……五秒内抵达实验室。”拉菲从后视镜看到雷隆满头的虚汗，并且脸色发青，喘息困难。

“是，雷隆先生。”拉菲冷静地回答道。

拉菲立即输入抵达目的地的时间：“五秒钟”。跑车立即做出反应，车顶盖瞬间关闭。

雷隆抵达实验室时，皮肤已经痒痛难耐。他从保险柜里拿出一瓶金色的能量液泼洒在灼热的皮肤上，几秒钟的时间，皮肤就神奇般地恢复了正常。

雷隆喘了一口气，从办公室走出来，进入实验室，递给拉菲一瓶蓝色的曜能液："以后曜能液随身携带，以防万一。"拉菲满意地拿走曜能液，叼着棒棒糖离开了。

雷隆在十年前就发现了磁场离子和能量之间的关系，他发现了人可以具备超于常人的奇异能量，这能量的聚合和磁场关系巨大，而磁场的震动则受到情绪影响。从精力旺盛度来看，少年时情绪震荡也最为激烈。星际之巅的游戏之所以投入如此巨大，是因为雷隆通过少年在游戏时，利用他们的脑电波和情绪提取"震荡"因子，这因子可形成一团看不见的磁场。经过仪器提纯、压缩，再次释放出给更多游戏中的孩子，以此来让这些孩子的情绪激昂，再将这些情绪磁场聚集，再提纯压缩，循环往复，直到达到符合标准的因子。这些因子便可以结合曜能石，形成曜能液，其能量值很高，只要人的皮肤接触到，便可改变人的 DNA 组合，化腐朽为神奇！

这些游戏中的孩子在最初会感到精力无比充沛，头脑清晰，久了却是在透支自己的元气。而沉迷游戏的少年们只被眼前的幻想和重金迷惑，哪里知道自己体内有珍贵的"元气"，看不见摸不着，却是生命之源泉。

办公室里，雷隆出神地看着一张照片，一张穿梭于宇宙间的古堡。

“这是什么？”拉菲看着古堡的照片，奇怪地问。

“这是我以前做将军时，在宇宙飞船里拍摄的一张照片。”雷隆感叹道

“古堡可以在宇宙里行进？”拉菲感到很惊奇。

“这不是普通的古堡，它可以任意穿梭在宇宙中，人称幽浮古堡，也就是说如同幽灵一样，想去到哪里都可以，而且任何人都找不着它。”

拉菲睁大了眼睛。

“你想知道幽浮古堡里住的都是什么人吗？”雷隆笑道。

幽浮古堡

在浩瀚的宇宙中，有一个神秘的古堡在太空中穿行。这古堡悄然在星云中闪现，旋即又销声匿迹。从外形看，这是一个高耸着尖尖塔楼的哥特式建筑；进入这古堡里，却又是另一番光景。

吴维是幽浮古堡的主人，他刚满四十岁，但看上去十分年轻，虽然他常年失眠，但脸上依然散发着神采奕奕的光芒。吴维背对着大门，这时，红色射线正在扫描吴维的上身，包括吴维那一只用钢铁铸造的金属手。吴维脱下外衣，继续全身扫描测试，半个身子竟然都由金属铸造！

吴维打开舱门，他身穿着一套特殊材质的背心，机器读取着吴维的健康指数，发出语音提示："您的健康指数为 86 分。生理年龄:22 岁。曜能为：千里传音。曜能级别为 8.7 级。建议运动选择 E 套餐、饮食选择 B 套餐以确保能量稳定。特殊提醒，您的睡眠时间严重不足，请保证睡眠时间。"

"抱歉，想睡觉并不是我能说了算的。"吴维对电子测试仪说。

在失重空间吴维游移到电子屏幕前查看邮件。吴维的房间里有一张照片飘在半空，那是一张美丽脱俗的女子的照片，特别是那双紫色的眼睛。吴维把照片取下来放进胸前的袋子里，这时屋子里传来一个声音："船长，雷隆的大赛已经报上名了，我们一起去会会您这位老朋友？"吴维并未说话，只是把手放在太阳穴处，声音的发出者——杜列在相隔几个空间站舱体外就可以听到吴维的声音。而这时，杜列正在失重空间隧道里穿行，身后闪动着一对天使般的大翅膀。

"干得好，杜列！"两人虽不在一个空间内，相互沟通却不需要依靠任何通信工具。

吴维再一次感到古堡中心——禁区内有一阵阵光波在浮动，杜列在空间站也感到了剧烈的震动，二人不约而同停下手中的工作。

这是谁？

吴维已经不是第一次感到这股穿越空间的能量，像是来自宇宙间的呼唤。"杜列，我们在见雷隆之前，要先去另一个地方。”

无需吴维多说，杜列就知道幽浮古堡可能又要出现新成员了，而且这个孩子的曜能一定不简单。

这是哪个与众不同的少年爆发了曜能呢？关于曜能，相传最初发现生命体中有曜能存在的人是索伦星球人。苏菲亚，也就是吴维房间照片中的女子，是索伦星球的继承人。她继承了宇宙生命本源“曜原石”。十年前，在苏菲亚继承索伦星球也就是成为索伦星球女皇之前，曜能只存在于高等星球中，苏菲亚接收到来自祖先的提示，要她将曜能的秘密扩展到更多星球，让其他低等星球完成进化，从而促进整个宇宙的进化。

苏菲亚和吴维通过多年的研究，发现曜能存在于每个人体内，植物、矿物、动物都可以实现进化，苏菲亚还发现了七曜星形成宇宙能量的秘密，七曜分为日、月、金、木、水、火、土七种不同的能量类别。于是，她和吴维一起创建了苏菲亚七曜宇宙学校。

吴维按动背心上的橘红色按钮，黑色背心瞬间变幻成了浅蓝色的。他来到古堡的大门，门上有一个像是时钟的指示箭头，以及由日、月、金、木、水、火、土七个不同元素符号组成的一个圆形，吴维将指针指向了土，古堡的门轰然打开，吴维立即进入另外一个色彩斑斓的世界。

吴维用了七年的时间将幽浮古堡改造成一所生态智能的学校，没有人知道古堡有多大面积。古堡如同幽灵一样飘浮在宇宙之中，若隐若现。

一位看起来有五十开外的女老师萨茹跟在吴维身后，一边和吴维同行一边汇报着学校的工作。吴维轻轻一跃，跳上了一只看起来翅膀如雁，喙如始祖鸟，头如丹顶鹤的飞禽。这飞禽学名为祖鹤，是吴维的“飞行工具”。

远远看去，天空中飞翔着大群的祖鹤，它们飞行速度很均衡，并各自遵循自己的轨迹，十分有秩序。祖鹤是幽浮古堡里老师的座驾，比祖鹤小一号的飞禽是灰雁，通常学生们都乘坐灰雁往来于宿舍和教室之间。

在这里人类进化的秘密被揭开，动物的潜质也被发掘出来。在幽浮古堡，动物和人的生命同样受到法律保护，每个刚出生的人和动物都有自己的身份 ID，而且都有自己的手环作为身份的验证，当然动物是套在脖子或者脚踝上的。这里的任何一种动物也都各司其职，自觉自愿地发挥着自己的作用。

幽浮古堡的灵兽山里，有很多从远古时期流传下来的上古异兽，它们曾在原始森林里自生自灭，相互厮杀，争夺食物、地盘和配偶。吴维和苏菲亚发现远古异兽的 DNA 在曜原石的作用下，可再生，为了让这古老的异兽基因得以延续，并完好地保存下来，苏菲亚找到极光星球上最懂得和动物沟通的奈西家族，据说奈西家族天生便可以倾听大自然的声音。对于动物的语言，奈西家族更是一直延续古训传承至今。在苏菲亚的努力下，奈西家族来到幽浮古堡，灵兽的基因是从上古异兽的基因中而来，在灵兽山中繁衍开来，灵兽山也因此得名。

祖鹤和灰雁都是生性温顺的珍禽，它们由奈西家族精心驯养，它们的巢穴建造在幽浮古堡的树林里，这大大避免了它们为和大型灵兽争夺地盘而丧生。每个搭乘“祖鹤”或是“灰雁”的乘客都会贡献坚果给它们，几年下来，这些祖鹤和灰雁不仅羽毛更加丰盈，体型更健硕，性情也更加温顺，寿命也变得更长，智力程度也远远超越了未经驯化的珍禽。

祖鹤和灰雁的驯化让幽浮古堡减少了日常交通工具对大气的污染。在幽浮古堡，保护环境不仅是人的责任，动物也起来参与进来，人与万物共生。人如在自然的画卷中行进，是自然的点缀。

一路上不断有穿着不同颜色袍子的学生稳坐在灰雁背上，向萨茹老师和吴维校长行礼。

吴维和萨茹对经过的学生们一直保持微笑。

“你说，会是他们俩吗？”萨茹关切地问。

“七年了，是他们要发光的时候了！”吴维一脸自信地停在禁区门前，祖鹤拍打着翅膀飞走了。他随即启动了一辆悬浮半空的“幽浮摩托”，速度极快地穿过狭窄的长廊，通过一道一道门卡，拐到一个雕刻着一半太阳一半月亮的金属门前。

轰隆一声，金属门打开了！

星际大地

深夜，雷隆的实验室里静悄悄的，只有拉菲守在身边。雷隆和拉菲紧张地盯着玻璃房前的电子显示屏，在等待实验结果。只见屏幕一闪，显示：复制基因成功。拉菲非常得意，和雷隆相视而笑。

雷隆说：“我们所做的实验，将会对人类具有划时代的意义！”

一个完美的少年在注满水的舱内生成，而实验室的另一端，有一个一模一样的少年却在沉睡……

一艘超级舰船一样的飞车从距离地面一米左右处飞驰而过，在一座气势恢宏的建筑物面前停了下来，这里就是享誉全球的“星际之巅科技广场”。从飞车里走下来的正是雷隆——星际之巅大赛的主席，国际虚拟现实科技协会的会长……他的头衔很多，主持人介绍时足足花了两分钟才把那串长长的头衔讲完。拉菲戴着墨镜，站在雷隆身后。主持人刚介绍完雷隆，媒体记者蜂拥而上，科技大厦的台阶上挤满了人。

星际城覆盖了三十多个州、市区和小镇，其中星际小镇背靠蓝顿海，是北半球的中心。“通天科技塔”是星际小镇的地标性建筑，这里集聚着星际大地顶级的科学家，而雷隆正是掌管着“通天科技塔”的当前星际城最有震慑力的科学家。

这座坐落在星际小镇东部的“通天科技塔”，由设计师精心设计，是世界上目前最高的建筑，高达万米，高耸入云端。

“我有一个好消息要告诉大家！”雷隆挥了挥手，大家都期待这爆炸性的新闻。

而此刻远在蓝顿大地的卡索却遇到了麻烦。

老格雷这一天心情大好，因为今天有生意，为此他郑重地给右眼戴上了黑色眼罩。

“独眼，说你呢！”一辆吉普车向老格雷开过来，车上坐着一个戴头盔的男人，“我说，你给我的这批货不行啊！都砸我手里了。”这男人指的是老格雷上次卖给他的乞丐。

在蓝顿大地上，老格雷几乎可以一手遮天。这里多数孩子都是孤儿，没有亲人，所以不管哪个消失了，都无人过问。

这戴头盔的男人是老格雷的主要客户。如今他要退“货”，这让老格雷很是为难。老格雷头脑一闪，忽然瞥见不远处停在荒草里两兄弟住着的那辆废车。卡索和卡伦已经在这生活十年了，这段时间没有任何他们父母生还的迹象，老格雷认定这两兄弟即便是“消失”了，也不会有人找上麻烦，况且卡索和卡伦有点功夫，如果继续留在蓝顿大地，恐怕日后会有麻烦，不如趁着他们羽翼还未丰满，先剪了翅膀再说。这时卡索和卡伦正在废车四周忙活，卡索看见了老格雷，并用余光瞄着远处的吉普车。

“嘿，我跟你说，那有两兄弟，大的很能干，做苦工是把好手，小的可以去乞讨”老格雷把黑眼罩弹起。

阿瓜是给老格雷递烟缸的，他听到这话，心里不由得一惊。上次卡索救过他一命，他得尽快通知卡索。他装作什么都没听见，装着去倒烟灰，一溜烟钻进草丛里，趁着两人不注意，去寻卡索。

“没问题吗，老格雷？”老格雷殷勤地为戴头盔的男人点着烟。

“我只睁一只眼闭一只眼。我手下的人你尽可以随意挑。”

“大哥，你一共就一只眼，再闭一只眼，就全瞎了！”戴头盔的男人大笑着，拍着“老格雷”的肩膀，两人显得很亲近。

阿瓜从草丛里连滚带爬跑到了卡索和卡伦的车前：“快跑！快跑！卡索哥哥，不好了！”上气不接下气的阿瓜，急得话都说不清楚了。

“你说什么，阿瓜？”

“他们要对卡伦下手，快点离开这里。”

卡伦正在车顶晾晒衣服：“哥，是什么人，我不怕他们！”

自从上次活动了几下筋骨后，卡伦还感觉不过瘾，想再和哥哥一起打一回。

“快走啊，卡索，卡伦，你们在这里会被抓回去的！他们手里有枪！”

戴头盔的男人很快开车赶过来了。他带着几个人下车，准备围住两兄弟。

“阿瓜，你先回屋子里，躲在车里不要说话。”卡索镇定地说。

阿瓜躲进车里偷偷从窗边向外望，紧张地闭上眼睛为两兄弟祈祷。

“你就是那个哥哥吧？”戴头盔的男人把车停在一旁，

把头盔放下，“你弟弟呢？”“你们有什么事吗？这地方我是交了管理费的。”

“老格雷说，你们现在归我了。”

而在不远处的老格雷正在和手下几个乞丐观望着。

“真的把卡索和卡伦那俩小子给白色？”

“不然呢？那两个小子会功夫，留在我这里我可占不到便宜，要是真打起来，我们还可能会吃亏。就算那俩小子再能打，能打得过子弹吗？”

“您真有一套！”旁边的乞丐谄媚地朝老格雷竖起大拇指。

在车顶晾衣服的卡伦，看见有人想为难哥哥，一个前空翻就从车顶翻了下来！头盔哥瞬间明白这两兄弟不是好惹的，于是立即变成了商量的口吻，心里却暗骂着老格雷。

“我的哥们在沙漠里建工厂，正好需要人手，我看你们身手还算利落，跟着我走，我保证你们吃喝不愁。”

“呸！谁要你的吃喝！”卡伦初生牛犊不怕虎，他个子虽小，说话也奶声奶气，却胆气十足。他早就想和哥哥一起练练筋骨了。

“你个毛头小子！让我给你点颜色看看！”

老格雷一见不妙，也带着人凑了过来。一群人把卡索和卡伦紧紧围住。

“哥，爷爷教给我们的功夫，我们还没有一起展示过呢！”卡伦摆好了架势，右腿提起，在空中连踢了三下，一下比一下踢得更高，直到将脚立在自己的头顶，然后挺直立在原地。

阿瓜瞪大了眼睛，在窗户里忍不住暗自拍手叫好！

老格雷虽说上次见识过这两兄弟的一点拳脚，但没想到他们真的身怀绝技！卡索用左手摸了摸眉毛，“好吧，是我们兄弟联手的时候了！”说着，他腿轻轻一抬，高高地踢过了头顶！稳稳地站在原地。

卡索口中念着：“天得一以清。”卡伦接一句：“地得一以宁。”二人背对背紧贴彼此，互为攻守。卡索屏住气，一扬脚尖，扬起一阵风沙，这让想围攻两兄弟的几个人无法靠近。围过来的众人想拆开两兄弟，但两人脚步有条不紊，配合默契。众人被两兄弟打散，不一会儿就全趴在地上了。

"YES!"卡伦跳跃起来和卡索击掌。

卡索的嘴角微微上扬，却眼尖地发现老格雷去搬救兵了，他们带着几辆吉普车围过来。老格雷挥舞着猎枪，冲天上"砰砰"开了两枪，嘴里大吼着："臭小子！看我怎么收拾你们！"

阿瓜吓得躲到了床底下，卡索冲着卡伦挥挥手，两人跳进了驾驶舱。

老格雷拎着猎枪下了车，正要对两兄弟开枪，便听那废旧多年的破车"嗡"的一声竟然启动了！老格雷吓得整个人像是触电一样，弹了起来。卡索坐在驾驶舱内，从后视镜看见阿瓜一脸防备地拿着木棍站在门前。他给阿瓜一个手势，阿瓜看了连忙坐稳。卡索脚下一踩油门，那辆废旧的汽车启动了。老格雷和几个乞丐目瞪口呆地看着这辆废弃已久的车从荒草甸里冲了出去，一时不知该如何反应。卡索的嘴角上扬，开怀地笑起来！音箱里传来欢快的摇滚乐。阿瓜在后座上颠簸着，一脸迷茫，还没有反应过来。车厢里，古馨爷爷的遗像跟着音乐一起摇摆着，像是在笑。

古馨，早料到老格雷会出手。早提前做好了逃离的准备，半年前就在深更半夜的时候把车修好了，还换了新的发动机。卡伦生日那天，卡索趁着天黑，神不知鬼不觉地把四个干瘪的轮子换成崭新的轮胎，还新加了一罐新汽油，只等着这天将房车开出蓝顿大地。

阿瓜看着老格雷的车被远远落在后面，不由站起来欢呼出声！“什么？”现场所有乞丐都看傻眼了！谁也没有料到，这垃圾堆里破烂不堪的废铁竟然启动了！

“快追！”戴头盔的男人跳上了车，追的一路尘土飞扬。

卡伦坐到了副驾驶的位置。一个半小时后，车开到了蓝顿海峡，这时，油箱漏了，二人只好把车停靠在码头附近。老格雷已经被他们甩掉了，一时间追不上来，卡索把游戏参赛的证件放在包里，弃车准备找船去往对面的星际城。

沿着蓝顿海峡，一路都是工厂释放的黑烟，到处是垃圾场的气味。“哥哥，这个蓝顿海也被堆满了垃圾。”卡伦捂着鼻子道。前几年这里还是一片碧蓝大海，可如今这里到处是红红绿绿的塑料瓶和袋子，两兄弟戴好防护面罩，强忍着化工厂释放的刺鼻的气味，穿过密集的化工基地。

“蓝顿大地为北半球星际大地提供物资却牺牲了生态环境，看来这里的垃圾只会越来越多。”卡索看到远处堆积如山的垃圾，摇了摇头。蓝顿海已经被严重污染，海面上到处漂浮着黑色粘稠的液体，像是海洋受伤了流出的脓液。“我们绕路走吧，这里的污染太严重了！”

卡索已经提前把定位发送给了星际大地，星际大地的专机应该很快就到了。卡索停下来，和卡伦一起送别阿瓜。

“阿瓜……”

阿瓜知道要和两兄弟分离，张着大嘴哭了起来。

“阿瓜不哭！”卡索拍拍阿瓜的肩膀，给了阿瓜一个纸条，上面写着学校的联系电话和地址，“别愣在这里，趁着老格雷没追上来赶紧走！蓝顿市区有一所小学，你顺着这条路一直往北走，遇到一个像教堂屋顶的房屋你就停下来，那是海之心寄宿学校，我已经联系了那边的老师，你在那里好好读书，千万不要再回去了！”

阿瓜点点头，和两兄弟拥抱后，含着泪，一步一回头地向两兄弟挥手告别。

卡索看看时间，约定好的专机就快到了。二人拎着两个箱子，里面是爷爷留给两人的书和一些爷爷生前用过的物品。

很快，一架直升机飞了过来，在天空盘旋。而这时，老格雷一伙人也开着吉普车赶来。

“你们要去哪里？”老格雷大喊，把猎枪拿了出来。这时，直升机已轰鸣着落在两兄弟面前。“对不起先生，这是我们的贵宾。”直升机上下来两个装备精良的护卫，他们手里也有枪。老格雷看到后，立即退后。头盔哥则吓得赶紧藏在车后面。

老格雷气急败坏地在地上跳骂着，飞机上两兄弟笑着向他挥手。

卡索和卡伦坐在直升机上，兄弟两人紧紧握着手，这才相信他们安全了。卡索看着蓝顿大地，轻轻说道：“再见了，古馨爷爷，再见了，蓝顿大地！”

叁　雷隆的密谋

清晨，当第一缕阳光洒在卡索的面颊上时，他睁开惺忪的睡眼，望着窗前一片蓝色的大海呆住了。旁边，卡伦抱着一床软软的被子还在睡梦中流着口水，阳光安静地洒在白色的被单上，卡索感觉自己像是在做梦。窗户开着，白色透明的窗帘随风飘动，明亮的阳光射进屋内，清新的海风吹过，海浪拍打着沙滩。碧蓝的大海呈现在卡索眼前，从小生活在沙漠的卡索简直不敢相信自己的眼睛。沙滩上摆着一排排整齐的沙滩椅，绿色的棕榈树遮挡着烈日。慵懒的午后，人们把自己埋在沙土里惬意地享受日光浴，粼粼波光里，人们在浪涛中尽兴地冲浪和游泳。

卡伦还在另一张床上熟睡，他噘着红红的小嘴，一脸酣畅的模样，长长的睫毛在阳光下微微抖动。卡索感到很欣慰，弟弟长这么大，也没有睡过这么大的床，呼吸过这样清新的空气。卡索把在蓝顿每天要戴的脏口罩扔到垃圾桶里，在星际大地，口罩根本用不上。

“叮咚！”门铃声响了，服务员送来了美味的食物，牛奶、面包、新鲜水果……“本杰明先生您好！这里是星际大厦，星际城的标志性建筑。我是您的服务生，Andy，请您输入您的账号和密码，方便您在星际城的生活，祝您生活愉快！”服务生礼貌地向卡索行礼。

卡索输入了自己的指纹，并进行面部识别，点击自己的账户后，旁边的服务员吃惊地看到卡索的账户，金额高得让人咋舌。“您就是‘雪域之峰’的领主本杰明？久仰大名，现在星际城的玩家都在等待您的出现，已经有超过了三亿的用户留言期待在领主宴会上见到您，请问您是否参加今晚的宴会呢？”

“宴会都邀请了谁？”卡索淡定地在虚拟屏幕上搜索宴会参加者名单。

“虚拟游戏的所有创始人和股东都会为宴会的盛大召开助兴，届时他们都会到场，您也将看到不同区域的领主。”服务员向卡索讲述道。

卡索警觉地看到名单上有雷隆的名字，“请问雷隆也一同参加？”

“是的，当然，雷隆主席非常重视此次宴会。”服务员礼貌作答后，将晚礼服呈上来。“这是宴会的礼服和面具。每个玩主都将穿上自己领域之王的衣服，进行现实中的加冕。”Andy彬彬有礼地介绍着。

服务生出去后，卡索开始在宾馆的电脑里搜索关于雷隆的信息。

卡索很快搜索到十多年前一张雷隆身穿制服的照片！那是一篇新闻，新闻报道上写着这样一段话："星历802年，雷隆上校带着第一批太空探险队进行深空探测，探索适合人类居住的外太空，但这太空探险最后以失败告终。"照片上有一个人别过脸，似乎不想让人看清他，那个人的手上戴着厚厚的手套！卡索不断放大这张照片，想看清这人的长相。卡索感到心跳加速，这个人是谁？他会是自己的父亲吗？

自从那场战争后，卡索对父母的记忆如同地球发生过的震荡一样，被摧毁成一片废墟。卡索七岁前的记忆，非常模糊，回忆明明在，却像一片深不可测的深渊，极度痛苦。卡索突然在一堆人员名单里发现了一个名字——吴维！这名字卡索异常的熟悉，"吴——维——"卡索轻轻地念着这个名字，这很有可能是自己的父亲！不，不是有可能，就是他！卡索像是在记忆库中输对了密码，看到吴维的照片和名字，便猛然回想起父亲在阳光下高高地举起自己，和母亲一起奔跑在一望无际的草原上的画面。"父亲！"卡索盯着照片，双手激动得直发抖。

卡索找到了一张当年雷隆带着探险队准备驶向太空时的照片，并对比他们从太空返回时的照片，他发现吴维在登陆太空之前，左手摆了一个剪刀手的姿势，和队员们齐声喊着"胜利"。既然父亲在去太空之前，左手是完好无损的，为何从太空回来后手臂变成了金属的？这期间到底发生了什么？雷隆十年前带队去探寻外太空，之后为何在地球上做起了虚拟现实的生意？这虚拟游戏背后和太空探险有什么联系吗？卡索的大脑不停地转动着，他想登录雷隆的电脑后台一探究竟。

这时，一夜好梦的卡伦醒了，一睁开眼，他就看到了碧海蓝天和服务生送来的美食。卡伦在蓝顿大地从来没见过这么多新鲜蔬果，和不限时限量的牛奶和面包，于是，索性坐在餐桌上大吃特吃，这是卡伦吃过的最好的一顿早餐。让卡伦更加兴奋的是，哥哥带自己来的不是虚拟世界，而是真实的世界。卡伦大口呼吸着新鲜空气，睁大眼睛看着窗外的蓝天，但还不忘问一句：“哥，照片里有爸爸吗？”

别看卡伦调皮，但事无巨细，他都看在眼里。“卡伦，你先在宾馆里自己待一会儿，不要乱动，尤其记住，你绝对不可以私自进入游戏关卡里通关，记住了吗？”酒店每个房间里都有独立的虚拟现实设备，而在蓝顿大地，两兄弟要转好几趟车才能在沙漠里的“集装箱”里进入虚拟游戏。

卡索推开门，走廊里空无一人。卡索把帽衫的帽子翻起来戴在头上，遮住了大部分脸，转身进入了安全通道……

三年前，古馨在电视里看到雷隆那张熟悉的脸后，便暗地里让卡索学习高等计算机应用课程。虽然蓝顿大地上并不需要这些计算机知识，但古馨预感，卡索有一天一定会用得到。果然，卡索仅仅用了五分钟便登录了雷隆的电脑后台，搜索到的信息让卡索大为震惊!

第二天清晨，Andy 推着早餐热情地走进两兄弟的房屋。

卡索躲在房屋门后，向卡伦使了一个眼色。

“你也吃一个吧！”卡伦看 Andy 要出门，就把切成片的苹果递给他。

“谢谢，我不吃苹果片。”Andy 礼貌地回答，并准备退出房间，“祝您用餐愉快！”

“吃一口吧！”卡伦很热情，拦住了 Andy，还给他倒果汁，Andy 连忙摇头。

“你怎么不吃啊？”卡伦向哥哥卡索使了一个眼色，卡索从门后跳了出来，把 Andy 脖子后面的芯片拔了出来。“他是一个人工智能机器人，当然吃不了了！”Andy 的立即静止了，口中有气无力地说着，“请问您需要哪些服务？”

卡索迅速换上了 Andy 的衣服，把 Andy 的芯片，插进电脑里，鼓捣了一会儿后，又把芯片插进了 Andy 的脖子后面，自己拿着 Andy 的 ID 卡准备出门。出门前，卡伦郑重其事地对卡索说：“哥，我有种预感，爸爸来找我们了。”

卡索一愣，卡伦笑着说：“你那晚和爷爷的谈话我都听到了，我没睡着。”

“乖，在这里等我！”卡索忍不住揉乱卡伦的头发。

“哥，你去吧，我相信你能找到爸爸，我就在这里等你！”卡伦满怀信心地看着卡索，卡索坚定地点点头。星耀之巅大厦的宴会厅内，雷隆召集了全球有头有脸的上流人士和五百多家媒体，同时向全球直播。

“但凡在星耀之巅的虚拟现实中获取金币的玩家，都可以在星际城兑换成现实的货币。目前参与游戏的年龄不限，只要你想参与，随时欢迎。”

“请问游戏的安全性能如何呢？为何最近有少年发生呕吐晕厥的现象？”

“游戏中的暴力场景是否会对青少年有损害呢？”

雷隆对此避而不答。“我相信每个参与游戏的孩子都有自己的自制力，而且不建议熬夜连续在虚拟世界中度过，尽管我知道你们是星耀忠实的拥护者。”雷隆彬彬有礼地回答道。

“可是，最近有一个孩子在游戏中晕倒，目前还在医院抢救，您能解释一下虚拟现实游戏是不是对人体有伤害呢？请您务必给大家一个解释，雷隆主席！”

一个身材高大的保安站在记者面前，护住了雷隆，雷隆转身钻进黑鲨跑车。

幽浮古堡里，吴维和杜列背好背包，整装待发。杜列哼着小曲，吴维问他：“你怎么这么兴奋？”

杜列咧嘴一笑：“因为我听到了您的心声。”

吴维笑了：“好久不回地球了，我们要找的孩子就在那里。”

吴维把指针拨向了水的元素，心里想着：地球，我回来了！

一阵轰鸣声过后，吴维打开门，两人从星际大地的一间别墅中走出来，脚下蹬着靴子，穿着一身颇具民族特色的褐色布衣，装扮成商人模样，混迹在人群中。

采访的记者里，有两个看起来略熟悉的面孔，他们戴着夸张的帽子听着台上雷隆的演讲，他们正是吴维和杜列。吴维抬头看着高耸的星耀科技大厦。地球变化太大了，他几乎认不出来了。

卡索在地球上初显曜能便是他和卡伦体内释放出交相辉映的光芒的那个晚上。就在那个电光火石的瞬间，远在太空的吴维奇妙地捕捉到了。那天在幽浮古堡，吴维和杜列感受到了一阵强大的曜能，在萨茹老师的陪同下，他们定位到了曜能的光源。出乎吴维的意料，这定位竟然在星际大地——雷隆的地盘内。原计划先去寻找光源再去见雷隆的计划变成了直接抵达星际城。

“杜列，你先去后台查查雷隆的底细。”吴维说完离开了人群。他点击手环上的按钮，眼前出现了卡索的定位，吴维追踪卡索进入金碧辉煌的宴会大厅。

宴会会场聚集着不同地域的领主，卡索一身白色雪域之峰领主的身份一亮相，立即引起了众多关注。

雷隆不在宴会厅？吴维在众人中间寻找着雷隆的身影。

雷隆从幕布后面出现："所有地域领主，欢迎来到星耀大厦！欢迎你们从虚拟走进现实！为你们的才智和勇气干杯！"

卡索冷静地看着雷隆，这个人是他能找到父母的唯一线索。

宾馆里，卡伦知道哥哥一时半会儿回不来，便一个人在屋里大吃了一通。吃饱喝足后，便开始望向窗外的风景。等到天快黑了，哥哥还是没有回来，不知道哥哥在干什么？找到爸爸了没有？卡伦百无聊赖地看着酒店内高级的虚拟游戏舱，他在舱门前走来走去，不敢进去。卡索叮嘱过卡伦不能擅自进入游戏，卡伦迟疑着不敢进入游戏舱。可如果我在哥哥回来前独自打败了怪兽，哥哥一定会高兴的！卡伦想到这里还是忍不住进入虚拟游戏舱。

卡伦兴奋地戴上眼镜，发现视野要比蓝顿大地的虚拟视野更开阔和清晰，并且感到身体置身于凉爽的半空中。

卡伦在"半空中"选择了一个漫游云端的场景。虚拟座椅立即启动了和半空同样的风速和失重感，卡伦兴奋地尖叫着，漫步在云层之上。不远处的闪电在云中穿梭。卡伦看到一道道五彩的光束在云中闪动，云层里潜伏着危险，还好卡伦反应迅速，躲避了雷电的袭击。没多久，卡伦便沉浸在虚拟游戏的世界里，这星耀大厦虚拟体验的速度和敏感度是蓝顿大地体验舱的好几倍！真是过瘾！卡伦第一次没有在哥哥的保护和指导下单兵作战，战绩一路飙升，这感觉让卡伦欲罢不能，他在排行榜不断刷新纪录，他想等卡索回来后，给哥哥一个大大的惊喜！

星耀大厦的虚拟装置非常精妙，同步了大脑神经元，从视觉、听觉、嗅觉、味觉、触觉让你感受到一个比真实世界体验更真切的世界。无论从感官体验还是大脑意识，都给人身临其境的真实感。于是，也就出现了在游戏中上瘾的人，他们分不清楚现实和虚拟世界的差别，淡化了人与人的关系和情感。

星耀公司的虚拟现实技术是根据大脑反射原理，营造了一个看似虚拟，但感受真实的世界。在虚拟游戏中体验到的疼痛感和现实中的疼痛感几乎一样，只是不会在身体上留下任何伤口，如同人在睡梦中经历的一样。梦醒后，不管经历了什么，都像没有发生过一样，只是在你大脑意识中留下记忆。例如，在游戏世界里，玩家的腿部因被划破而流血，在虚拟座椅上会有相应技术让你的脑神经受到刺激，大脑会传递出腿部在流血，需要止血的信号，而现实中，玩家的腿部是完好无损的，这种可以安全又自主造梦的科技，吸引了全球无数人前来体验。

卡伦身处云端世界中，并不知道这次虚拟游戏是一次试验。雷隆在所有虚拟装置中同步投射了脑部的反射区，并在三千个游戏装置里安插了“银针”，当游戏者在战斗中受伤时，他很难分清是在现实中还是在虚拟中受到伤害，而雷隆就在这细微之处做了手脚。他要利用这些玩家达成自己更大的阴谋。卡伦并不知道他便是那三千个游戏者中的一位，他沉浸在游戏的惊险刺激中，丝毫没有发觉他座椅上安插的注射器，当怪兽咬伤卡伦的同时，注射器将“银针”射入卡伦的脖颈，这是发生在同一瞬间的，游戏中的人只会默认为那是大脑发出的信号。

拉菲嘴里叼着棒棒糖在实验室里监测几个孩子在虚拟游戏中的表现，并从虚拟座椅或者眼镜中提取了血液，复制基因。他们在虚拟空间设置了一只“怪兽”，玩家被咬后，基因会自动存储，大脑处于高度集中状态的少年将会暂时进入休眠状态。

而屏幕上这头怪兽正在走向卡伦。

杜列在实验室看到这一幕，录下一段视频发给吴维。

“船长，不好了！我查到有一个孩子进入了游戏关卡，他很有可能掉入了雷隆的游戏陷阱！”

“什么？卡伦在游戏里？雷隆在利用虚拟游戏控制这些游戏玩家？”吴维心里一惊，“杜列，你立即来宴会大厅。”吴维给杜列发送了一个宴会大厅的定位，“杜列，你要见机行事，适当的时候先带卡索回幽浮古堡。”

“那卡伦怎么办？”杜列关掉录像，对正在游戏中的卡伦忧心忡忡。

卡伦突然进入游戏，陷入危险，这完全在吴维的意料之外，但宴会马上开始了，吴维强自镇定下来，用千里传音对杜列说：“先按照原计划进行，先来宴会保护卡索。”宴会上，雷隆穿着一身隆重的伯爵服装出现在宴会中央的主席台上，整个宴会大厅立即暗了下来，聚光灯打在雷隆身上，雷隆举起双手向大家表示致谢，全场一片雷鸣般的掌声。雷隆简单几句幽默的开场白引起现场一阵阵欢呼。

吴维立在暗处，紧盯着这个多年不见的老朋友，没想到这么多年过去了，雷隆一点也没变。

“让我来介绍，‘雪域之峰’的领主——本杰明·迈克尔！大家鼓掌欢迎！”

卡索一身白色，脸上戴着面具众星捧月般，被人群簇拥着，优雅地向人们点头问好。很多人都期待和卡索合影留念，卡索想躲避，却又不好拒绝，只好给粉丝们签名，本杰明·迈克尔。

吴维盯着站在主席台上的雷隆，打开了右眼上的设备，观察到现场多数都是曜能正在进化的孩子们。雷隆到底要做什么？当吴维扫描到雷隆时，他惊奇地看到一层层强大的黑色波段从雷隆的头顶释放出来。这时，雷隆停下脚步，一阵眩晕感袭来，他感到突然耳鸣，他警惕地看着四周，似乎突然想起了什么，立即把话筒交给主持人。主持人夸张地介绍着宴会中各个领主，气氛十分活跃。雷隆走下主席台，一种熟悉又锥心的感受涌上雷隆的心头，他无心与周围的人们应酬，警惕地环视四周，但始终什么都没有发现。雷隆踉踉跄跄地来到卫生间，他的表情时而如惊弓之鸟战战兢兢，时而又愁容满面，雷隆就这样徘徊在卫生间的半身镜子前。

难道是他回来了？不可能！

雷隆看着镜中的自己说：“他们都已经死了！地球都被炸毁了，他们都死了！”雷隆的眼底开始呈现暗灰色，雷隆很清楚，情绪的波动会迅速烧毁曜能，让他原形毕露。雷隆有些难以抑制地暴怒，他一边克制着自己的情绪，一边控制着不断加剧颤抖的身体，从怀中取出一小瓶能量液，一口吞下。

雷隆渐渐感到心绪平复了下来，刚呼出一口气，突然看见卫生间的镜子里出现一个人影！

“你是谁？”雷隆被突然出现的人影吓了一跳，让他意想不到的是，一个人工智能服务生出现在镜中！雷隆用手中的遥控器想要控制这个服务生，却发现遥控器失灵了。

“你不是服务生？你到底是谁？”雷隆感到胸口一阵剧烈的刺痛，这个人突然让雷隆想起了自己多年前的老部下。不可能是他，不可能的！

宴会大厅“雪域之峰”的领主本杰明被人群簇拥着。突然，吴维发现卡索的信号断了，他立即使用千里传音和本杰明交流，得到的却是一串计算机编程代码。

“不好，杜列！卡索跟丢了！眼前这个本杰明是一个人工智能机器人！”吴维立即联系杜列。

“船长，我找到了卡索！”杜列镇定地说，他此时倒挂在五十层楼高的卫生间的玻璃外，他用手环定位到了卡索，并看见一个身穿服务生衣服的人站在雷隆面前。

原来，卡索在入住前就调查了酒店的布局，并用黑客技术进入雷隆的虚拟游戏操作后台，发现雷隆运用游戏在做一些人体试验，卡索怀疑这和当年整个村庄被毁有一定的关系。于是，当他发现酒店所有的服务生都是人工智能机器人后，就来了一个金蝉脱壳，自己换上了服务生 Andy 的衣服，转移了众人的视线，从而接近雷隆。

“你是谁？”雷隆皱着眉头问镜子里的人，紧张得脸色发青。

“雷隆，你还记得吴维吗？”卡索毫不畏惧地走近雷隆。卡索用三年的时间在蓝顿大地虚拟游戏中处心积虑地闯关，直到来到星际大地，就为了见到雷隆，找到自己的父亲。

“你是吴维？不……不，不可能……怎么可能？你，你们太像了！不对，你看起来只有十多岁。”雷隆走近卡索，仔细观察，发现这只是一个十几岁的少年。雷隆感到有些混乱，伸手扯开了卡索的衣服，看到卡索露出的皮肤和完好的左手，不由得笑了，“你不是他，他早没了半个身体！”

卡索一愣，“告诉我，他在哪里？”卡索“嗖”地把手抽了出来，拿出准备好的棒球棍顶住雷隆，威胁他说出吴维的下落。

“你是……不可能的，当时，整个村庄都销毁了。”雷隆感到太阳穴处一阵尖锐的刺痛，他只要闭上眼就能回想起整个村庄被炸毁的场景，整片大地荒无人烟，风一吹，草都化为灰烬，随后土地失去了养分和孕育植物的能力。这是雷隆一生中最不愿意回忆的往事。

“那场战争是你策划的，对吗？为了达到你私人的目的，你背叛了最信任你的朋友、忠于你的下属，对不对？”卡索把在酒店里查找到的资料都整合在一起，分析出了雷隆的动机。对于这个第一次见到自己就把他的老底看穿的人，雷隆感到对面的这个未成年的男孩儿似曾相识。

“难道你是……”雷隆想起了吴维的两个孩子，当时为了寻找这两个孩子，他们用了三个多月，搜查了附近所有街道和孤儿院，都没有他们的信息。面前这个看起来十多岁的少年，从年龄上看，应该是那个年长的孩子，“你是卡索？”雷隆不敢相信，那个七岁的少年如今已经长大成人了。

“我的父亲在哪里？”卡索用棒球棍抵住雷隆的头，雷隆弯着腰，扶住了洗手池。

不可能？他竟然能躲过索伦星球轰炸机的炸弹？连苏菲亚都灰飞烟灭了！难道真的如传说所言，苏菲亚把曜原石放在两个孩子的身体里？

能躲避那场战争的只能是身体里含有曜原石的人，如果说这男孩真的是吴维的孩子，那就意味着……

雷隆不敢想象，刚才莫名其妙的惊恐瞬间转变成了中了宇宙大奖的狂喜！曜原石，它蕴含着至高的力量。有了曜原石，整个宇宙将尽在我雷隆的掌握之中，自己多年来寻寻觅觅，绞尽脑汁，不都为了能找到曜原石吗？如今真是天助我也！雷隆欣喜若狂，把手背到背后偷偷按下了警报键。雷隆的手下收到信息后，纷纷赶来。“你真的是卡索？”雷隆假装一副伤心的样子对卡索说，“哦，我可怜的孩子，你父亲吴维是我的老部下，我们是最好的战友，你知道吗？那场战争，不要再提了，我已经做了最大的努力去保护你们，可不幸的是，你的父母为了保护你和你的弟弟，都在战争中死去了。对了，你还有个弟弟，他还活着吗？他也在星际大地吗？”雷隆佯装一副悲痛欲绝的样子。

“你知道我还有个弟弟？”卡索摇着头，直往后退。当卡索听到吴维和苏菲亚死去的消息，内心一阵慌乱，但很快又镇定下来。不对，古馨爷爷说父亲没有死！古馨爷爷曾在蓝顿大地见过父亲的金属手，卡索警觉地看着雷隆，心里想着，这个人太会演戏了，就算骗得了全球的玩家也骗不了我，我一定要揭穿他的阴谋！“孩子，从辈分上数，你要叫我一声叔叔。我没有自己的孩子，以后你们就是我的孩子，我视如己出。在星际大地，你们想要什么，我都会尽量满足你们！这样我也算对得起生前与你父母老朋友一场了！”雷隆说着想要去抱卡索。

“老朋友，别来无恙！”一个声音突然从某个地方传出来。雷隆感到心跳加快，“你是谁”雷隆不敢相信那是吴维的声音。

雷隆突然变得不正常，他捂住耳朵，惊慌地望着天花板大声喊：“吴维，你在哪？”

“是父亲吗？”卡索大声喊道：“父亲，我是卡索，你在哪里？”

此时宴会已经结束，一群人拥进了卫生间。一时间，雷隆在卡索眼前消失了。卡索很兴奋，原来父亲就在附近！

“抓住那条绳索！快！”“卡索，去窗户边，那边有人接应你，快些离开。”卡索突然听见耳边传来一个声音，这声音既熟悉又陌生，既遥远又亲切。卡索好奇地走到窗户边，发现果真有一条绳索。

那个突然传入耳朵里的声音再次出现，他叮嘱卡索小心。卡索看到卫生间门外冲进来几个保安，向自己这边跑来。卡索不由分说，爬到窗户外面，抓住了绳索。天！一百多层的高楼，卡索不敢往下看，几个保安喊住卡索，要把他拽下来，卡索无路可走，只好顺着绳索往上爬。“你是我父亲吗？”卡索爬了几步，忍不住去寻找那个声音的来源，向空中问道。

“孩子，你现在处境十分危险，抓住你面前的绳子，卡索！”

“我想知道我的父亲是否活着？”倔强的卡索竟然停在半空，这可不是虚拟世界的游戏，这是真的一百多层楼的高空，稍微不慎，跌下去就是粉身碎骨。

“他还活着！孩子，并且我会带你和你弟弟离开这里。”卡索内心一阵惊喜，紧紧握住绳索，用力向上爬。

突然，卡索感到上面的绳索在晃动，他停止继续攀爬，整个身体在半空中跟着绳索飞舞。卡索仰着头，看见一双巨大的翅膀遮住了半个太阳，眼前的景象让卡索惊呆了！

雷隆匆忙跑回了实验室，汗流不止，看起来非常狼狈。

“主席，您这是怎么了？”拉菲几乎要搀扶着雷隆，他才不至于跌倒。

“他，他回来了！赶……赶紧，联络耀辉大地的女王！”

拉菲打开密室，搀扶着雷隆走进去。雷隆坐在座椅上，从怀中取出一瓶曜能液吞下，过了几分钟，神色才恢复正常。这时，只见镶满钻石的宝座投影在雷隆的密室，这投影非常真切，是三百六十度全息投影。

雷隆擦了擦眼睛，没有看见女王的影子，他示意拉菲再次呼叫女王雪莉。

“好了好了，雷隆，我最讨厌别人在我美容的时候打扰我，真够烦的！”密室内瞬间变成了用各色宝石镶嵌而成的美肤馆。

“到底什么事这么紧急？你快说吧！”女王雪莉正在用各色闪着光亮的曜能石做着面部和身体护理。

拉菲忍不住笑出声，雷隆狠狠瞪了拉菲一眼。

雪莉眼皮上顶着两个鸭蛋形的曜能石，心不在焉地听着雷隆来自地球的报告。周围的仆人众多，有人小声告诉女王：“殿下，您的脸周边已经形成了一道洁白的光晕，您将是索伦星球最年轻美貌的女王。”雪莉满意地笑着。

“您还记得苏菲亚留下的两个孩子吗，女王殿下？”雷隆弯身鞠躬等待雪莉的答复。

“什么？苏菲亚的孩子？”雪莉立即起身，两块光滑的圆形曜能石从脸上滑下来。“不可能，七年前那两个孩子不是已经死了吗？”

“也许苏菲亚把曜原石给了她的孩子，所以她死了，但两个孩子活了下来。至少有一个孩子还活着。我今天见到了他！那个孩子叫卡索！”雷隆肯定地说。

“快说，他现在在哪里？”雪莉立即从无数的曜能石中站起身来，披上一层薄薄的蝉翼般的轻纱走出了曜能池。她回过身，用力一吸，一池的曜能石瞬间枯竭，变成了普通的石子。

“主席，我查到了卡索弟弟的信息，应该是这个孩子，他正在我们设置的游戏关卡里。”拉菲从卡索的资料中查到了卡伦所在的位置。

“雷隆，你干得好，如果你能找到那两个孩子，我们之前的协议我都会满足你！”雪莉夸张地将整张扭曲的脸投射在雷隆面前。

雷隆站起身来：“好！我们一言为定！但是吴维也来到了星际大地，我需要您提供给我更多的曜能石。”

“他也活着？这个该死的吴维！要不是他带走了我妹妹，幽浮古堡就不会落入他的手中！雷隆，你要多少曜能石我就给你多少！一定把幽浮古堡给我抢回来！不管付出多少代价！”雪莉紧紧握着手里的曜能石，这些曜能石瞬间化为灰烬。

而此刻，卡索在半空中被杜列带到了天台。杜列收好了翅膀，卡索好奇地走了过去。

“你好，卡索，我叫杜列，是吴维的助手，是他命令我来保护你的。”杜列有一双碧绿色的眼睛，穿着一身白色笔挺的西装，系着白色领带。金色的短发在阳光照耀下熠熠发光，像是天使一般。杜列向卡索伸出手，表示友好，卡索看着杜列身后的翅膀，感到十分惊讶。杜列继续伸着手，“我叫杜列，很高兴认识你！”

卡索愣了半天才把手伸过去：“我叫卡索，我也很高兴认识你！”

“卡索，我和吴维在幽浮古堡里都感受过你超人般的曜能，你未来的禀赋一定很值得期待。”

“曜能，那是什么？”卡索第一次听到这个词语，感到一头雾水。

“看到我身后的翅膀了吗？就是曜能起的作用。你听到吴维船长千里传音告诉你的那些话了吧？”

“你是说有一天，我也可以长出一对翅膀？”卡索好奇地问。

“当然不是，每个人的禀赋都不同。”杜列说，“但具体什么原因，这就要问吴维船长了。”杜列喜欢管吴维叫船长，这意味着他随时愿意听从吴维的调遣。

“吴维……船长，他在哪儿？我想见他！”

卡索迫不及待想见到父亲。他和卡伦翻山越岭，从蓝顿到星际，把所有的念头都盼着父亲还活着，哪怕只有一丝的可能性，他都要去尝试。卡索想知道他的“金属手”是怎么回事？母亲到底在哪里？现如今，心愿得尝。

爷爷，我们终于找到父亲了！卡索深呼一口气。

杜列联系到了吴维，吴维驾驶着直升机，不到五分钟便停在了天台上。

吴维穿着一身中山装从飞机上走下来，杜列示意卡索，面前的人便是他想见的人。卡索激动地奔向父亲，父子俩一步步走近，距离在逐渐缩短。

关于父亲的记忆，卡索几乎所剩无几，那场战争让卡索几乎丧失了关于和父母在一起的所有回忆。卡索想跟父亲表达的东西很多，想告诉父亲自己这些年都学了什么，做了什么，他这几年的努力就是期待有一天能见到父亲。

父子二人立在原地，相互对视了很久，这张极相似的面孔，胜过千言万语。七年前的回忆似乎都如潮水般再次涌来，卡索看到父亲的金属手，刹那间，回忆起儿时时常枕着父亲的金属手睡着……

“妈妈呢？她，她怎么没来，她，她还活着吗？”这是卡索最不敢开口的问题，也是他最想知道的答案。

父亲没有说话，他沉默了好久。卡索低下头，父子陷入一阵寂静中，他早该知道，母亲已经不在了……

卡索闷声不吭，泪水无声落下，他扶起父亲的金属手，吴维紧紧抱住了卡索……

“多么感人的父子相认的场面！”雷隆带着手下包围过来。

是雷隆！连忙护住卡索，对卡索说：“你先跟随杜列撤离。”

卡索憎恶地看着雷隆，不肯离开，但杜列强拉着卡索向后退去。

吴维的右眼亮了起来，他扫描着雷隆头上的光谱，光谱很异常，强大但是不稳定，颜色浑浊暗淡。

“你是不是很吃惊，我也具备了光环，哈哈哈哈……”雷隆得意地说，“没错，我也具备了超乎想象的宇宙能量。”

吴维还是第一次见到这么强大的能量光谱，吴维初步测评了两人的能量值，真打起来，自己未必是雷隆的对手。雪莉给了雷隆充足的曜能石，可供雷隆大批量的制造曜能液，源源不断补充他所需要的曜能。

“雷隆，你是如何获得曜能的？”吴维吃惊于自己对雷隆的发现。要知道，曜能对环境的要求极高，地球中空气的杂质使得对环境纯净度要求极高的曜能难以持久。吴维很清楚地记得，雷隆在外太空具备的曜能体验到了地球没多久就消失殆尽了，这也是为何，曜能很难在地球上得以发挥，就像在太空你会自然飘浮在半空中，而回到地球受到地心引力的影响就不可能轻易飞起来一样。

“难道只有你和苏菲亚才有能力发现人体中的曜能？只有你们才有资格和权利开发曜能吗？”雷隆大笑起来。

雷隆将自己的骨骼缩成一团，他现在全身都是用辉耀大地的曜能石置换过。雷隆突然长出无数的触角来，触角飞速地伸向吴维，紧紧抓住吴维的脖子。吴维感到雷隆的能量光谱呈现出灰暗的色彩，负面的能量在快速聚集。身边人看到这一幕都吓得说不出话来。

吴维四周突然出现很多穿着紫色袍子的索伦使者，拿着枪围住了吴维、卡索和杜列。

曜能石是索伦星球的产物，在地球上，能量很难汇聚，超过二十个小时，曜能便会自动消失殆尽。

吴维警告雷隆：“一旦人体植入曜能石，生命就进入了倒计时，曜能石在地球耗损速度相当快，它会不断吸食周边能量的力量生存下去，如果不能及时补充能量，反而会吞噬植入曜能石的人本身。”

雷隆得意地大笑：“没错，如果我找到了可以持续补充曜能石能量的方法呢？”

“你是利用这些少年，来维持你雷隆的生命吗？”吴维看着周围这些被困住的年轻人。

“不，不仅如此！吴维，还记得你是下等兵的时候吗？国家派我们去太空就是为了寻找一个适合生存的星球，我已经找到了！”雷隆狂笑不止，“我的计划就快实现了！我找到了拯救整个地球的方法！我有源源不断的曜能石。”

“就是和雪莉勾结在一起吗？她是索伦星球的女魔头，雷隆，你会被她毁了的！”

“吴维，你最大的愚蠢，就是太小看我了！”吴维看到雷隆头顶乌云密布，他身后逐渐出现一个巨大的黑色旋涡，形成了一个深不见底的黑洞。“吴维，交出幽浮古堡，我可以放了你。”

吴维立即用千里传音告诉杜列：“雷隆的曜能很危险，快带卡索离开！”

杜列迟疑地看着吴维：“船长，那您怎么办？”

吴维摇头，让杜列不要管自己。

“快，快抓住我的手！卡索！”杜列张开巨大的翅膀，整个天台都鼓起了风，回荡着翅膀的巨大声响。

卡索拽住了杜列的手，“呼”地飞上了天空！

“别让他们跑了！”

卡索凝望着吴维，吴维看着卡索：“孩子，我们幽浮古堡见！”杜列用力扇动翅膀，整个天台的空气都被搅动起来。

雷隆继续释放着黑色旋涡……

这黑洞有巨大的吸力，所有物品都被这黑色的旋涡搅碎，不想刚刚找到父亲又再次成了孤儿，卡索真想跳下去和父亲并肩而战。

“抓紧我的手。”杜列也险些被卷入黑色旋涡。

一群索伦使者骑上坐骑飞上云端，眼看就要追上了杜列。杜列突然转了方向，带着卡索俯冲到地面的房子里。卡索闭着眼睛紧紧抓住杜列的手。

蒙着面、周身黑衣的索伦使者又紧随着来到了地面。

雷隆身后不断涌出黑色的浓雾，整个天台被黑暗的能量笼罩，吴维淡然地站在天台中央，索伦使者步步逼近，吴维却不慌不忙，镇定自若。

“怎么会？”雷隆被眼前的一幕惊住了！

吴维慢慢地转身，从立体三维变为二维，一转身又像是变成了一片薄薄的纸片，之后消失在空气中。

雷隆伸手想要抓住吴维，却只抓住一团空气！

杜列眼看着一群索伦使者追上来，迅速用钥匙打开星际城居民住所里和吴维来时穿过的那扇门。杜列带着卡索进入了一个悬空的黑洞洞的空间。

杜列迅速操作手边的电子键盘，定位了幽浮古堡。

此时卡索忍不住打了一个喷嚏，索伦使者的头目似乎觉察到了什么，向空房子的中间走去。杜列和卡索小心翼翼地向后慢慢退着，卡索这才知道，这些索伦使者根本看不到自己。他们只是觉得空气里有些异样，却发现不了卡索和杜列。

索伦使者迅速包围了整座房子，挨个屋子搜索，却一无所获。

“好了，卡索，抓住前面的固定器，站稳了！”杜列在黑暗中按下一个红色按钮，两人眼前立即出现了一个闪着白光的明珠。“抓住了！”

卡索把手放在这发光体上，紧紧抓住，接着眼前出现了无数的矩阵，卡索和那些索伦使者原本处于同一个平面，但突然自己倒转四十五度角，再看见那些索伦使者时，他发现他们完全是倒立着的。卡索抓住眼前的固定器，固定器开始上升，他分不清楚东西南北，只感觉自己的身体在空间里旋转，一瞬间，无数矩阵变成平面，像一张纸一样折叠起来。

卡索感受到身体在迅速上升，他看到自己完全飘浮在半空，看见了一片蓝天，远处是一望无际的海洋。

索伦使者没有搜到人，这让雪莉大怒！瞬间，这些索伦使者紫色的衣服就全变成黑色的，双手中的曜能石也都化为了灰烬。

卡索看到杜列平行于自己在飞行，但他能感觉到和杜列隔着一堵透明的墙。

卡索一边把握住固定器，一边用力拍着那堵透明的墙：“这是怎么回事？”

“卡索，你将经历一段暗黑的隧道，我不能陪你走这段路了。通过隧道，你便进入幽浮古堡了，有一位叫云莹的女孩儿会来接你。”杜列说到“云莹”这个名字时，稍微停顿了一下接着说：“我们不在一个空间里，这是平行空间，我实际上目前还在星际大地，而你已经在去往幽浮古堡的路上了，你弟弟卡伦还在星际大地，我要把他带回来，另外船长让我转告你，不要担心，他已经在幽浮古堡等着你了。”

“谢谢你，杜列！可，你是怎么飞起来的？”卡索对杜列具有飞行能力很是羡慕。

“你去了幽浮古堡后，便会知道这只是曜能在我身上起的作用而已。有一天当你找到自己独特的禀赋后，你也可以的，很快了。”

“那卡伦就拜托您了！”这种无条件信任的目光，杜列是无法拒绝的，但他并不知道卡伦正陷入危险之中……

肆　进入幽浮古堡

卡索在经历了一段黑暗隧道后，在古堡的大厅停了下来。卡索自己并不知道，他已经进入了幽浮古堡空间站。

一个穿着修身制服的女孩儿就等在空间站，这女孩儿梳着高高的马尾辫，看起来十二三岁的样子，清美的目光透出一丝倔强的焦灼，目不转睛地盯着手环。

“卡索，男，十四岁，地球人。”云莹快速走到卡索跟前，点击手环，鼻梁上突然多出一个黄色的眼罩，云莹与卡索保持安全距离后，停下脚步，开始对卡索进行扫描，并读出卡索的档案。

“是的，我是卡索，你是……”

“你就是云莹吧？”卡索突然想起杜列提醒过自己，一个叫云莹的女孩儿会来接他。

云莹耳朵上挂着一个“长耳耳机”，冷冷地看了卡索一眼。对着前方打开一块虚拟电子屏幕，同时用黄色眼镜扫描卡索的面部并将卡索的信息传递了出去。

“这里就是幽浮古堡？”不等卡索问完，云莹已经转身离开，留下卡索在原地愣神，直至反应过来，才跟上云莹的步伐。

“杜列说让我在这里等他，他去接我弟弟了，很快就会回来的。”卡索见云莹不回答，又怕惹怒了她，于是小声说道。

云莹转过身，冷着脸：“你怎么这么啰嗦，跟着我走就好了！”虽然说话语气凶巴巴的，但一双淡紫色的眸子十分动人。

在云莹眼里，蓝顿大地在银河系中属于文明程度落后的星球之一。当云莹知道自己要接待的人来自蓝顿大地时，她就开始后悔这次星际旅行了。云莹说着叹了一口气，上下打量着卡索。似乎有点失望，嘟囔着从卡索身边走过，卡索闻到一股奇香，忍不住打了一个喷嚏，云莹连忙离开。

卡索已经逃脱了雷隆的掌控，但卡伦还沉浸在游戏中不知道危险正在向他逼近。

游戏中的卡伦刚在云端斩断了一只九头蛇。他在游戏中连玩了几个小时，并不知道哥哥此刻已经离开星际城，到了宇宙的另一端。

卡伦越玩越上瘾，越打越熟练，很快通关抵达了关底，等待他的是一条咆哮的巨龙！

“嗷！吼——呼呼——呲呲——”巨龙咆哮着，一阵冰凉水雾喷在卡伦脸上，卡伦一激灵，更激发了他想征服这头巨龙，这游戏的逼真程度超出了卡伦的想象。

卡伦选了一只战斗级别最高的利剑，准备迎战。巨龙从云端缓缓探出头，卡伦想跳到龙身上，却被龙口中吐出的火虚拟灼伤。卡伦身体毫发未伤，却可以体验到身体被灼伤的真实疼痛感。卡伦立即点击防护盾，抵挡巨龙的袭击。而此刻他并不知道现实中虚拟游戏设备中的注射针正等着卡伦迎战怪兽，被咬伤的瞬间，向卡伦身体里注射液体。

卡伦与巨龙战斗了半小时，毫无进展，正想撤退时，一只九头蛇突然冒了出来，咬在卡伦的脖颈上，卡伦感到一阵钻心的麻痛，眼前一阵眩晕，接着昏倒在虚拟游戏舱内。杜列贴着宾馆的窗户，刚想进去，突然宾馆的门被推开，两个蒙面人进来将卡伦秘密带走了。

在隐秘的山顶上，拉菲的直升机刚刚落地，她和几个雷隆的手下从直升机下来，她警惕地看着四周，杜列远远地躲在岩石后面，看到了雷隆的手下把昏迷不醒的卡伦抬进了山洞。杜列跟在拉菲后面进了山洞，拐了几个弯后，进入了暗室。杜列在暗室中嗅到了一股发霉的气味，小心摸索着前行。突然看到黑暗中，有一双绿幽幽的眼睛。猛地，一只无比巨大的蜘蛛向自己猛扑过来，杜列快速地张开翅膀躲开了这个怪物，这怪物又神秘地消失了。

密室很长，杜列看到笼子里关着很多动物。突然，那巨型蜘蛛又猛地出现在杜列眼前，杜列立即张开翅膀，冲着门口急速飞去。蜘蛛张开巨口，喷出黏液，把杜列黏在墙上，动弹不得。

杜列闭上眼睛装晕，当蜘蛛一步步接近自己时，他突然睁开眼睛，白色羽翼生出了明晃晃的匕首，如雨点般射在这只大蜘蛛身上，蜘蛛便一动不动瘫倒在地上。

杜列拿掉身上的蜘蛛丝，拍了拍身上的尘土，便看到手腕上闪动着吴维发出的信号，他自语道："校长在呼叫我！"此时，杜列突然看到拉菲一闪而过的身影，看见雷隆的手下抬着昏睡的卡伦正在往山洞里走去。杜列推开暗室的门，点亮手腕的手环轻语："报告校长，卡伦已经找到了。"就在这时，拉菲和雷隆的手下也发现杜列，他们立即拿起手中的武器对准杜列发射，杜列的羽翅瞬间变作金属盾牌，挡住了攻击。拉菲自知不是杜列的对手，立即从密室逃脱。杜列赶快走上前去，按住手环，抱着卡伦消失了。

此时的吴维从一张纸片开始，不断转动，变成三维立体，直到恢复了原貌，他出现在幽浮古堡飞船的舱体里。

杜列救出卡伦后，立即赶往幽浮古堡空间站，而卡索此刻已跟着云莹开始熟悉这个太空中奇异的空间。

幽浮古堡内部有五层楼高，大厅宽敞壮观，卡索抬头看到室内哥特式的建筑穹顶，威严而神圣，让人不由得肃然起敬，很难想象这样一个古堡正在太空中行进。云莹穿着一身白色运动服正在二楼的走廊里跑步，她看见了卡索，便径直跑了过去，用毛巾擦了擦汗，手环提示云莹:“今日悦动已充足，请坚持每日训练。”

云莹低垂着睫毛，淡紫色的瞳孔在灯光下呈现出蓝色的光芒，侧面看过去，她的神情总是略显忧伤，但运动后的云莹心情舒畅，笑容也多了起来。卡索则换了一身浅蓝色的运动服。两个人站在一起，像是一对蓝天白云的组合，令人悦目。云莹不禁心里想着，虽然眼前这位资质平庸，长相却不赖，总比遇到那些长得奇异，连语言都不通的外星系生物要好。

“这是你的手环，带上它！”云莹递给卡索一条透明的手环，手环中间有一个特殊的标志，卡索刚带上手环，手环便亮了起来。

“如果在古堡遇到什么问题，可以随时启动手环，就可以找到我。”

“这个手环，怎么用呢？”还没等卡索反应过来，云莹已经转身走进另一个大厅里。

杜列的手环按钮有传输功能，让他可以瞬间从山洞带着卡伦抵达幽浮古堡，但不到万不得已，杜列不会使用这项功能，这需要消耗杜列体内大量的曜能，他将至少需要恢复半年才能再次飞起来。杜列抱着昏迷的卡伦出现在幽浮古堡的传送室内。杜列的翅膀受了重伤，而卡伦一直昏迷着，杜列只好强忍着剧痛抱着卡伦。驾驶舱里的保安人员在监视器里发现了杜列，立即调动人员去救助。杜列很快被抬上了担架送入智能医务舱进行手术，卡伦则被带上氧气罩，安放在休息舱调养。

此刻，吴维出现在自己的房间，他利用降维回到了幽浮古堡，换上了衣服，接到了杜列和卡伦回来的信息，立即前去查看。

“这是黑麦麦片，还有新鲜果蔬。喏，建议你点一杯咖啡，这里的咖啡是全宇宙最好喝的！”云莹喝了一口咖啡后，嘴角终于露出了难得的笑容。

卡索端着盘子，站在云莹身后，两人坐在偌大的餐厅开始用餐。

“我什么时候可以见到杜列和我弟弟卡伦？我在这里等他们吗？”卡索在吃饭前问道。

“我目前还没有接到任何通知，建议你先吃饱再去想别的。”

卡索喝了一杯云莹说极好喝的咖啡，是酸涩中带有红糖、焦糖的风味，“这咖啡出自一个叫波卡索的公司，和我同名！”卡索看了咖啡豆的出品介绍，竟和自己同名。与此同时，一阵美妙的旋律从云莹的手环中传出，云莹点击手环的中心按钮，一个电子屏幕出现在眼前，吴维对着云莹说：“可以带卡索来见我了！”

“是，校长！”云莹回答道。

“吴维校长已经到了！”

听到父亲安全抵达空间站的消息，卡索的眼睛闪着期盼的光。太好了！父亲已经安全抵达空间站了。不知道卡伦怎么样了，杜列找到卡伦没有？卡索的心怦怦直跳，卡索日思夜想地盼着两兄弟和父亲相聚的这一天。

两人用完餐后，云莹带着卡索去往吴维的办公室。

自从吴维开始在整个银河系寻找曜能进化的少年，帮助这些少年实现曜能开发时，就在等着找到卡索和卡伦的这一天。吴维拍了两下手，整个房间从一种精致华贵的古典巴洛克的装饰风格变成了厚重简约的古老东方风格。木制的玄关上雕刻着精致的云彩，圆月形的茶架上摆放着典雅的瓷杯，这是让吴维舒心的摆设。一盆兰花摆在室内幽静的一角推门转过屏风“上善若水”四字映入眼帘。

吴维站在镜子面前也换上了一身中式练功服，这是卡索小时候吴维平常在家常穿的，尽管吴维不确定卡索是否还有儿时的记忆。蓝色和灰色的茶席讲究地搭配着茶台，吴维坐的座位上郑重地摆放着茶道用具。屋内落地玻璃边种着一排翠竹，还搭建了一个流水的空间，溪水顺流而下时发出泉水叮咚的声响。

云莹把卡索引到门口，便自行离开了。

卡索在门口定了会神，平复了内心的激动，才轻轻叩了叩门，门并没有关。卡索推门走进了房间，看见吴维背对着他，看上去，父亲等了很久。室内充满了兰花的香气，那是儿时熟悉的花香，卡索记得母亲常常在阁楼的空地上养兰花和水仙，室内的翠竹，更是让卡索想起了父亲在屋檐下种下竹苗的情景。

如果不是那场战争毁了家园，卡索和卡伦会在父母的呵护下成长，卡索正要开口，听见了吴维的声音。

“七年前，那场战争，让我们的家园毁于一旦。如今沧海桑田，面目全非，难以从那场毁灭性的战争中复苏。这七年来，我四处寻找你们，无时无刻不在担心你和你弟弟。你们一定……吃了很多苦……”吴维内心产生了无限的内疚，回想起七年前索伦星球与地球的那场战争，让他妻离子散，家园被夷为平地。吴维回忆起当时的自己已意识模糊，眼睁睁看着妻子离去却无能为力，如果可以他愿意用生命换回苏菲亚！更让吴维揪心的是，卡索和卡伦遗失在了地球，他多次返回地球，搜索两个孩子的踪迹，却像泥牛入海，毫无音讯。

“爸，我和卡伦很幸运，蓝顿大地的古馨爷爷收留了我们，是他抚养我们长大。他说您来地球找过我们，让我去星际城，所以我们谋划了三年，来到了星际城。”卡索走到父亲身边，想要极力将父亲从痛苦的回忆中解脱出来。

“古馨？那个医术很高明的老前辈！”吴维对古馨爷爷有些印象，“他竟然躲过了那次浩劫？你们遇到他，真是幸运！他在村子里很出名，无所不通，是个老神仙。”吴维没想到古馨竟然躲过那场浩劫，两兄弟被古馨收养，不仅平安长大还学会了一身的功夫。

“古馨爷爷现在人呢？”吴维问。

“爷爷，爷爷他得了一场大病，告诉我们他的时间不多了。他把自己关在深山里就没有再出来，嘱咐我带着卡伦来找您，我和卡伦在山上寻了爷爷半个月也没有找到他，便下山来找您了！”卡索一时间压抑不住情绪，痛哭起来，“爷爷是不想让我们看着他离开我们……呜呜……”一直倔强且看似比同龄人成熟的卡索这时扑到父亲怀里，号啕大哭。

“孩子，坚强起来，生老病死是自然循环。古馨抚养你们成长，救了你们，你们更应该不负所望地好好活着。”

吴维看着满脸泪痕的卡索，他不再是曾经那个七岁的小娃娃，已经长成和自己一样高的小伙子了！吴维用力紧紧抱住了卡索。

卡索依稀记得七年前，自己从废墟中爬起来，抱着不停哭喊的弟弟绝望地寻找父母的情景，现在自己终于见到了父亲！卡索心中充满了从未有过的温暖。虽然母亲去世了，但只要还有父亲在，家就还在。

“爸，你的半个身子……”卡索紧紧抱住父亲，他感到惊愕的是吴维半个身体竟然都是金属的！

吴维把上衣脱下来，卡索看到吴维只有左手是完好的，上身几乎都是用某种金属制成的。

“是什么人向我们村子投放了致命的武器？是雷隆策划的是吗？”卡索想起雷隆不由得愤怒起来。他在图书馆找遍了所有资料，新闻上的报道都称当天因为外星陨石坠落，落入地球，地球板块受到强烈震动，发生位移，整个大陆和海洋都受到辐射，于是，从此蓝顿大地成了隔离区。吴维沉默许久：“这个故事很长，恐怕要从十五年前讲起，等到了幽浮古堡镇，我再慢慢告诉你……”

吴维给卡索倒了一杯茶，卡索咂了一小口，“好清甜的茶！”卡索瞬间回想起小时候，母亲会制茶工艺，家里常常泡茶，屋里常弥漫着茶香。如果母亲还在该多好啊！卡索又喝了一杯茶，似乎这茶香让他可以暂时沉醉在怀念母亲的美好记忆中。

而在幽浮古堡空间站的另一个房间里，正在进行一台精密的手术！

杜列拖着受伤的翅膀进入智能医学手术舱，按照语音提示，在手术舱里配合医学 AI 一步步完成伤口处理和包扎。杜列的手术很成功，医学 AI 机器人已将杜列肩膀上的伤口缝合好。

“您的手术很成功，请您卧床休养，每天吃三次诺兰浆果并继续保持疗养。”杜列从手术台上下来，机器手臂递给杜列一颗诺兰浆果。诺兰浆果是幽浮古堡一种独特的水果，有消炎和治愈伤口的作用。杜列手环断裂了，他把手环扔到了电子回收箱，三秒钟后，手环修复成功。杜列再次带上新手环。

吴维接到了杜列的信息，看到卡伦正在休息舱里闭目养神。“杜列，你的情况怎么样？”吴维对着对讲机问道。

“我的问题不大，但卡伦在游戏中被注射过银针，有可能注射过量，一直在昏睡。”杜列贴近玻璃罩近距离观察着熟睡中的卡伦汇报说。

“我现在就过去！”

吴维的脸迅速沉了一下，挂断电话后，转身告诉卡索：“关于十五年前的往事，等我们到了古堡镇上再讲给你听，杜列已经在古堡空间站了，卡伦也到了，你别急，我先去看看情况。你可以先熟悉一下这里的环境，如果有不明白的地方可以问云莹。”

“卡伦也到了吗？”卡索眼睛里充满了喜悦，没有什么比一家人团聚更值得期待了。

吴维犹豫了一下，为了安抚卡索，并没有告诉卡索关于卡伦的真实情况。“杜列伤得很重，晚一点，我再带你去见卡伦。”吴维听说卡伦被注射器击中时，就有种预感，他和雷隆之间的战争才刚刚拉开帷幕。

卡索得知弟弟也在附近后，心里安稳了很多。这么大的空间站他还是第一次见到，卡索抬着头数着古堡空间站的楼层，一、二、三、四、五，足足有五层楼那么高！

卡索走到三楼的走廊，看见云莹正在大厅中央悬挂的藤蔓上练习瑜伽。卡索仰着头，想找到云莹的脸，让她看到自己。

“嗨，嗨”卡索对着倒立着的云莹，不知道该冲着哪个方向打招呼。

云莹不耐烦地瞪了一眼卡索，把脸转向另一边，从藤蔓上翻滚了两圈，稳稳地落在地上。让卡索更吃惊的是，挂在两边的藤蔓神奇般地收入她的手掌心，卡索以为自己眼花了，这是什么魔术和高科技，能把那么长的藤蔓怎么一下子收到这么窄的袖口里？卡索不禁凑近云莹的袖口想一探究竟。

“看什么呢？”这小姑娘看起来弱不禁风，力量却不小。

“怎么总是看你在运动？”

“古堡空间站在运行时，人体的骨骼、肌肉和血压都会受到影响，如果不坚持锻炼身体，增加柔韧性，长期在空间站工作会因为缺钙而变得易骨折。尽管古堡空间站有最好的医疗，但我可不想进 AI 病房。”云莹说着似乎察觉到卡索眼神里的仰慕，脸不由得红了。

“怎么，你和吴校长这么快就谈完了？”云莹立即转移了话题，睁大眼睛盯着卡索，更很好奇吴维校长和卡索的谈话内容。

“校长，校长他说……”

“跟你单独说什么了？”

卡索当然知道自己和父亲的谈话不能让云莹知道，但他发现只要见到云莹，自己的舌头就打结，“我们随便聊了聊，他说让你带我，带我了解一下，一下……”怎么连一句话也说不利索了。真该死！

“你还有口吃的毛病？！”云莹撇了撇嘴。

卡索心想，我也想知道自己为什么见到你舌头会打结？

“你想什么呢？快讲！”云莹催促卡索。

“你手里的藤蔓，怎么突然之间就……”卡索学着云莹收回藤蔓的动作，想看看藤蔓怎么像变戏法一样被收回云莹袖子里去了。

“跟你说了，你也不见得能理解得了。”云莹摇摇头，认为卡索有些少见多怪，“我关注了蓝顿大地最近的环境分析报告，你们的大气污染都爆表了，再这样下去，会招来灭顶之灾的！曾经那里有最好的咖啡，有洁白的雪山和碧蓝湖泊，现在从外太空看上去一片灰蒙。”云莹的直言不讳让聊天的气氛变得很紧张。云莹显然对蓝顿大地存有偏见。虽然卡索还未曾得知地球在宇宙中的级别，但他心里可不服这个外星系的小女孩儿，他倒是想让云莹看看，自己并不像她说的那样。

卡索沉默不语，透过窗户，看见飞船外悬浮在宇宙间色彩明艳的星云，萤火虫一样发光的冰点在飞船四周飘荡，他从外太空看到了蓝顿大地和星际城之间的蓝顿海峡，蓝顿海峡非常狭长，像“蓝色围脖”一样绕着星际城整整一周，地球的一端弥漫着一层污浊的气体。

“我见过地球以前的照片，像蓝宝石一样。”云莹叹着气看着窗外说，口气像是一个老学究，“因为人的欲望像个无底洞，他们无度开发环境，摄取资源，毫无自我的约束力。看到了吗，那些浑浊的部分？而你们却不知道，随着环境的不断恶化，生态平衡被破坏将持续带来灾难，再继续下去，就会像巴比星球一样引来不可挽回的灾祸，而这对正在进化的宇宙文明来说无疑是被放弃和遗忘。”云莹讲述地球的事情，就像一个老师批评差等生时的气愤。

“巴比星球有过什么灾难？”卡索第一次听说外星系的情况。难道地球和其他星系还有着关联？卡索似乎明白了云莹研究地球环境的原因。

“你问对人了！我的历史成绩在幽浮古堡是最棒的！好吧，我今天给你上一段历史：巴比星球原是索伦星球的殖民星球，索伦星球的继承人苏菲亚原本想把曜能的秘密传授给银河系其他星球，但她的姐姐雪莉认为这违背了千万年来索伦星球族人守护曜能秘密的誓言，两姐妹因此发生了争执。于是在索伦星球上，以苏菲亚为代表的诺威大地和以雪莉为代表的耀辉大地发动了战争。战后，重建索伦星球需要大量的工业生产，这使得巴比星球的环境遭到严重的破坏，而巴比星球上的一部分人初步接触到了一些关于曜能的知识，却没有曜能可以持续供应，为了可以持续获取曜能，他们竟然用人来做试验，最终大气层破裂……"

卡索愣住了："用人来做试验获取曜能？"

"是的，曜能是宇宙中最珍贵的能量。"云莹说，"不过，地球还没有进化到曜能时代。"

卡索突然回想起在星际大地上，他在星耀大厦后台查看到的雷隆的阴谋！难道……难道说雷隆利用虚拟游戏在吸取他人的……曜能？这个发现几乎让卡索惊呆了！难道说，母亲的死，当年地球整个大陆的毁灭都和这些有关系？

"巴比星球由于大气层的破裂，引来了黑煞虫，发生了灭族之灾。苏菲亚殿下尽了最大努力，用幽浮古堡救出了最后几百万巴比的后裔。"云莹继续说道。

黑煞虫？卡索第一次听说这种太空生物。

"那些巴比的后裔呢？"卡索对云莹的这段讲述很是着迷，他很想了解巴比星球被毁灭的原因。

"在幽浮古堡里生活。"云莹说，"这世界上没有比苏菲亚女王更完美的人了。"

苏菲亚，那是母亲啊！卡索听到了云莹对母亲的赞许，对眼前的云莹仿佛多了一些好感。

"幽浮古堡？这里又是哪里？我们在通往哪里？"卡索

有些糊涂了。

云莹叹了口气，点击手环，出现了电子虚拟屏幕。

卡索看见一个偌大的古堡在星云之间穿梭，很是震撼！

“这就是我们现在所处的地方。”云莹把电子沙盘转动了一下，点击大厅中的一楼，卡索甚至看到了自己和云莹站在大厅的中央。“这座古堡，就是幽浮古堡的宇宙空间站。”

云莹把沙盘转了180度，指着古堡的大门：“从这里我们将要通往幽浮古堡的城镇，我们通常说的幽浮古堡，其实是我们所居住的地方。”

“巴比人也在那里吗？那是什么地方？一个星球？”卡索问。

云莹点头，“到那你就知道了。”云莹露出神秘的微笑，她在太空漂流一个多月了，很想早日回到古堡。

云莹转动沙盘，调出了地球的电子沙盘模型。

“这里是蓝顿大地，你以前居住的地方，是吧！”云莹是个有轻微洁癖的人。

“据我调查的结果，所有工厂都调到了蓝顿大地上，化学工业已经严重饱和超标了，如果生态继续被破坏下去，大气层一旦出现缺口，就很可能会招惹来黑煞虫，当黑煞虫不断扩张繁衍，整个宇宙将面临退化的危险。”

“黑煞虫？”卡索再次听到了这种可怕的生物。

“黑煞虫是宇宙中专门以吸食恐惧为生的生物，专门对能量低的星球下手。”

“吸食恐惧？恐惧如何吸食呢？”

“当一个地方不断发生灾难，那个地方必然会是恐惧的聚集地，恐惧越密集，越能吸引来黑煞虫。它们能感知到恐惧释放的气味。虽然我们长相很相似，但生命的级别是完全不同的！开发的功能也不一样！”云莹笑笑，虽然年纪才十一二岁，但她知识的存储量却是卡索的好几倍，尤其关于曜能，这对于卡索来说还是一片空白。云莹按下手环上的蓝色按钮，抽离出来一段视频，卡索立即看到巴比星球被黑煞虫围攻的照片，黑煞虫巨大的复眼像是毒瘤一样顶在黑漆漆的头顶，巴比星球根本没有抵抗能力，短短几天，整个星球人就几乎全部覆灭，被黑煞虫一扫而空。

“巴比星球因为聚集着恐惧，所以吸引了黑煞虫？这曜能里面有什么？”

“曜能释放出的电波恰好是黑煞虫难以接近的，与恐惧相反的能量波段。”

“能量波段？那是什么？”

“这你都不懂？”“和你谈这些也是浪费时间，因为蓝顿大地的大气纯净度根本维系不了曜能，你只有去了幽浮古堡才能明白！我们还是去喝咖啡吧！”云莹骄傲地说。

卡索和云莹第一次关于曜能的一段谈话就这样戛然而止了，但这让卡索回想起古馨爷爷对他所说的关于宇宙的本源，这和云莹所说的“曜能”有很多相似之处。万事万物的存在都有其能量，这也是之后在幽浮古堡，当有一天卡索带着测能仪，看到一块石子都释放着自身的能量时，他才深刻地理解曜能的含义。卡索也是在进入幽浮古堡后，才逐渐明白善待身边的每一件物品，每一个人，每一时刻的意义。

“苏菲亚殿下就是因为太过善良，才会去帮助其他星球，所以搭上了自己的性命，但也正是她的牺牲才换来了希望……”飞船在平稳地驶向外太空，云莹看了看时间，“休息时间到了！”

云莹带卡索来到休息室，按下黄色按钮，卡索头顶的安全灯亮起来，安全带被自动系上，四周突然涌过来软绵绵的垫子，卡索像蚕蛹一样被包裹起来。云莹也有些累了：“睡上一觉，我们就到了。”

卡索并不知道，在幽浮古堡里，仅仅用几个小时就可以穿越了上万光年。卡索在这个“木乃伊”中沉沉睡着了。

睡梦中，卡索梦见一棵发光的树，树下有一只鹿，一双眼睛看着自己。飞船冲破大气层，进入了浩瀚的太空，杜列来到驾驶室，监控着飞船，旁边的驾驶员熟练地操作着系统，将飞船提速。

吴维没有时间休息，他和杜列正在查看休息舱里的卡伦，杜列则向吴维汇报自己在星际大地的发现。

“校长，这孩子被注射了麻醉剂，一直昏迷着，查不出原因来。”杜列说。

吴维问:“杜列，你怎么样？你在暗室里都看见了什么？”

“一只绿色的蜘蛛，一种变异了的怪物……”

吴维神色不动:“还有其他的吗？”

杜列摇头:“我跟踪了雷隆的手下，在救卡伦时受了伤，就没能深入暗室内部。我躲在雷隆手下的飞机里，听到他们在议论，说雪莉要找到宇宙之子，她说宇宙之子体内有曜原石，也就是太阳和月亮的能量。而雷隆正在建造一个巨大的实验室，等找到宇宙之子后，要献给雪莉，到时候雪莉就可以名正言顺地当上索伦星球的女王。”

吴维沉默了许久:“好，我知道了。你先好好养伤，到了幽浮古堡，你就把卡伦带过去，你们一起去冰玉温泉疗养，再等我消息。”

一阵强烈的冲击波过后，飞船进入平稳的滑翔阶段。卡索四周的气垫自动散开，幸好有安全带，将他固定在座位上。卡索感到自己的双手双腿都不自觉地向上漂浮，头发也向上直立起来。

“你醒了！卡索，前方便是幽浮古堡。”云莹把帘子打开，前方的视野更加开阔。

“那就是幽浮古堡！”

卡索瞪大眼睛，终于来到了传说中的幽浮古堡。

一杯浅蓝色的水从桌子上缓缓升起，升至卡索面前。云莹拿出吸管喝着杯里的水：“你进门前得喝这个。”

“这是什么？”

“这是雪鸟羽毛中存储的能量液，幽浮古堡的压力环境不同于地球，你喝了它，你就可以适应这里。”

“雪鸟？”

“到了古堡你就知道了，古堡里有很多远古的异兽，动物的潜能被充分激活，成为最适合人类抵御外敌的伙伴。”

“哦，这是什么味儿啊？”卡索直吐舌头，感到这水味道怪怪的，刚开始喝的时候有些酸涩，甚至有些辣辣的感觉，喝到最后，竟然有一丝甜味。一杯能量液下肚，卡索瞬间感到身体发热，精力充沛。

云莹给卡索换上特制的马甲，“幽浮古堡里的重力是地球的三分之一，意味着你很难双脚落地，但这件马甲可以调整你的重力，让你在幽浮古堡内自由行动。这件马甲的功能还有很多，日后你可以慢慢学习。”

云莹虽然对傲慢，但她很负责任，也很博学，这让卡索对这个来自外星的女孩儿刮目相看。幽浮古堡一闪而过，卡索眯着眼睛仔细观看，云雾深处是一座明晃晃的古堡，从一面看又悬浮在白云之上，从另一面看仿佛在茫茫宇宙之中前行。

卡索问：“云莹，我想知道在星际大地，为什么杜列打开一扇门，我们就可以直接进入到幽浮古堡里，我眼看着那些黑衣人就要追上我们了，可为何他们看不见我？”

云莹无奈地答道：“你的问题可真多！幽浮古堡利用的正是扭曲的空间现象。空间与空间就像被折叠的纸一样，无论两地相隔有多远，只需要千分之一秒就可以完成从一个点到另一个点的距离转换。幽浮古堡空间站的神奇之处就在于它可以无限折叠扭曲的宇宙空间，任意穿梭于星际。”

“你期待的古堡就要到了！”云莹看到了陆地，心里非常踏实。

卡索看向窗外，视野忽然变得非常开阔，视觉也仿佛从2D升格为3D好像一对蜻蜓眼。

“我们到了，卡索！”云莹打开飞船的窗，微笑着把头探出窗外。

飞船掠过古堡，卡索被眼前壮观的奇景震慑住。幽浮古堡青绿的山脉无穷无尽、连绵不绝，在眼前无限地放大。像涂抹了油彩的画卷。一阵风吹来，花果香气怡人。

“云莹，这趟旅程还顺利吗？”吴维校长推门走入休息室。

“报告校长，一切都很顺利。”云莹立正向吴维汇报工作。

“很好，送给幽浮古堡最优秀的学员！”吴维笑着给了云莹一颗闪着光的曜能石。

云莹收好曜能石，骄傲地将它放在自己口袋里，向吴维行礼后，进了驾驶舱。

吴维走到卡索身边，对卡索说：“卡索，你跟我来。”

卡索跟在吴维的后面，进入 AI 病房。

卡索看见卡伦还在休息舱里睡觉。“弟弟，醒醒！醒醒啊！”卡索想敲醒卡伦，但卡伦睡得很熟，根本叫不醒。

“也许是他刚进入太空，还不太适应，我先安排他去古堡的冰玉温泉调整一下。”关于卡伦为何昏迷不醒，吴维一时间也找不到原因，但为了安抚卡索，吴维临时编了一个理由。卡索本以为一家人可以大团圆了！但不管怎么说，卡索找到了父亲，完成了古馨爷爷的遗愿。

幽浮古堡到了！

一座高高耸立的大门被打开，卡索跟在吴维身后走出古堡空间站，闻到了空气中润泽的泥土芬芳，云莹一个月没有呼吸到古堡的新鲜空气了，她大口呼吸着，身心十分畅快。

儿人刚走出古堡空间站，便依次进入失重空间，卡索看到连石头都漂浮在空中，他探索着将脚踏入半空，天啊！整个身体竟然自动漂浮起来！这感觉太美妙了！卡索脚下有些站不稳，只能跟随着吴维悬浮在半空往前慢慢挪动，好几次险些被向上的气流吹走。吴维一把拽住卡索，示意卡索抓住半空中透明的绳索，云莹跟在后面，待三人都抓住绳索后，急速地通过失重隧道。卡索瞬间体验到飞翔的快感，不由兴奋地大喊："喔呼！"

在通过失重隧道后，幽浮古堡的全貌呈现在眼前，卡索，他看见远处有山脉连绵不绝悬浮在天空，有波澜壮阔的大海、巍峨的崇山和一望无际的森林，这些美景都快速地飞奔到自己的身后，让卡索目及千里。飞驰在半空中的卡索仿佛在这些美景中跳跃，一双眼睛实在不够用。"那是什么？"卡索好奇地看着周遭的一切，吴维和云莹似乎早预料到卡索会如此惊喜，两人不禁相视而笑。云莹则耐心地做起导游，卡索简直被眼前景象迷住了，感叹这实在是个神奇的地方，宏伟的建筑，雄伟的狮子喷泉，洁净无染的池水，到处都是花团锦簇的景象。

一转眼，卡索便停在了雕刻着"苏菲亚七曜学院"大字的门前，卡索看到一座壮丽的高耸入云的大门。

"苏菲亚……那是母亲！"

卡索在门前保住了这种回到家中，卸下疲惫的感觉让他别过脸去，不想让云莹看到他湿润的眼眶。

"卡索，你怎么了？"云莹看到卡索的表现有一些反常，心想卡索第一次来到幽浮古堡，自然没有见识过这样高耸入云的大门，有些激动也是正常的。云莹带着卡索来到苏菲亚的雕像前，并鞠躬行礼。苏菲亚是索伦星球的继承人，也是幽浮古堡的主人，她开创了宇宙中第一间以曜能成长为主的学校——七曜学校，这对整个宇宙来讲都是划时代的转折！七曜代表七星，她希望将真理和光明遍布宇宙所有星系。云莹介绍苏菲亚时语气中充满了敬畏，眼里尽是光彩，卡索也跟着深深地鞠躬。低头时，卡索看到云莹脚下生长出黄色的小花，他弯腰摘下一朵，悄悄放进衣袖！

“你脚下为什么可以生长出植物？”卡索突然想起云莹曾将藤蔓缩到袖口里，难道那并不是魔术？杜列的翅膀，云莹脚下生长的花朵，这难道都和曜能有关系？

与幽浮古堡明媚的阳光、磅礴的自然景象不同的是，星际大地充斥着一座座死气沉沉的钢铁大厦，人们只能在狭窄的虚拟空间里体验自然的气息。而星耀大厦的地下室，更是阴暗潮湿，常年见不到阳光，而雷隆却在这阴森冰冷的地下室里建立起自己的王国。

天一黑透，雷隆便点着灯走进科学大殿地下室。昏暗暗灯光下隐约可见，台阶上泛着水珠，曲曲折折通向更深的府邸。停在一扇门旁，雷隆在墙壁上摸索着，按动了通道的按钮，通道的大门打开，两个面目苍白的侍卫低下头，对雷隆毕恭毕敬，口里喊着：“欢迎雷隆王回到府邸，雷隆王的曜能无人能及。”雷隆狂笑不止。刚刚光鲜亮丽的雷隆穿上了黑披风，摘下宝座上镶嵌着神奇宝石的光杖。那光杖上镶嵌着一颗黄色的宝石，宝石里的液体旋转着，看上去像急速流动的水。这颗宝石聚集了无数玩家的智力成果。几乎没有玩家不被他所营造的感官世界所迷惑，这些玩家沉迷之时，正是雷隆可以窃取成果为己所用之际。

这大厦的地下室看起来不大，但越深入就越发现，里面设计精密，别有洞天。地下室被打造成无数个监狱，里面住的都是游戏中的玩家。这些玩家的脖颈上被安装了一种特殊的装置，安装前每个少年都要经历钻心的疼痛，安装后，便会受到雷隆的控制，当这些少年进入雷隆设置的游戏关卡后，所释放出的情绪便会轻易转化成雷隆需要的负面能量，方便雷隆采集。

一个男孩儿醒了过来，这男孩儿正是“雪域之峰”曾和卡索一决雌雄的穿着蓝麟甲装备的男孩儿。男孩儿胸前写着自己的名字——阿伽鲁。阿伽鲁惊讶地发现自己被困在监狱里，他把周围的孩子都叫了起来。雷隆听到监狱深处有反抗的声响，立即走了过去。这高个子男孩儿带头向雷隆质问:“雷隆，这是什么地方？如果我父亲知道我在这里，他不会放过你的！”

“欢迎各位的到来，游戏大赛并没有结束，你们将进入更有趣的游戏竞争中。”雷隆阴阳怪气地说。

“什么？游戏大赛从这里开始吗？”

“我想回家，这是什么地方，我饿了，要吃东西！我要回家！放我出去！”另一个孩子感到这里的氛围不对，吵嚷着想要离开。

“请大家安静！马上有大餐给大家享用！”雷隆说着一挥手，监狱的大门打开，雷隆的手下带着游戏玩家们进入山洞的最深处，这里摆放着满满的山珍海味，很快这些孩子忘记了反抗。

“来吧！大家尽情享用。”雷隆一招手。音乐响了起来，所有玩家都不再吵嚷着要回家，而是大吃大喝起来。只有那个阿伽鲁一边吃，一边警惕地看着四周穿黑衣的守卫，他悄悄地和几个兄弟们凑在一起商量着如何离开这个鬼地方。

伍　曜能的秘密

卡索光着上身，站在玻璃实验室内，头和身上贴满了彩色贴片。吴维校长和萨茹老师透过玻璃，看着卡索正在测试曜能指数。卡索的曜能以不同光谱呈现在屏幕上。此刻屏幕上有些异样。

测试人员说：“校长，一周后会出结果。”每个新进入幽浮古堡的少年都需要测试能量级别和类型，吴维会根据孩子们曜能的开发程度和类型来提供最佳训练项目，最大限度开发每个人的潜能。

卡索的测试结束后，吴维带着卡索来到自己的住处。吴维的性情闲适平和，与世无争，居住在一片竹林深处。篱墙内处是吴维亲手种的菊花和睡莲，三只祖鹤看到主人归来，兴奋地振翅鸣叫，吴维扬了一把七彩的米在院落，远远看过去，犹如南山一角。屋内挂着吴维的书画，茶桌古香古色的实木散发着古老的气息，门廊上雕刻着七彩祥云的图案，桌上摆着茶道和秀丽的盆景，中央大厅郑重地挂着一幅画像，是个四口之家。吴维看着画像中的苏菲亚发呆。两个孩子，一个刚刚出生被苏菲亚抱在怀里，另一个看起来五六岁，和父母牵着手。卡索在画前停下，用手轻轻抚摸着画上的人，一股暖流涌入心间，那大一点的孩子正是自己，刚出生的婴儿则是卡伦。吴维也陷入了深深的沉思，他回忆起十年前索伦星球和地球的那场战争，内心久久不能平静。

吴维不想陷入战争的回忆中，便让卡索坐在茶桌前，泡起茶来。泡茶的手法如行云流水一般，可就在这过程中，卡索看见了吴维记忆中的苏菲亚，美丽典雅，绽放着慈爱温和的笑容。

卡索刚想要问些什么，吴维淡淡一笑，让卡索继续跟随吴维的思绪进入自己的记忆深处。

墙上青铜制造的复古时钟滴答滴答地响着，仅仅一分钟时间，卡索却感到自己在吴维的记忆长廊里徜徉了十几年。

“你母亲苏菲亚在成为继承者的当天，告诉我她这一届继承人的使命便是让整个星系了解到宇宙将面临史无前例的进化。她的万物进化理论包括人类、动物、植物甚至普通的一粒沙子。”卡索的记忆库里瞬间被输入了很多新鲜的信息，但他发现有更多问题想要父亲为他解答。

“我们是先行者，要先掌握曜能的秘诀，控制和发挥体内进化的曜能，充分和周围环境融为一体，和谐发展后，再带动其他星球的居民一起进化。”吴维在茶桌前静静地泡着茶，卡索闻到茶香在空气中的弥漫，似乎领悟到了进化的含义。

卡索在吴维的知识体系中得到这样的信息，他立即读取出来：“地球上生存的人类，大脑只开发了不到10%，而在其他星系，人类大脑开发到了20%甚至更高的程度，通过研究发现，大脑的开发程度与曜能的潜质息息相关。”

“怎么可以找到内在的曜能呢？”卡索想起了杜列的飞翔和云莹脚底出现的芳草地，这也许都是曜能进化后出现的奇迹。

“如果单纯地开发曜能，而没有遵循宇宙的发展自然规律，那样只会自取灭亡，走向歧途。”

“那是什么意思？”

“如果只为了开发曜能而违背宇宙运转的规律，就会带来灾难。巴比星球曾经为了开发曜能不惜以牺牲人为代价，招致了黑煞虫灭族，而地球人也在重蹈覆辙。”吴维坚定地说：“雷隆就只是看到了曜能对人体进化的促进，却忽略了这进化是否符合客观规律。任何一种正面能量，背后都基于对其他生命充分的尊重，那不是强取豪夺得以实现的。”

“学校的名字为什么叫七曜呢？”

“七曜者，日月五星照天下，这就是七曜的含义。”吴维说：“古人其实早开始探索宇宙本源的秘密，只有进入宇宙二律中，才能与孕育万物法则连接，才能拥有永续生命的能量。”

卡索听起来有些玄乎，更加不懂了。

“七曜包括：日、月、金、木、水、火、土七种星曜，代表了七种和合而成的不同能量。”吴维耐心地为卡索讲解。

“在苏菲亚之前，曜能仅存在于索伦星球，所以当她提出将曜能的秘密带到地球上时，引发了索伦家族人的反对。”吴维叹了一口气，“所以苏菲亚跟着我来到了地球。”

“妈妈……”卡索暗自下定了决心，他也要合理发挥曜能，并把曜能的秘密传到地球，让更多人知道。

卡索想起来古馨爷爷有一次带着两兄弟在山顶观测星象，他们看到过日月同辉的七星景象，爷爷当时说过七星代表了宇宙的七种能量，那是生命的光源，这和七曜学校的七种能量似乎息息相关。吴维闭上眼睛，传递给卡索一段记忆。

卡索脑海里突然出现黑煞虫的片段，他看了一眼吴维，吴维正闭着眼睛，手指着太阳穴给卡索传递重要的信息。“那是黑煞虫，它们……它们在宇宙中以吞噬星球为生！”卡索感到万分恐惧，赶紧从吴维的大脑意识中抽离出来。

“是的，它们是宇宙星球的杀手。这种外星系的可怕生物，它们生活在表面温度达到1000摄氏度的黑煞星，沐浴在恒星恐怖的加热喷射流中，它们也在不断进化，它们的摧毁能力不可估量，吸收了强大X射线辐射却不会死亡，反而让它们更加强大，黑煞虫所到之处，寸草不生。”

苏菲亚七曜学校遍布着新奇的发明和曜能各异的人类，幽浮古堡更是科技高度文明的世界，聚集了宇宙间不同星球的精英人士。卡索对苏菲亚曜能学校所有的一切都充满了好奇，他迫不及待地想投入到七曜能量的学习中，早日发掘自己的禀赋。

当吴维和卡索再次相见的时候，卡索穿着曜能学校校服米色的袍子上印着幽浮古堡北斗七星列位的标志。

卡索想起古馨爷爷，如果爷爷能看到他和卡伦回到父亲身边该有多高兴啊！

萨茹，是幽浮古堡的神医，精通草药。这天，吴维和萨茹各乘坐着祖鹤和灰雁，平稳地行驶在半空中。

“卡伦的情况怎么样了？”卡伦进入幽浮古堡后一直昏睡不醒，这让吴维很是担心。

萨茹脸一沉：“情况不是很好。”

据吴维对萨茹的了解，还没有萨茹医治不好的病患。

“卡伦到底怎么了？”吴维最担心的是雷隆用卡伦做试验，和雪莉勾结起来，窃取孩子的能量。索伦星球的科技文明远远超越了地球，通过曜能石转化为曜能为雷隆所用是完全可以做到的。

萨茹摇摇头。这让吴维心里没底，杜列好不容易救出了卡伦，找到两兄弟……吴维不敢往下想。

“有办法解救？”

萨茹沉默不语。

“我问你，有办法救卡伦吗？”吴维停在半空中，阻挡住萨茹的坐骑，萨茹的灰雁停了下来。

“很难。”萨茹低下头，犹豫不决地说。

“我十年前整个脑骨都断裂，心脏被陨石刺穿了，七年前半个身体被摧毁，已经宣布死亡，你还不是让我起死回生了？这些年我好不容易找到了两个孩子。我已经失去了苏菲亚，我不能再失去卡伦！”

“正是因为这个缘故，我才认为这是雷隆的阴谋。我有种不祥的预感，可能要冒险，碰触曜能使用的禁忌。”萨茹非常为难。

“不管付出什么代价，我都要把卡伦救活！”

卡伦的眼睛和苏菲亚的一模一样，是晶莹剔透的紫色。吴维每次看到卡伦，都会想到苏菲亚，他具有索伦星球人独有的紫水晶般的眼睛。卡伦出生当天苏菲亚就离开了，这成了吴维内心不可触碰的痛处。

吴维见识过雷隆的曜能，那黑暗力量的强大超过了自己的想象。雪莉和雷隆蓄谋已久，迟早会追到幽浮古堡来的。吴维看着幽浮古堡安宁的光景，内心难以平静，这古堡的一砖一瓦都是吴维心血的凝结，而此次与雷隆的交战，让他感到星际之间的一场浩劫在所难免。

“我知道你一定有救卡伦的办法，萨茹。”吴维看到不远处的卡索，嘱咐了萨茹几句，便乘着祖鹤飞了过去。

萨茹担忧地看着吴维的背影，她很明白吴维这些年四处寻找具有曜能的孩子，就是想有一天能找到兄弟俩，可卡伦的病情，让萨茹陷入沉思。

吴维从口袋里拿出几颗种子扔在半空，一只粉紫色羽毛的灰雁张嘴叼起种子一口吞进肚子里，鸣叫了几声，拍打着翅膀停在卡索跟前，这只灰雁还很年幼，雏毛刚刚新换。

吴维吹着一片树叶，和这只小灰雁交流，小灰雁徐徐降落。吴维说："卡索，这只灰雁叫 Lucky，刚满一岁，是我送给你的坐骑。"

这只灰雁翅膀张开有两米长，粉紫色渐变的羽翼，看起来像晚霞一样绚烂。吴维递给卡索一片树叶："和灵兽交流，是幽浮古堡必修课程之一。"

"和灵兽可以交流？"卡索感到不可思议。这时，几个穿着银色披风的男子指挥着看似犀牛的一种灵兽，向山顶奔去。

"那是灵兽族人，他们喜欢穿披风，天生可以和灵兽沟通，幽浮古堡的灵兽基因来自远古异兽，这些远古异兽的战斗力超过了人类，是我们的军事储备。它们可以帮助我们抵挡外敌共同守护家园、共建家园。也为我们在古堡中的生活提供很多便利，节省资源，实现共生。"

灰雁生性温顺，在半空中飞行平稳，是古堡学生较常用的坐骑。卡索很快学会了驾驭灰雁。

吴维带着卡索升到高空游历整个幽浮古堡。吴维指着穿越古堡大地的一条河流，对卡索说："这条河叫温拿河。"这条河贯穿了古堡整片土地，吴维派人建造了堤坝，调节整片大地的水能。这里的水一部分来自降雨，一部分来自灵兽山顶的冰雪，太阳照射雪水融化形成河流，流经古堡大地。

"古堡人喝的都是灵兽山的山泉水，这里的水蕴含着丰富的矿物质，对于涵养体内的曜能有很大功效。"

"涵养曜能？"

吴维笑了："地球人之所以无法进化，和环境有直接关系。首先地球的水洁净度不够，曜能几乎无法留存超过二十四小时。"

曜能到底是什么？卡索迫不及待想了解曜能的秘密。

不远处，有一个宏伟的透明的圆形建筑，那是七曜训练馆。卡索看到有很多学生在训练，其中两个男孩儿在打斗。穿蓝色训练服的男孩儿的手掌中悬浮着一个硬币大小的水珠，水珠在掌心形成旋涡蓄势待发，而对面的男孩儿穿着金黄色的战衣，奔跑速度极快，他为了躲避袭击，绕着圆形训练馆奔跑了起来，穿着蓝色训练服的男孩儿将手中的水变成一颗颗圆形的水珠击向正奔跑的男孩儿，水珠瞬时间变作冰锥射向对方。金黄色战衣的男孩儿看似猝不及防，但"嗖"地一下消失了，转眼又出现在蓝色训练服男孩儿的身后，伏击了那男孩儿。

场内一片掌声，卡索也忍不住跟着鼓起掌来，“太精彩了！”

“曜能到底是什么？每个人都有吗？地球人是因为环境的原因所以没有特殊的禀赋吗？”卡索困惑地看着吴维。

“地球确实是宇宙中大气纯度较低的星球，但这并不是其中最重要的原因。曜能的遮蔽和地球人对资源的占有，还和人与人相互之间的争执、贪婪有关。雷隆想要违反自然规律，从其他人身上提取曜能，就只能获得负面的曜能。”吴维严肃地说，“曜能存在之处，从根本上说和人们心中的光明与阴暗程度有关，也能相互转化。”

卡索看见一个紫色眼睛的女孩儿披着头发，光着脚在河边抱着一对白色的兔子散步，这女孩儿所到之处，长满了百合花和青草。这不是云莹吗？今天云莹穿着一袭白裙，和平日里穿着制服的状态大不一样，显得十分柔和亲切。

“云莹便是索伦星球人。索伦星球人的瞳孔都是淡紫色的。她来自索伦星球诺威大地，可以控制植物的生长。”

“这也是七曜能量中的一种，是吗？”

“是的，她的禀赋是植物的能量，类型很明显，是曜能中木的元素类型。”

“曜能还分不同种类？”

“曜能分为七大种类：日、月、金、木、水、火、土，七种能量。”

“那，父亲，我的禀赋是什么？”

“那要你自己去发现。禀赋只是一个外化，它可以使得我们应对外界世界的危险，帮助我们守护星球和推动整个星际的生态发展，但永远不要忘记，这些禀赋不来源于我们自身。饮水思源，这来自伟大的宇宙间与自然，他让我们学习爱与付出，学习去认识宇宙的无限和尊重自然的规律。这才是曜能存在的意义。”吴维经过一棵参天大树，一片落叶恰好落在吴维的肩膀上，吴维拾起落叶告诉卡索：“一片树叶里也折射着宇宙与自然的奇妙作为和无尽的智慧。”

卡索认真听着。

“你需要时间去学习和了解有关曜能的秘密。”

卡索回忆起在蓝顿大地的场景，他为了保护弟弟，身体里突然放射出白色耀眼的光。卡索心里想着也许那就是自己的禀赋。

吴维已经读到了卡索内心所想：“是的。”

“我什么时候可以去看卡伦？”

“你先安顿好，我自会安排你们见面。”吴维略有些担忧。为了不让卡索产生怀疑，吴维带卡索去看了幽浮古堡的奇观：榴莲山。大榴莲如同小山丘一样。

“这是我们的天然城墙。”卡索和吴维都捂着鼻子，相视笑了起来。

卡索很快就学会了坐在灰雁背上自由地飞翔，小灰雁第一次载人试飞，非常兴奋，带着卡索绕着参天大树滑翔。在幽浮古堡，卡索感受到从未有过的自由和放松。有卡索在身边，吴维也感到从未有过的心安。

没多久，两人抵达了灵兽山边界，有两个灵兽族人在门前站岗，他们一看见吴维立即打开城门。卡索进入灵兽山中，立即被眼前闪闪的金光震慑住了。这灵兽山背面的山脉上遍布着宝石，绵延不绝的钻石在重山之间闪耀，犹如梦境，宝石折射的光亮晃得卡索都睁不开眼睛。

吴维又引领小灰雁冲破云霄，到了云层之上。卡索低头，下面是无边无际的白色云海，远处有白雪皑皑的雪山顶和山峰之间氤氲的水雾。卡索眺望着远处的夕阳，他第一次感受到自然的盛大美好，第一次这样接近天空。

灰雁在温拿河南面飞行，河面宽广。迎着潮湿的微风，卡索沉浸在大自然的美好。

“北面是学生的训练基地。”吴维带着卡索进入了温拿河靠近冰玉温泉的边界，萨茹穿着蓝色的长袍，正在树下修身养性，看到吴维带着卡索过来，便穿上草鞋，缓缓起身。

“卡索，快叫萨茹老师。”吴维拍拍卡索的肩膀。

“萨茹老师好！”卡索赶紧向老师问好。卡索虽然是第一次见萨茹老师，却很愿意亲近她。

“卡索你好！来吧，我们正在野餐。”萨茹老师热情地说。

“云莹，快看看烤箱里的饼干好了没有？”萨茹转头对不远处的云莹说话。

“云莹也在？”卡索好奇地看过去，只见云莹穿着紫红色的裙子，手捧着一束鲜花走了过来。这紫红色的裙子和她眼睛的颜色搭配起来，像天边的霞光，光芒万丈。云莹每次的出场似乎都有所不同，这让卡索有些捉摸不透。云莹笑起来很灿烂，看上去比之前温和了许多，当着众人见到卡索也礼貌地点头微笑，这让卡索有些受宠若惊。

萨茹是索伦星球诺威大地偏远山区的人，瞳孔是琥珀色的，看上去给人一种神秘莫测的印象。她在树下摆了好了桌椅铺上米色的桌布，五颜六色的珐琅盘子里放着新鲜的水果。

萨茹实际年龄已经超过了二百岁，但面色红润，看不出有一丝衰老的皱纹来。她只要用那琥珀色的瞳孔盯着卡索看，卡索就会感到自己的五脏六腑都被她看得一清二楚，难免有些坐立不安，但萨茹老师的声音十分温和，甚至有治愈人心的作用。她一开口，卡索又感到舒适温暖："我就知道你会来这里，孩子，过来，我给你准备好了战袍。云莹还需要一点时间准备午餐，我们等她一会儿可以吗？"

"当然，萨茹老师，谢谢您！"卡索很礼貌地应答道。

卡索像个小男孩儿一样听从萨茹的话，伸出双臂让萨茹帮忙穿上软曜甲背心，换上一身黑色的燕尾服。这时卡索发现自己左手的手环在闪。萨茹一把抓过卡索的手，让卡索睁大眼睛，手环识别出卡索的瞳孔，手环中的数据开始更新。

"记住，背心、手环、耳机在幽浮古堡里都是很重要的设备，这里有三十几个星球的学生，每个星球的语言都不同，戴上耳机你才能听懂大家的语言。"萨茹教卡索按下手环的绿色按钮，出现一个电光屏幕，“你的训练信息都存储在手环里，要保持训练，否则你会被从训练区遣送回来哦。”

“萨茹老师，您让我想起一个人来。”卡索看着萨茹银白色的头发说道。

“谁啊？”

“我的古馨爷爷。”

“他对我来说，是个很重要的人，如果您能见到他，一定也会喜欢他的。”

卡索不知道为什么这样说，古馨爷爷已经去世了，萨茹老师怎么可能见到他。想到这里，他感到自己的话有些唐突，突然哽住不再言语了。

“怎么了，孩子？想什么呢？”萨茹双手扶着卡索的肩膀，把正在发呆的他挪到镜子面前。“好一个英俊的王子！”

卡索对镜子里的自己大吃一惊：“这是我吗？”

“是的，正是你，总有一天你会知道你到底是谁。”

卡索看着镜子里的自己。

午餐时间到了，场外有一个小乐队在举行提琴演奏，此时的云莹伸出掌心百花齐放，美不胜收。小院被披上了鲜花的盛装。

“今天是有什么隆重的会议吗？”卡索心里纳闷着，萨茹拍了拍卡索的后背，卡索立即挺直了腰，跟着萨茹彬彬有礼地进入了月亮门。

卡索惊呆了！新出炉的蛋糕和饼干像金字塔一样堆满了

盘子，一些从未见过的瓜果被切成各种花式有层次地摆放在桌子中央。餐垫、餐具整整齐齐地摆放着，云莹轻轻一吹，长长的桌子上立即出现了颜色缤纷的大朵绽放的玫瑰。让卡索更惊讶的是，他看见竟然有三三两两的精灵从花中走出来，用花瓣为大家斟满葡萄汁！

不一会儿，树下已高朋满座。

卡索注意到，吴维坐在桌子中央，大家都有次第地围坐在吴维四周，吴维的右边坐着萨茹、杜列，左边坐着德高望重的灵兽山的主人奈西和奈西夫人。卡索回想起他们两人正是刚才坐着一只白虎来的贵宾，看得出来他们在幽浮古堡的地位举足轻重。奈西夫妇左边是巴比族长松尚，巴比族人是幽浮古堡里人数最多的民族，也是幽浮古堡发展的基础力量。稍微晚到的是一个陌生面孔、披着藏蓝色披风的男孩儿，他不和周围人打招呼，很莽撞地踏入宴会厅，鲁莽地坐在了奈西夫妇身边。这男孩儿，从着装上看应该来自灵兽山，从奈西夫妇关爱的眼神中，感觉这三人的关系很不一般。这是什么人呢？这么年轻竟然坐在餐桌贵宾席？经过介绍，卡索知道了他是来自高年级的学长代表灵兽族的学长都达列，也是奈西夫妇的独生子，未来灵兽山的继承人。

餐桌两边都是其他高年级的学生代表，云莹是优秀队长之一，是萨茹亲自带出来的学生。主桌上的宾客基本都到齐了，只有萨茹旁边还空着一个座位。

树下长桌，两边还垂直摆放着很多小圆桌。卡索就坐在小圆桌边新人席位上，也是最边缘的座位。他所坐的位置靠近一个“巧克力火山”，这个“巧克力火山”不时喷出巧克力岩浆，可以自动注满宾客的曲奇碗，卡索一直没弄明白这“巧克力火山”是如何不断喷出“岩浆”的。

“没见过吧！”云莹经过卡索时，一脸嫌弃地看着卡索。终于露出真面目了，这才是云莹嘛！尽管她今天穿得像个淑女，但一说话就露馅了！云莹白了卡索一眼，继续保持微笑优雅地走在众人的视线里。

其实，刚刚云莹也被卡索一身燕尾服惊到了，这是云莹第一次注意到卡索，这个初来乍到的家伙，穿上礼服，果真精神很多。

“你想引起她的注意？”突然出现一个声音。

“什么人？”卡索刚开始以为这声音是自己心里发出来的，难道……不会吧？难道这是我的曜能在起作用？

“我是说，你别想打云莹的主意！”那个声音又出现了。

“你是谁？是什么人？”卡索四处搜寻，人们都忙着自己的事，没人理会卡索。

“你让一让，你的椅子压到我肩膀了！”卡索连忙看向椅子下面，突然从地底下看到一个红皮肤的男孩儿的头，吓得卡索险些掀翻桌子。

“嘘！你小心点，我可不想被发现。”那红皮肤的男孩儿一边说一边伸手在桌子上抓了一把曲奇塞进嘴里，看到四周没有人注意到自己，便坐在卡索身边。“我没有得到邀请，但我知道云莹烤的曲奇是一等一的美味，要知道她会酿制土蜂蜜，只有她才能做出古堡最好吃的曲奇来。”

“你刚才说的是什么意思？”卡索不理解为何这个男孩儿会说出这样唐突的话来。

“云莹的脾气可和她做的曲奇不是一个味道，老兄，这点你应该知道，你又不傻！”说着又抓了一把曲奇塞进嘴里，“实在是好吃，好吃！再来一块！”一转眼，卡索面前一盘子的曲奇都光了。云莹路过的时候，看到曲奇很快没有了，便又狠狠地瞪了卡索一眼。

“不是我，是他啊！”卡索百口莫辩。云莹不等卡索解释，便离开了，继续忙碌宴会的服务，而卡索刚指着的那个红皮肤男孩儿转眼又不见了！

卡索刚想问人去了哪里，这时又有其他贵宾入席。一对盛装出席的中年夫妇披着白色的披风，骑着白虎停在月亮门前，那红皮肤男孩儿吃完了曲奇，又钻到地底下溜走了。

这幽浮古堡里都是些什么人啊！整个宴会过程中，卡索坐在椅子上总是担心地底下又会冒出一个脑袋来冲着他咧嘴大笑。

现在，卡索眼前是一盘鲜艳的玫红色的菌菇，一颗颗圆形的菌绒搭配在盘子四周，他把鼻子凑近去闻了闻，一股奇特的鲜味，趁着周围人没有发现，卡索尝试着用刀叉把一颗菌绒放入口中，菌绒像是长了腿，一下子滑进食道，入口即化，这鲜美超出了卡索的想象。卡索一时间沉浸在新奇食物的探索中。

“怎么宴会还不开场？”都达列有些不耐烦了，他也观察到萨茹旁边空着一个席位，难道大家都在等这个人出现？都达列的肚子不禁咕噜咕噜叫了起来。

此时，一个身穿白裙的女子迈步走入会场。云莹看到后，表情立即变得严肃起来。那女子穿着薄冰般晶莹的长裙，走路时，裙子在阳光下闪闪发光。女子轻手轻脚地走到萨茹老师跟前，悄声说了些什么，萨茹向吴维示意，吴维点头后，萨茹起身敲起了珐琅杯让大家安静。

“幽浮古堡的各位长者，大家中午好！今天中午特意邀请幽浮古堡的重要成员参加此次宴会，非常荣幸邀请到各位，祝各位用餐愉快！”

都达列第一个不客气地动了筷子，音乐响起来，大家都开始用餐。

“训练宫殿基本建成了？”吴维和奈西先生单独谈论了起来。

“已经试用半年了，我们的人已经驻扎在巴比星上了，最近被解救的巴比星人正在冰玉温泉疗养。”奈西先生压低声音，“这次去地球见到雪莉了吗？”

吴维点头。

奈西先生眼里露出愤怒的目光：“七年前的债，历历在目。”

“后天是苏菲亚长公主的忌日，幽浮古堡会举办隆重的祭祀典礼。今天就算是个开场。”吴维拍了拍奈西先生，“七年了，我们等了七年。雪莉这七年和地球人雷隆勾结，他们也发现了曜能的潜质。我测试到雷隆的曜能值，已经超过我们古堡最高级别的战士的，但让我感到恐怖的是，他的曜能值是负面的，而且他的负面能量竟然可以唤来黑煞虫。”

奈西先生听了没有说话！

“抱歉，实在太抱歉了，我来晚了，朋友们！”一个嗲声嗲气的声音突然出现在会场上，这个穿着隆重的礼服需要四个仆人抻着四边裙摆的女孩儿引起了全场人的注意。

萨茹老师尴尬地笑着：“兰波公主，欢迎您的驾到。”

兰波一坐下来，周围的人便被挤到一边，因为她这裙摆太宽了，拿东西吃都困难，一只精灵飞了过来，给她倒了葡萄汁。但她因为不方便进食，便不耐烦地赶走了精灵。第一只精灵被赶走后，再没有一只精灵愿意在她身边服务。

云莹撇着嘴，显然两个人认识，但是冤家对头。兰波公主挥挥手，身边一个仆人便拿起勺子来喂她进餐。

“兰波公主这待遇……”旁边桌上的高年级代表都看着兰波。兰波吃饭的窘相着实让人忍俊不禁。

“这是什么呀？你怎么绑得这么紧，我都无法呼吸了！”兰波压低声音抱怨道。

“公主，是您说要绑成那么细的腰，像蚂蚁一样细的腰！”

“那你让我怎么吃饭？”

兰波来了没多久就因衣着过于累赘离了场。云莹特意走过去假装礼貌地对兰波笑笑，结果兰波看到云莹，就气愤地拽着裙摆走了。

都达列开始还在一旁兴致颇高地看热闹。等到取餐时，他便跟在云莹身后，故意搭讪，可云莹一直无视他的存在，都达列沮丧地回到了自己座位上。

“那个人是谁？怎么从来没见过？”都达列一边喝着助手新拿的巧克力岩浆一边问旁边的助手，都达列指的是卡索。

“没见过，好像是新来的。”

“大家好！下面，我来介绍一下我们新来的成员，卡索，今年 14 岁，来自地球。”萨茹示意卡索起身，卡索愣了半天才知道在说自己，赶紧站起来，大家掌声欢迎。

“原来是来自地球的小子！”都达列在餐桌上毫不顾忌地说道，奈西先生瞪了一眼都达列。

吴维站起来宣布：“宇宙进化的时代已经到来，幽浮古堡希望每个星球都有勇者愿意承担起各自星球进化的责任。”

大家举杯庆祝。

萨茹在吴维耳边小声说着什么，吴维点头后，萨茹宣布：“新生卡索正式调入云莹小组，以后由云莹负责卡索在幽浮古堡的生活和训练。”

“什么？好吧！”云莹极不情愿地站起来领命。身边精灵族的小人们把桌子中央的东西挪开，载歌载舞起来。

晚上，卡索来到吴维的房间。吴维手里拿着一颗金色的梨子型的果实，表皮满是细胞的形状。

“这是什么水果？”

“这是曜能果，也叫诺兰浆果。这果实的种子里含有微量的曜能，而且可以用作攻击黑煞虫的子弹。”卡索拨开果实，里面是白色的果肉，果浆丰沛，中间有闪着光的果核，像是一粒金子。卡索把果核放入袋子里。他试探性地吃了一小口曜能果，果肉极具弹性，留在嘴里能品尝到果肉粗糙的颗粒，酸甜的味道里有种辛辣的回味，开始吃的时候有些不习惯，慢慢地，卡索竟然喜欢上了这个味道，他很快就把整个曜能果吃掉了。

“在幽浮古堡里，参加训练的学员所食用的食物基本上都是从树上新采摘下来的，因为超过八小时的果实活力指数只是刚摘下来的果实的20%。”卡索回想自己在用餐时，食物篮旁边确实有一个测量仪，用来测量食物的曜能值和新鲜程度。

“那超过八小时的果实怎么处理？”卡索问。

“幽浮古堡最注重的是自然环境的养护，土地是万物生长的来源之一，土壤的洁净和培养也是每个古堡人的责任。但凡超过八小时的食物都会直接‘喂养’给土地，一方面古堡对种子进化进行研发，一方面古堡的土壤的活性因子也在与日俱增。充满活力和生命力的土地，会让植物生长周期更长，长得更茁壮。人体吸收了植物的养分，体内的曜能元素也会持续增长。”

吴维又道：“幽浮古堡是个没有垃圾的地方。”

卡索大为不解：“没有垃圾，怎么可能做得到？我生活在地球的蓝顿大地，那里面到处都是垃圾，幽浮古堡怎么可能会没有垃圾？”

吴维摇头：“巴比星球就是因为垃圾过多无法降解，最终破坏了生态环境，招致黑煞虫因而毁灭的。”

吴维一边给卡索泡茶一边告诉卡索：“在幽浮古堡里，这里的‘垃圾’对于幽浮古堡的土壤是最珍贵的养料，可循环再利用！”

夜晚，卡索坐着灰雁 Lucky，翱翔在半空中，呼吸着幽浮古堡清新的空气，回想着和父亲吴维度过的美好的一天，这也是卡索在幽浮古堡的第一天。卡索期盼卡伦早点醒来。古堡的夜空很干净，月亮极大，距离人很近，头顶的点点星光，似乎触手可及。

卡索停在宿舍楼前，“119？”卡索看了看自己手环的显示，跟着进入了宿舍大门。

刚一推门，卡索就看到一个光着上身的红皮肤男孩儿，吓了卡索一跳。

“思兔加，尼寇。”这个男孩大声向卡索喊着什么，卡索完全听不懂。男孩儿继续大喊，拿着洗脸盆冲着卡索走过来，似乎要用脸盆扣住卡索。卡索突然想到了耳机，用手环点击耳机后，他终于听懂对面男孩儿叽叽咕咕地在说什么了。原来这男孩儿问他是不是新室友，拿着脸盆是告诉他，这是他自己的脸盆，他很介意别人用他的脸盆，所以千万不要弄混。

“好像，我们在哪里见过！”卡索用力回忆，终于想起来，在宴会上，有一个人从地底下露出了一张红脸，正是他！

“是我！我和别人第一次打招呼都会给人留下深刻的印象！我叫罗宾，我是巴比星人，任何障碍物都无法阻挡我，这是我的禀赋之一。”

巴比星人？卡索想起巴比星被毁灭的历史，难道罗宾是在幽浮古堡长大的？

“我是幽浮古堡的土著，我生在幽浮古堡。哈哈！”罗宾提起自己是巴比星人十分骄傲，因为巴比星球灭绝了，他是仅存的巴比贵族的后裔，“巴比星球被摧毁了，所以我要来读曜能学校，保卫我的族人。”

“我是地球人，我叫卡索。”

“地球人？这里很少有地球人，地球人？”罗宾一说话就喜欢沉浸在自我世界中，他看到卡索皱着眉头。罗宾立即停止了话题，上一个室友就是因为他话痨所以搬离了宿舍，他总结了一条经验：如果想和室友和谐相处，最好先把嘴闭上。“但没有关系，反正我不会嫌弃你的。我在这里一个朋友都没有！”

卡索摇头。

罗宾从头到脚仔细审视了一遍卡索："没有禀赋，那你为什么来幽浮古堡呢？"

又是一阵尬尴的沉默。

转眼到了睡觉的时间，这是卡索在幽浮古堡的第一晚，还不知道弟弟的情况怎么样了，卡索打算明天去问问父亲，他希望卡伦也能早日进入幽浮古堡，一起接受曜能训练。

"地球人，祝你好运！"罗宾打了一个哈欠，"明天还要开始新的学习和训练！晚安！"

"晚安，谢谢你，罗宾。"卡索话没说完，便听见罗宾的呼噜声。

第二天清晨，卡索第一次走进了曜能学校的食堂。哇！这食堂内部高耸得像一座宽阔的图书馆，有智能识别功能的餐桌上罗列着千变万化的食物，每个学员都可以根据自己的健康提醒，找到需要补给能量的食物。学员可以通过手环或者食堂大厅的健康测试仪器，根据自己的身体需要合理搭配，以保证营养均衡。

曜能试验课上，卡索站在屏幕前测试着自己的能量，目前能量稳定度达到 8 颗星，意味着卡索有潜质进入宫殿接受训练。这四大训练宫殿是吴维潜心建造的，关卡设置得十分科学智能，通过四大宫殿的强化训练，可以让学员的能量得以迅速提升。吴维不建议灌输式教学，他认为每个孩子都是天才，他倾向于让他们在实战中寻找自己的潜能，所以很少给学生单纯地灌输理论。

杜列是萨茹老师一手调教出来的学生，也是苏菲亚学校最优秀的学员，他是幽浮古堡四大训练宫殿的纪录保持者，还曾经参加过银河系曜能竞赛，获得过冠军。萨茹老师也因此一战成名，成为曜能学校最有名气的老师之一。

萨茹老师带着全体同学到来一个空旷的场地，唯有聚光灯打在萨茹老师身上，学员们都在黑暗中聆听老师的指示。萨茹老师说："在情感训练宫殿里，你们将会看到情绪对曜能产生的影响。这模拟自吴维校长发明的虹膜测试原理。目前，只有吴校长的眼睛可以不透过情感宫殿直接看到你们头顶的曜能。"

说着，室内的灯点亮，"云莹，你头顶上释放的是绿色的波段！这太神奇了！"卡索惊奇地指着云莹的头顶叫道。云莹也看向卡索的头顶，"哇！卡索，你头上也有！是……"卡索在镜像中看到自己头顶放射的是白光。卡索第一次看到自己曜能的颜色。所有孩子们的头顶上都出现了不同的色彩。在场的学生都惊奇不已。云莹似乎被卡索头上的光吸引住了，小声对卡索说："白色的光，我还是第一次见到！"

萨茹老师将灯关闭："请大家稍安勿躁，接下来，每个人都有机会透过投影仪看到自己的能量在大脑中的变化，查看不同的情绪所引发的曜能颜色的变化。无论是忧伤还是喜乐都会引发能量颜色的转变。情绪兴奋、喜悦的时候，光环会显示出红色或明艳的黄色，如果情绪低落，悲伤，甚至恐惧，光环会变得昏暗模糊，这意味着能量在降低，需要有意识地控制情绪波动，只有调整到稳定平衡的能量颜色时，也就是银白色和金色，才可以进行战斗。这边是能量等级参照表格，也是为什么，学校不建议摄取其他生物能量的原因。”

普通人也有能量光环，只是激发出曜能后光环会变得更大，光谱颜色层次更多。在这个宫殿中，还可以观察到普通人脑部光圈的变化，与曜能学员的光圈、大小、颜色都完全不同。

云莹的绿色光圈十分特别，向外无限扩张，像是在传递一种绿色的波段。

萨茹老师说：“好，这个屏幕上一会儿将会出现你们意想不到的事物，大家可以看到自己的反应对曜能波段的影响，有谁来尝试一下？”

罗宾举手。

“好！罗宾，你上来吧！”

罗宾站到试验台。这时他在屏幕上看到一条巨蟒向自己袭来，“啊！”台下很多女孩儿都惊叫起来，云莹看到自己的波段显然发生了变化，不再有规律地扩散，而是被打碎了呈碎片状。大家看到罗宾的曜能从黄色转变为深褐色，光谱变得暗淡下来。

萨茹老师道："但凡经历过必留下痕迹。我们每个人经历的事情，就算已经过去了，也会存储在我们的潜意识中。不显现的意识就是潜意识，隐藏越深，越不容易发现。而负面情绪是影响曜能发挥的元素之一，所以控制情绪，尤其是情绪背后的念头，是让能量净化与进化的基础。幽浮古堡的训练，便是让我们把那些潜意识中看不到的东西，投射到外部，让我们各个击破。"

萨茹老师继续说："我们再来尝试看一段精美的画面。"她播放的是幽浮古堡灵兽山深处一块刚开发的领域，这里一到傍晚，植物都会散发出独特的星光般的光芒。散发着荧光的矮蘑菇，一朵朵绽放在树干上，晶莹剔透。整棵大树通体发光，树枝呈冰晶状，亮晶晶的枝丫上有一只可爱的狐猴。整片树林像是琉璃园。

"这是什么地方，太美了！"台下好多人都被这景象所震撼。

罗宾看到后，不禁拍手赞叹。他头顶的光瞬间从深褐色变为浅咖色，再转变为明黄色。

萨茹鼓掌："罗宾表现得很好，还有谁想来试试。"

卡索站了出来，这是他第一次在投影仪中看到自己的光圈，白色的光圈像涟漪一样在扩散。

"想挑战一下潜意识游戏吗？"萨茹老师给卡索戴上了头盔。

实验室四周的屏幕上出现了老格雷的投影，一群乞丐围着卡伦。卡索突然变得不安和紧张，头上的光谱混乱起来，怎么会这样？卡索突然想起萨茹老师说的，这一切都是他潜意识中的投影，是过去的经验，并非现实正在进行的事，但他无法控制恐惧的情绪，看到白色的光圈暗淡下来，逐渐变成了灰色。

“怎么办？”卡索看着萨茹老师。

萨茹老师：“孩子，这件事已经过去了，你的弟弟现在安全了。你现在人在幽浮古堡呢，这里没有人追赶你和弟弟！”

卡索从记忆中醒来，这段负面的情绪瞬间烟消云散。

卡索闭上眼睛，眼前的图像拂去。过一会儿，卡索看见了卡伦，两人在海边愉快地奔跑，卡索看着卡伦可爱的笑脸，忍不住也开心地笑起来。此时他的光圈变成了艳丽的红色、粉色。原来一个人的情绪会影响一个人头顶的光谱！曜能和情绪有直接的关联！卡索不由一惊！

“还有人想挑战吗？”萨茹继续问。

卡索从台上走下来，云莹对卡索笑笑：“你心里还挺惦记你弟弟的，他应该也很想念你。”

经云莹一说，卡索忽然很想念卡伦，也不知道卡伦怎么样了，是否适应了古堡的生活。

陆　第一次试飞

吴维在实验室门前等待卡索的身体指标和曜能潜能的测试结果，测试员将厚厚的报告送到吴维手上，吴维立即翻开资料，读取报告里的数据后，吴维震惊了！

“萨茹，你知道吗？卡索显示的曜能和她母亲苏菲亚的曜能波段相同，这意味着卡索体内有曜原石的成分。之前我们设想两兄弟之所以能在战后生还，是因为苏菲亚把曜原石放入了两兄弟身体里，看来这个预想是真实的。”吴维激动地把报告拍在桌子上，“曜原石是宇宙万物的来源，找到曜原石，地球就有救了！”

“苏菲亚当初带着曜原石来到地球，就是为了拯救地球，让地球人知道曜能的存在。”萨茹坚定地说。

吴维沉默了一会儿，当年那场恶战，如果不是苏菲亚选择牺牲自己，雪莉是不会罢休的，曜原石的下落这些年来一直都是谜。苏菲亚果然将曜能石放入两个孩子体内，保住了两兄弟的性命。“这也是为什么卡索和卡伦在那场战争中幸存了下来！你看到卡索的曜能潜质了吗？只有体内有曜原石的人，才会散发出白色波段的光。”吴维将卡索的测试报告递给萨茹：“虽然曜能的级别和稳定度还有待提升，但他释放的微弱的曜能和苏菲亚头上的波段几乎一样。”

萨茹立即把测试报告烧掉了。

“你这是干什么？”吴维伸手想挽救正被烧毁的报告。

“这绝不能让除了你我以外的人知道！曜原石关乎整个宇宙的命运！”萨茹严肃地说，“如果曜原石也在卡伦身体里，那么吴维，我有一个非常不好的消息告诉你！”

吴维愣住了。

“卡伦本人应该还在星际大地上，很有可能在雷隆手里。”

“杜列带回来的不是卡伦吗？”吴维不敢相信自己的耳朵。

“吴维，你仔细听好！杜列带回来的，很可能是卡伦基因的连接体！”萨茹把卡伦的连接体的报告给吴维看。

“基因连接体？”吴维第一次听到这样的词语。

萨茹道：“基因连接体是巴比星球的一种科技，可以根据人的 DNA 制造出形象相似的人体，这样的人体可以不需要呼吸，饮食，但必须有曜能才能维系连接体的存在。连接体通过曜能可以连接母体，巴比星球人利用连接体来吸取人体内的曜能。可见星际大地上，一定不只卡伦一个基因连接体。”

吴维的脸立即严肃起来。

卡伦还在星际大地！吴维在上次和雷隆交手后，就清楚雷隆曜能的来源和索伦星球耀辉女王雪莉有关系，若让雷隆和雪莉找到了卡伦，不仅两兄弟都有危险，幽浮古堡也在劫难逃。

吴维很清楚曜原石对于整个宇宙来说意味着什么，它可以生成万物，亦可以毁灭万物。

“也许还有一个方法，但十分冒险。”萨茹说，“如果曜原石在两兄弟身体里，一个曜原石的激活，必然会让另一个的曜原石苏醒。”

“你是说卡索体内的曜原石可以激发卡伦的曜能？”

“卡索刚刚来幽浮古堡，他还没找到自己的禀赋，每个孩子曜能的开启都需要一段时间的训练。”

“我得尽快找到卡伦！”吴维说，“卡伦还在星际大地，太危险了！我要去地球救他。”

“雷隆见过卡索，也见过你，他此刻正在和雪莉一起为寻找曜原石做各种准备，这时不能贸然行动。雪莉会给雷隆提供大量的曜能石，我们去星际大地，只能是自投罗网。”萨茹建议道。

“我只好尝试向银河系中心求救了！”吴维感到时间紧迫，他见识过雷隆的黑暗能量，如果让雷隆找到卡伦，后果将不堪设想，

“也许还有一个办法可以救卡伦！”吴维想了半天，对

萨茹说。

第二天一早，卡索跟在罗宾身后，来到训练大厅前的长廊边。长廊的尽头是一扇封闭的金属门。队员们现在所站的地方有重力，但过了这个门，他们进入的就将是一个失重的空间。

这失重空间是个巨大的圆形建筑，学生们将在失重空间学习控制肌肉、协调身体，实践战术策略等。队员们排着队，依次进入那扇金属门。

云莹穿了一身贴身的银色训练服，头发高高束起，显得格外精神。她走到卡索身边带他进入休息室："作为新人，你需要先了解一下失重空间的规则。"

"地球的重力和幽浮古堡的不同，你需要适应失重环境，并学会在失重环境下作战。"

"失重环境？"卡索有些疑惑。

"地球的重力和这里的不同，你现在还没有飞在半空中，是因为你穿着特制的背心。"

云莹让卡索把背心解下来。卡索刚脱下背心，便发现自己双脚离地，飘飘摇摇地浮在半空。

"这……"

云莹粗鲁地一把拽住卡索的脚，把他拽回地面，卡索赶紧重新穿好背心。

“你现在明白这套训练服的重要性了吗？”云莹继续说，“背心有调节重力的作用，但需要你用呼吸来控制。好比鱼在水里游，需要用到鱼鳔一样。”

云莹的肌肤清透白皙，和地球上的女孩儿不一样的地方是云莹的脸庞外有一层白色的荧光，紫色的眼睛闪耀着，像宝石般镶嵌在雕塑上。每次卡索看到云莹紫色的眼睛时，便会想起母亲的眼睛。百无聊赖等在门口的云莹似乎感到有一双眼睛在盯着自己，一转身便看到已换好衣服的卡索。卡索连忙假装看着墙壁上贴着的训练计划，云莹头也不回径直往训练场馆走去。

“嘿，卡索，别被他人的外表欺骗了，你忘了？她一开口，可比灵兽山的远古神兽咆哮还吓人！”罗宾似乎看透了卡索的心思，提醒卡索。罗宾很不喜欢这个失重空间，他天生恐高，所以每次训练前都有些紧张，要吃掉一块类似巧克力的甜点才能让他走进这个训练大厅。

“这我见识过，她除了坏脾气以外，确实也没什么特别的。”卡索刚说感觉自己的话不适合，完全不像出自自己的口中，更让卡索咂舌的是，云莹不知道什么时候已经走到自己旁边，而且听到了两人的谈话。卡索一抬头，就看见一双紫色的眼睛恶狠狠地瞪着自己。

“我倒是想知道你们俩除了资质差，还有什么特别的地方！快点，马上要开始训练了！”云莹总算找到了他两，冲着两人大吼道。两人低着头，像是顶着十级大风一样把脖子紧紧缩回衣领里。

云莹的个性率真直爽，以冷美人的名号闻名于幽浮古堡。她的曜能级别也是幽浮古堡年轻女学员中等级最高的，私底下大家都叫云莹机器人队长。这主要是因为云莹战斗力强悍，打击精准度如同机器一般，而且与人面对时，她的气势也可拒人于千里之外。

云莹小组的成员都是由云莹亲自挑选的，不美的不能进组，禀赋平庸的不能进组，性格古怪的不能进组……云莹严格把关每个进组成员，所以个个都是精英，在幽浮古堡的团队中一直名列前茅，成绩显著，当然除了罗宾以外。幽浮古堡规定，每个训练团队都必须至少配备一名巴比星人，所以罗宾作为硬性指标被硬塞到了云莹的队伍。罗宾资质平庸，这已经很让云莹头疼了，这次又插进来一个卡索，级别、经验、禀赋几乎都是零，这让一直把优秀当成习惯的云莹难以接受。她一直在想办法让卡索知难而退，自动退组。要知道，云莹原本期待在年底的比赛中获得幽浮古堡最佳团队，但卡索进来后，云莹感觉自己的愿望要泡汤了。

这是卡索第一次“试飞”，面对失重训练空间，眼看着大家都熟练自如地做各种动作，卡索也想试试是否能控制自己的身体。

“看那个哆哆嗦嗦的地星人。我打赌这个地星人准会被灵兽山的人带走。”

“是地球人，我赌十块曜能石。”

“管他地球还是地星，很快人们就会忘记他，你赌注下的这么大？我赌三块曜能石。”

……

训练场馆内的队员们都瞄着这个第一天进场馆的地球人卡索。他们纷纷点击手环，通过耳机联络彼此。

监控器外的萨茹和吴维看到后，也都为卡索捏了一把汗。吴维想推门进去看看情况。

萨茹拦住了他：“看看卡索会如何应对。”

卡索站在长廊上看着这个巨大的失重球型训练馆，球形半径至少有五六层楼那样高，他往下看了一眼，只觉得头一阵眩晕。这不同于以往的虚拟游戏，这是真实的失重空间，一旦踏入这虚空，肢体便不受控制。

队员们都自如地像进入海洋一样，畅游在失重空间里。就在卡索刚要踏入失重训练空间时，不知道从哪儿突然飞奔出来一个小个子男孩儿。这男孩儿胆子够大，一个加速跑，闭着眼睛就冲进了失重空间，结果他完全无法掌握平衡，在训练大厅乱飞乱撞，根本停不下来，还险些撞到正在训练的其他队员身上，只见那个队员瞬间消失，那男孩儿狠狠地撞到了训练馆的栏杆上，周围的女学员看到后都咧着嘴不忍直视，男孩儿被撞得晕头转向。

那乱飞乱撞的男孩儿没多久便被两个穿着披风的学员带走了。

学员们一边继续训练一边议论纷纷。

“刚才被带走的小不点儿是从哪个星球来的？”

“是来自一个完全没听说过的小行星。”

卡索看到前面这个小个子男孩儿，冒冒失失地进去，结果狼狈地被带走了，便知道这个失重空间没那么容易进去。他观察到队员们都在控制身体和呼吸，背心上时不时散发出不同的颜色，突然想起萨茹告诉过他，背心的功能可以监控每个人的心率，收集汗液来做健康检测，还可以在失重的空间让人保持平衡。卡索点亮手环，开始查找背心的使用手册。

萨茹检测到了卡索在读取背心的使用说明书，和吴维相视一笑。

训练时间到了，几个不怀好意的队员路过，用肩膀挤碰着卡索：“小子，怕了吧！不敢进入训练场趁早和巡逻员说一声，灵兽山有数不清的扫树叶的工作！”

“哈哈……”一群男孩走过，留下一片嘲笑声。

“我看他连场馆都不敢进！”

“我估计他很快就会乖乖地从哪儿来回哪儿去！”

“卡索！飞行的技巧我只说这一次。”云莹进入大厅前指着背心说，“看到没有？我们的背心是特制的，可以让我们悬浮在半空，控制飞行速度。你平稳呼吸，才可以控制这件背心，从而控制你的肌肉和‘飞行’速度。我只给你示范一次，看好了！”

云莹说着纵身一跳，跃进真空的大厅，空中划一道完美的抛物线。

卡索看到云莹的背心呈现出漂亮的五彩脉络来，像一只美丽的蝴蝶在空中飞翔，只见云莹站稳后，在原地轻轻落下：“下面到你了！”

卡索深呼吸，准备一点点往大厅走，以前他只是在虚拟现实游戏中经历过悬崖上的攀登，但这不是虚拟游戏，几层楼高的高空，他要踏进空气里，适应在半空中飞行，确实要突破很大的心理障碍。

“看，新来的要跳了！”

“听说地球的重力是这里的百分之三百，他胆子不小！”

卡索呼吸时，他的背心呈现出浅蓝色的脉络，深呼吸的时候则呈现深红色的脉络，紧张的时候颜色更深，平静的时候，背心上颜色会更亮。卡索不断地调整呼吸，把身体伸直，前伸。他点击了第一次飞行的语音提示，他屏住呼吸，一脚踏在了虚空，他只感到双腿颤抖，要知道这相当于自己站在四五层楼高的半空。卡索小心地踩上去，屏住呼吸，他成功完成了第一个动作，并没有一脚踏空。这时，他的手环突然亮了起来。卡索听见耳机中的提示：“将你的手臂伸开，深呼吸，向前扑。”

卡索一个猛子扎下去，冷静地在半空中张动双臂，直立起来。

这时候所有人的眼睛都盯着他。

卡索只有一次机会看云莹的飞翔动作，幸好古馨爷爷曾刻意训练过卡索的眼力，卡索练就了过目不忘的本领，他轻而易举地模仿出云莹起跳时的动作。只见他用力弓起背，缓慢地呼吸，如游鱼般划入半空。让众人惊奇的是，卡索的背心瞬间呈现出了漂亮的亮蓝色，这是很多长期训练的队员都无法达到的颜色。卡索显然并不知道背心呈现的颜色意味着什么。他在半空中可以稳定地移动后，抓住训练大厅中的三角形把手，停在半空。云莹一时间也惊讶得说不出话来，半天才说出一句："卡索，归队！"

"刚刚，那个新来的，背心呈现了亮蓝色？"这让灵兽山都达列难以相信。

"不可能，他不仅没有被淘汰，姿势还相当标准！"

云莹听后，表面上若无其事，但心里美滋滋的，毕竟卡索是她这组的成员。

吴维在监视器后面看着卡索，为卡索第一次进入失重训练大厅就显现出来的超于常人的能力感到骄傲。

"我就知道他没问题。"萨茹竖起了大拇指。

"但要开发曜能，不经历严苛的训练是很难开启的，萨茄，卡伦那边的情况怎么样了？”

萨茹摇头：“我们需要抓紧时间。”

休息室里，卡索在研究身上穿的背心。

“哈哈哈！看我今天赚到了多少块曜能碎石！哈哈！”罗宾兴奋地数着手里一把小块的曜能石。

卡索看到罗宾的背心呈现出橘红色。

“这背心的颜色代表什么？”

“古堡的背心是特制的，可以测试出每个人的身体状态、大脑的运转速度，还有情绪的变化。当你兴奋，甚至发怒的时候，背心将会呈现极端的红色；你心情低落或者悲伤的时候，背心的颜色将会变得灰暗，这种时候都不适合训练。”罗宾说，“不过，你今天的背心呈现出亮蓝色，这在古堡中是很罕见的。当然，我劝你把背心显示的颜色关闭掉，否则你会惹上麻烦的。”

“我背心的颜色？那代表什么？”卡索并没有注意到自己背心颜色的变化。罗宾把卡索背心上控制颜色的按钮关闭掉了。

“我虽然也不是很懂这究竟代表了什么，但我知道，当你的背心出现亮蓝色时，代表你的曜能达到了一个高值。”罗宾说，“我们穿上背心，也有助于让自己的曜能开发趋于稳定。你刚来宿舍我就知道你的曜能不简单，你可是吴维校长亲自去地球带回来的！”

“那我属于哪种禀赋？”卡索问。

罗宾摇头，“这个我也不知道。”

“白天那个被带走的男孩儿将会被带到哪里？”卡索问。

“很有可能会在灵兽山中清理杂草或者收拾战兽的粪便，至少几年之内你都不会在训练场馆里再见到他了。”罗宾肯定地说。

“高空飞行作业是我们日后训练的基础，第一，地球是文明程度较低的星球，你需要一段时间调整饮食结构，你的身体需要什么食物，你都可以通过背心的数据分析和手环的显示器，得到最优化的营养配餐和锻炼计划；第二，你要练习呼吸，我们的背心会通过呼吸来调整重力，从而可以在真空中控制身体，可以完成行走、飞行、起跳等动作；第三，记住前两条。”云莹在训练间歇单独向卡索说了高空飞行的原则。卡索发现自己虽然在首飞的时候背心呈现出亮蓝色，但再次飞行的时，背心一直暗淡无光，只是卡索的姿势精准，可以很好地让自己在半空中飞翔。

午餐时间到了，食堂里像图书馆一样罗列着不同类别的食物，山珍佳肴，琳琅满目，这让卡索瞠目结舌，看着堆得像金字塔般的食物，训练了一上午，卡索早饿了。

“卡索，有什么想吃的吗？”卡索被眼前的食物吸引，几乎没有听到萨茹老师在说话。

卡索心里想着如果弟弟卡伦在这里多好。卡索发现这里的每个学员都在取餐前按下手环，根据虚拟屏幕上的健康数据，来选择需要补给的营养。

“在这里。”萨茹帮助卡索点击手环上的按钮，突然出现一个虚拟屏幕，出现了卡索所有的生理数据，点击食物搭配时，又出现了相关的食物图像和摄取的用量。“这是最适合你目前身体生长最科学的营养搭配，你可以参考这个数据来选择食物。”

幽浮古堡的物种丰富多样，很多都是卡索认不出的食物。

“慢慢你就习惯了。”萨茹老师指着服务窗口的虚拟对话框说，“你也可以直接输入你的学生编码，有专人会自动为你取餐。”显然这服务生都是智能机器人。

等餐时，萨茹老师用异样的眼光看着卡索：“我听说了你第一天在训练馆的表现了，继续加油！”

卡索摇摇头苦笑道：“我在这里可不受欢迎。”

“宇宙浩瀚无边，每个星球的文明程度都不一样。在幽浮古堡，生命的存在都有其特殊的意义和使命，人是可以通过万事万物的学习和了解找到规律，物尽其用，合理利用资源，让生态环境达到和谐，而不是为己所用，打破生态平衡。蓝顿大地上，人生存的规则是索取、占有。而在幽浮古堡，人们的规则以不断提升环境的纯净度为主，因为在幽浮古堡，最珍稀的资源是曜能！而曜能得以存在，和环境息息相关，幽浮古堡物资的丰沛，也和古堡人对于环境的爱护和贡献密不可分。

“在幽浮古堡，植被的覆盖率每年都在以百分之二十的速度增长，这让上古时期留存的灵兽基因得以复活，这些灵兽为净化环境起到了关键的作用，同时，也是古堡人防御外敌侵犯的最重要的伙伴。

“古堡人不允许伤害灵兽，他们的生命在这里受到法律保护。蓝顿大地因为人们贪婪自私，挥霍无度，使得很多珍稀物种都在地球彻底的灭绝了，违背了自然的规律。他们不知道生命体与曜能之间的关系，而其他星球曜能时代很早就已经开启了，但你要知道吴维也来自蓝顿大地，一个人潜质的发挥和你是哪里人没有根本的联系。时间自会证明一切。祝你用餐愉快！”萨茹笑了笑。

幽浮古堡的餐厅分为教师和学生用餐区域，萨茹与卡索告别后走进了教师用餐区。

卡索进入学生用餐区，经过扫描，很快根据自己的营养标准，卡索的餐盘里便摆放好了精准测量好的食物，在这些精致的食物当中，还有一个水球，这是什么？卡索不敢碰这个水球，生怕碰坏了，罗宾在卡索后面，向他眨眨眼，示意卡索，放在嘴里试试。

“这味道太棒了！”卡索把水球含在口中咬破，冰凉入喉，一阵橙子的清新气息似乎从卡索每个毛孔喷涌出来。卡索大口吸着气，感觉自己吐出的空气都变得芬芳起来。原来在幽浮古堡，椰子大的葡萄和橙子味道的水球可以迅速补充人体需要的水分，也是常见的广受欢迎的饮品。

“每个人都喜欢这个。”罗宾一下子放入口中两个水球，一口咬下去，沉浸在橙子的香味中，只见云莹板着脸，瞪了他一眼，让他收敛点，别贪多罗宾吓得立即把水咽下去，险些呛到。

云莹吃过午餐，凝视着海岸边苏菲亚的雕像。在云莹心里，苏菲亚就是最完美的女王。传说苏菲亚为了宇宙和平牺牲了自己，并要将曜能的奥秘向全宇宙公开。

出乎都达列的意料，卡索竟然在第一天就顺利进入训练状态，并且背心的颜色呈现出了亮蓝色。都达列回到灵兽山中，内心有种说不出的忌妒与愤怒。

“有谣传说苏菲亚曾预言宇宙之子来自地球，宇宙的未来将由宇宙之子来掌控。”黑暗中有一个声音响起。

“怎么可能，来自那么一个落后的星球？”都达列对着黑暗中的人说。

“别忘记，吴维也是地球人。苏菲亚曾为保护地球付出了生命的代价，落后的星球不代表什么，有曜原石的地方则代表着王者的诞生！”

“如果宇宙之子是地球人，那意味着有一天幽浮古堡将落入他人之手？”对都达列来说这无疑是晴天霹雳，他的父母掌管着灵兽山，他很有可能是幽浮古堡未来的继承人之一。

“你怎么看卡索的背心呈现出亮蓝色这件事？他只是个初出茅庐的毛头小子，据说这代表了他的曜能，这不可能。”

都达列本来根本没有把卡索放在心上，但卡索今天的表现似乎有些过于抢眼了。

“据说苏菲亚的两个孩子还活着，他们身体里存储着曜原石，而这两个孩子恰恰来自地球，这才是宇宙之子真正的来历。虽然曜能远远超出了地球人的认知，但只要进入了幽浮古堡，便意味着已经离开了地球的环境，一切皆有可能。如果你想制服比你强大的人，那就要把他扼杀在襁褓中。”黑暗中的人说完后，悄悄地离开了，留下都达列陷入了沉思。

卡索除了在失重空间的基础训练外，平时还有理论探讨课和实践课。在经历第一次试飞后，不仅是卡索，幽浮古堡的很多学员也都好奇这个地球人卡索的禀赋会是什么。

苏菲亚七曜大讲堂上，吴维校长正在进行幽浮古堡环境保护的讲座，“巴比星球当时有上万人被解救，他们都成为守护这片土地的主人，与古堡人一起建设新家园。其中三万人住在山里，兰陵山主要居住着精灵族人，灵兽山中主要居住着巨人族，曜石山主要居住着矮人族。他们在山中生活，维护山体，繁衍后代。”

卡索对这段巴比人移民的历史尤其感兴趣，他认真地听着吴维的讲述，参与幽浮古堡的建设，让他感到兴奋，热血沸腾，他很想知道母亲的遗愿，她想继承母亲的意志，和父亲一起完成幽浮古堡的使命。

“灌溉农田使用的是自山中流淌下来的溪流水，再经由精灵族人的看守，生产出来的果实可以补充曜能。幽浮古堡有一种水草，净化能力极强，这水草同时也是一种鱼类，以食用花瓣为生，是净化极强的一种生物，我们称之为食花鱼，是幽浮古堡水质净化的重要环节之一。”

课堂上，吴维给学生们展示了视频，教室中央突然投影出食花鱼的形象，色彩斑斓，鱼鳞像水中花一样鲜艳，波光粼粼，光彩照人。

卡索对食花鱼有印象，他常见到湖水里养这种鱼，原来对维系生态平衡，过滤水中杂质有这样重大的作用，难怪，灵兽山中的灵兽都受到法律保护，原来它们都在不同程度地为保护大自然贡献着自己的力量。

“幽浮古堡禁止使用化学物品，污水通过层层过滤，进入污水池，通过测试达标后，经由地下管道灌溉南面的森林，流经山川，再回到大海。”奈西家族负责日夜巡逻守护山林，还负责每月测试氤氲的纯度，氤氲的纯度代表了幽浮古堡整体的空气质量，幽浮古堡负氧离子的含量相当高，呼吸的空气纯度是地球的上千倍。微重力和高纯度的氧气使得幽浮古堡生病的人十分稀少，吴维预计古堡人的寿命可以活到二百岁甚至更久。 吴维这些年一刻不停地在种植树木，净化幽浮古堡，更为有朝一日拯救地球做准备。

幽浮古堡的另外一个功能便是净化其他星球，目前已经有二十多个星球都引进了幽浮古堡进化的植物种子，宇宙中心交易大卖场里，幽浮古堡的农产品很受欢迎。

卡索发现了古堡器皿的材质多为琉璃、曜瓷、原木、果壳、谷皮，这些材质不仅可以循环使用，还是最环保的土壤肥料。

“每年雨季来临时，幽浮古堡都会迎来几场曜能雨。过几天又是雨季来临的季节了。”吴维期盼着说。

“曜能雨？”楼下很多同学都张大了嘴。

“生态良性循环的特征之一便是曜能雨，那是上天对幽浮古堡最大的奖励！”

台下掌声雷动！

中午，卡索在餐厅用餐，全部都是卡索叫不上名字的野生植物。

食物的重量和热量都是根据卡索的体重和所需能量配置的，卡索吃得一点都不剩。他发现，所有人都会吃干净盘子里的食物，把盘子收整好，自动清洗和消毒。

“幽浮古堡真的没有垃圾吗？”卡索不禁向罗宾问道。

“我听说过蓝顿大地是宇宙的垃圾处理厂。”罗宾捂着嘴笑。

“至少我居住的地方垃圾成山，我想知道幽浮古堡的垃圾如何处理呢？”卡索十分好奇。

罗宾：“古堡的空气净化纯度达到了200%，这里生长的一草一木都是宝。蓝顿大地的垃圾都包括些什么？”

卡索回忆起蓝顿海峡里堆积如山的塑料瓶和塑料袋，那场面实在让人作呕，也让人为蓝顿海洋里的生物心痛。

罗宾站起来，在餐桌旁边的自取袋处点击了按钮，机器立即生产出一个牛皮纸袋子和一个透明的盒子。“这些袋子和盒子全部是用食堂剩饭做的，纸袋可以直接作为动物的饲料或者土地的肥料，而且非常结实坚固。”接着，罗宾将袋子放到水中，袋子立即融化了。卡索明白了，和蓝顿大地不同的是，古堡里不存在任何塑料产品，所有产品都可以循环再利用。罗宾又拿出一个巴掌大的杏仁，杏仁的果壳很坚硬。“这是犀麟牛最喜欢的食物，对于犀麟牛补充钙质有很大的益处。古堡以共生和相互补给为依存条件，犀麟牛是稀有的灵兽，如果能收复灵兽，就要有足够的杏仁壳，你说这里怎会有垃圾呢？”

食堂门外有一块空地是自由交易市场，有不少高年级的学生以高价购买干净的杏仁果壳，卡索看到几个女生把果壳整整齐齐地摆放在收购的袋子里，和高年级的学长握手，学长手环上的数字自动转移到了低年级女生的手环上，表示交易达成。卡索低头看向自己的手环，上面没有数字显示。

“进入四大训练宫殿之后，你手环中的数据才会被激活。”罗宾把自己的手环拿给卡索看，罗宾的手环也没有激活。

一个没有任何垃圾的世界！卡索对幽浮古堡的兴趣越来越浓了。

傍晚，萨茹忧心忡忡地走进竹林，往吴维的住处走去。

“这坚决不可以！我怀疑这是雷隆设计的阴谋，他一定有意让杜列看见卡伦的连接体，然后顺利带回幽浮古堡，就知道你会进这个圈套。”

“萨茹，卡伦的连接体如果再不唤醒，就有可能变成泡沫，到那时候，雷隆找到了卡伦体内的曜原石，就一切都完了！”

“你如果把自己的曜能全部输入卡伦的连接体，你将顷刻之间失去曜能的力量，你想过幽浮古堡的未来吗？雷隆如果趁虚而入，银河系最后一块净土，我们多年的心血就付之东流了！”

“苏菲亚临终前既然可以把曜原石留在地球，这就是对曜原石的相信，曜原石蕴藏着宇宙能量的源泉。”

吴维看着卡伦宁静的睡姿，轻轻抚摸着他的脸颊，这张脸像极了苏菲亚。这孩子一出生就没有得到过亲生父母的关爱，如今好不容易找到了亲生父亲，却又失之交臂。

“曜原石是宇宙中心的象征，自古以来，人们为此征战不休，我已经做好决定了，这件事，只有你能帮我。”

“你为什么不给卡索一点时间呢？也许他很快就可以激发出体内的曜原石呢？”萨茹问。

“我不能把赌注压在卡索身上，卡伦现在每分每秒都有危险，我们需要通过他的连接体知道他的情况，萨茹，这件事就交给你了！除你以外，任何人我都无法信任！”

萨茹对这份信任无可奈何，只能接受吴维的请求，如吴维所说，卡伦只有七岁，不知道他在星际大地正在经历什么磨难，如果卡索知道了，他也无法在幽浮古堡正常训练下去。况且，曜原石的激发并不是人为可以决定的，这要看卡索个人的努力。

“如果我没有醒来，有人问起我最近去了哪里，就说我去游历其他星球了。”

萨茹将一种特殊的草药分别放入卡伦和吴维嘴里，这草药对激活人体细胞有重大的作用，通常在有大量曜能石附近的地方才会生长，只有巴比星球才有，如今巴比星球毁灭了，这草药就变得更加稀有珍贵。

萨茹把吴维和卡伦分别放在冰玉石上，她准备用最古老的方式，将吴维的曜能通过一颗五彩的曜能石转化到卡伦连接体的体内……

柒　没有垃圾的古堡

幽浮古堡对空气质量的纯净度检测极为严格，因为无论是植物、矿物，还是动物、人类的进化，都对环境有极强的要求，都需要高纯度的环境才能涵养宇宙间稀有且珍贵的曜能。

由于巴比星人曾因环境污染遭遇了灭族之灾，使几千亿年的巴比文明一朝烟消云散，因此巴比星人对于环境的洁净更加珍惜。吴维也在研究人类曜能和环境的关系中发现，人类的进化与对环境的保护休戚相关。自从巴比星球灭族后，巴比族人移民至幽浮古堡，吴维便对幽浮古堡进行了全方位无死角的生态监控和检测。幽浮古堡的原住民实际上是来自索伦星球的精灵族和矮人族，精灵族人长有一对翅膀，具有催化植物生长的能力；矮人族则善于开采矿藏，能发现已进化的矿石，是开采曜能石的能手。精灵族人生活在灵兽山里，他们身体柔弱，常年风餐露宿，很需要住处，只要有人会制造房屋，给他们供给纯蜂蜜，便可以吸引精灵族和矮人族为他们效劳，所以学习造房子是进入曜能学校的第一项任务。目前巴比星人有超过一亿的居民生活在温拿河以南，依山傍水。有二百多万的精灵族和矮人族共同建造了新家园，但还有更多的精灵族和矮人族生活在原始森林中，他们情绪暴躁，攻击性强，连灵兽都不敢接近。

幽浮古堡里，每个人都需要自己独立赚取生活费和学杂费，吴维鼓励每个人通过自身的劳动获取收益。

都达列带着一伙人在不远处进了林子，都达列个头高大、身体健壮、皮肤略黑，他看到今天建造房屋的名单里有卡索，脸瞬间沉了下来。

“难道说卡索这么顺利就可以在幽浮古堡生活了？也太便宜他了吧？”都达列看到名单后，嘟囔着。幽浮古堡有一个传统，但凡在幽浮古堡生活的人，都必须给本地的精灵族建造房屋，开垦一块农田，和精灵族人一起下地干农活。由于幽浮古堡的种子都是进化的植物种子，在精灵的陪护下，生长时间大大缩短了。只要种下的第一棵农作物结了果实，便证明这个人是古堡人；如果做不到，土壤里长不出果实来，就不算是古堡人。这是千古以来流传下来的传统，是一个人用最朴实的方式与古堡最原始的物种精灵族人和大自然的连接。

都达列眼珠一转，有了主意！

“怎么今天又见到这个地球人，天哪，他给精灵建房子？

我看他们给精灵建笼子还差不多！”都达列和手下人一起笑道。

“地球人最喜欢把能飞的关起来，把能跑的绑起来！”一个灵兽山人气愤地说着，他肩膀上的猎鹰听懂了两人的谈话，扑闪着翅膀表示愤怒。

“看紧他，如果他做出违反规定的事，就立即将他逐出幽浮古堡。”都达列第一次见到卡索时就不喜欢他，尤其当卡索的背心呈现出了亮蓝色后，都达列更加反感，他希望卡索无法在幽浮古堡生存，知难而退。

幽浮古堡的治理是非常严格的，但凡触犯到幽浮古堡其他生物安全的学员都会被立即逐出古堡，到灵兽山里守山。

卡索和云莹分在一个小组，都达列走到云莹的旁边：“听说你的队里来了新成员，还没开化，要不放回我的灵兽山吧！”都达列故意与云莹玩笑。

“喂，你少打我组员的主意！”云莹说。

“他才进你的队几天啊，就开始护着了？那我也要进你的队。”都达列说。

“你这么大个队长，我可受不起！我不是护着他，是萨茹老师安排他进我们组的，既然是我的组员，我就有责任带好他，卡索第一次试飞表现还不错呢！”云莹说，“你输了不少曜能碎石吧！”

“曜能碎石，我还有很多！”灵兽山里有丰富的曜能矿石的，对于都达列来说，输了曜能石不算什么，但他内心可不想输给任何人，尤其是卡索。“灵兽山那么多的精灵族人无处居住，他们不工作，就四处捣乱搞破坏，你还是好好管管你的灵兽山吧！”云莹毫不客气地说。

在幽浮古堡，每个灵兽山精灵的使命便是守护灵兽山中的奇珍异兽。精灵族人性情乖张，喜欢搞恶作剧，很情绪化，但他们最喜欢房屋和蜜糖，而且只要工作起来，他们就很专注快乐，沉浸其中，所以每个精灵族人都在等待主人的出现，如果制造的房屋符合精灵族人的心意，他们便会一直跟随主人。

幽浮古堡的学生来自 33 个不同星球，云莹来自索伦星球的诺威大地，都达列原是极光星球原始部落的后裔。

都达列眼珠一转，讨好云莹：“听说灵兽山的小雪鸟要破壳了！”任何幽浮古堡的学生，只要能量级别达到一定阶段，就必然有灵宠相随。雪鸟是极为珍稀的物种，而且是唯一可以生产曜能的灵兽，几百年都难遇一次。

云莹兴奋起来：“小雪鸟什么时候能出生？”

“就这一两天！”都达列见雪鸟吊起了云莹的胃口，内心喜不自胜。雪鸟是远古的异兽，从羽毛中可以提取曜能因子。雪鸟是幽浮古堡的象征。

“我怎么能拿到这只小雪鸟的领养权？”

“小雪鸟可是千年不遇的奇迹。”

“你是灵兽山未来继承人，你一定有办法。”

“那你怎么报答我？”

“幽浮古堡人人都知道我酿的蜂蜜最香甜，你不是要拥有四大异兽吗？如果加上我的蜂蜜，我保证再凶猛的灵兽也能被你收了！”灵兽山可以说是幽浮古堡最神秘的领域，目前只开发了不到百分之十，也只有十几类物种可以跟人交流，和人成为朋友。据说灵兽山里隐有四大异兽，守护着幽浮古堡的禁区，而那块领地是幽浮古堡的学员权限范围之外的。

“一言为定！”都达列天生可以与进化的灵兽沟通，并痴迷各类异兽。异兽是山中王，可以统领山中的灵兽。都达列了解异兽的喜好，对异兽的关心甚至超过对身边的人。云莹的禀赋是自然的能量，可以让植物再生，所以她很容易招揽蜜蜂，蜜蜂采集云莹催生出的鲜花，酿出的蜜，颜色像彩虹，有着闪亮的七彩蜜油，而且这蜜汁对于任何灵兽来说都是难以抵挡的诱惑，对于稳定能量是最佳的补给品。

“好，那我告诉你一个秘密！”都达列正要靠近云莹说几句悄悄话。

杜列突然飞了过来：“你们在说什么不可告人的秘密呢？”

“大队长好！”云莹立即向杜列行礼，在古堡里下级是要对上级行礼的。杜列是领军队长，负责管理和安排古堡里的所有队长。

杜列和都达列是堂兄弟，二人皆出自灵兽山，但关系并不太好。

自从杜列从星际大地回来，便一直在灵兽山里养伤，现在，他的翅膀刚刚恢复就收到萨茹老师的通知，带卡索学习幽浮古堡的风俗，让卡索尽快融入古堡生活。

灵兽山层峦叠嶂，放眼望去，草木苍翠茂盛，满眼都是郁郁苍苍的林木。山体颜色艳丽，如同蓝绿色的油墨一般鲜翠欲滴，山涧溪水流淌，汩汩流向山下的农田，滋养着幽浮古堡的居民们。一阵阵鸟虫鸣声，卡索不禁有些入迷了。

"杜列！"卡索非常惊喜，对面来迎接自己的竟然是杜列！自从星际大地一别，他就再没见过杜列。

"卡索，我们今天去灵兽山！"杜列的翅膀恢复得很好，他飞到河对岸，准备带着卡索撑竹筏过河。

"杜列，好久不见你了，你的伤好了？谢谢你救了我和弟弟。"卡索上了竹筏。杜列摆渡得很稳，小竹筏在清澈如镜的水面上滑向水中央。

"我一直在灵兽山休养，翅膀已完全恢复。我在灵兽山都听说你第一次试飞就表现得很优异，不错嘛！"杜列一边划着竹筏，一边对卡索说。

"我还不是很熟练，还得继续接受训练。"卡索看着水面，河水像镜子一样倒映着这崇山峻岭，倒映着树影娑婆。

"你弟弟呢？他怎么没跟你一起来？"杜列问。

"萨茹老师说，我完成了古堡的民俗仪式就带我见卡伦，他还在冰玉温泉调养。"

"冰玉温泉是幽浮古堡最养人的地方，萨茹老师的医术你放心，卡伦一定会很快好起来的。"杜列拍拍卡索的肩膀说道。杜列在卡索心里就是大天使，他在星际大地救出自己和弟弟，在幽浮古堡还继续做自己的摆渡人，卡索心里对他充满了感激。

杜列和卡索乘着竹筏涉水而过，这是卡索第一次近距离感受灵兽山的气息。前面的河面一片白雾茫茫，二人划着竹筏进入这片云雾中，卡索被这天地氤氲的景象所震撼，闭上眼深吸一口气，云雾水汽弥漫，涌动进入卡索的鼻腔，让他觉得从未呼吸得这样顺畅过，这是在地球所体验不到的润泽的水气。杜列说："这里是幽浮古堡空气最清新的地方，每一次呼吸都是对肺部的一次清洗。"

"这里好香，这是什么味道？"卡索大口呼吸着，嗅到了某种植物散发的香气，让人心绪宁静。

"幽浮古堡植物繁多，有很多花木我也叫不上来名字。"杜列笑着说。

在灵兽山外环绕着一片海域。海的上面连着天，远远看去，似乎是一片小一点的海漂浮在大海之上。这是禁区，漂浮的海上便是能量树。

杜列看到了远处禁区中的能量树，停了下来，呆望着远方，幽幽地说："你闻到的香气应该来自那个地方。"杜列伸手指向海那边。

不一会儿，竹筏到了岸边，杜列带着卡索走过一片树林。

“如果你想长期生活在幽浮古堡，需要遵守古堡的规矩。”

“什么规矩？”

“给精灵族人或矮人族人建造房屋，在古堡上种上一亩田，定期收割庄稼，那就代表你是古堡人了。”

“精灵族，矮人族？建造房屋和种地？”卡索很是不解。

“精灵族和矮人族是幽浮古堡的特殊居民，不过今天，你只学习给精灵族人建造房屋就可以了。”

卡索回想起那次古堡的宴会上，精灵斟满葡萄汁的一幕。

“精灵族和矮人族生活在灵兽山中，他们生性顽劣，脾气古怪，与其他动物相互抢夺地盘和食物。他们居无定所，既不属于灵兽也不属于人类，和灵兽生活在一起，经常战争不断，唯有房屋和蜂蜜能让他们情绪稳定，心情愉悦。这样就能发挥他们与生俱来的特长。他们的特长就是守护农田，可以让你的庄稼收成大涨呢！”杜列告诉卡索，“所以每个古堡人都要学习给精灵族和矮人族建造房屋，让他们学会工作、生活，否则他们会肆意捣乱，四处破坏，成为古堡的隐患。”

“他们会做工作？”

“你看见前面的稻田了吗？”

走出一片防风林，卡索看到一片片绿油油、金灿灿的稻田，蓝天上浮动着连片的白云。稻田整齐地排列着，上面飞舞着勤劳的精灵们。

“每块稻田有一平方米，一个精灵可以掌管四块稻田。”

杜列耐心地告诉卡索。

卡索走近一看，只见精灵族人有半人高，面孔精致，头上长着触角，还有一对尖尖的耳朵，身后有一双翅膀。他们每天分不同的时段，给农田浇水、施肥，帮助收割。他们很精心地守护着自己的稻田。人在古堡里有至高无上的权利，是因为人通过自己的劳动，帮助其他生命一起实现了价值。

“你是主人，并不意味着你控制占有了他们，而是帮助他们了解自己，和我们一起更好地建设家园。”

幽浮古堡，可以称之为银河系中的最后一块净土，要守住这里，就要维护好这里的每一寸土地。幽浮古堡最珍贵的便是土壤，吴维亲自测评过幽浮古堡的土质，曜能含量达到了百分之三。幽浮古堡的蚯蚓也是最辛勤的耕耘者，它们种类繁多，功能各异。它们将土壤里的杂质吞食掉，消化再通过粪便排出来，为幽浮古堡的植物生长提供了最天然的肥料。这样蚯蚓作为土壤的卫士，拥有很高的地位，没有人会伤害他们，他们自然生长，自然死亡，死后化作泥土，促进植物的生长。幽浮古堡的每一方寸都自成一个小的生态循环系统，吴维相信自然的能量，尊重幽浮古堡的每一个生命，他只做自然的守护者，用心守护着家园。

幽浮古堡的师生也享受着自然带来的美好和科技文明带来的便利，每个师生都自然地建立了环境、他人利益优先的意识，这也是吴维所倡导的环境文明、科技文明……之后人类将迎来心灵的文明。

吴维为了实现苏菲亚的遗愿，将所有心思都放在对孩子曜能的培养和环境的保护上。精灵族人的力量并不小，吴维用五年时间平息了精灵族、矮人族及灵兽之间的征战，找到了与他们和解的方式。精灵族人喜欢居住在用花瓣、南瓜制造的房子里，只要建造出他们喜欢的房屋，供应充足的蜂蜜，他们自然就愿意为人类提供服务。古堡会提供给学生一定量的种子，让他们学习自己种田，收获的成果可以直接卖给农场，用卖农作物的钱再来买种子，之后通过自食其力，培养学生们对每一寸土地的敬畏，珍惜美好家园，共同守护这片净土。卡索看见不远处云莹正在教大家建造房屋。房屋分不同级别，可以吸引不同级别的精灵。在幽浮古堡，一切原材料都来自自然。树木在幽浮古堡受到法律保护，可以说每棵树都有户口，都有年轮记载，有专人照看。巴比星人是树木的守护者，他们工作起来一丝不苟，誓死保卫森林。灵兽山的管理者是都达列的父亲，山区外的树林则由巴比星人照看。随处可见的穿着蓝色制服，皮肤黝黑的巴比星人是种树高手，手里由很多经过宇宙长期辐射的树种和树苗，这里的原始森林，有的树木已生长上亿年。吴维这些年一直致力于这项工作，如今森林覆盖率达到了百分之六十。

给精灵建造的最基础的房屋是用鲜花制造的，中级房屋是矮树屋，高级房屋是高树屋。花房吸引的精灵善于守护花朵生长，矮树屋吸引的精灵一般善于种植农作物，高树屋吸引的精灵善于种植瓜果。高树屋通常建设在灵兽山森林的深处，每个学生都至少需要建造两种类型的树屋，树屋越舒适美观就越能吸引到等级高的精灵，也直接影响种植出的果实的品质。

卡索和罗宾分到一组，两人从建造初级花房开始。都达列是灵兽山的贵族，他手下有很多矮人帮他一起建设，他是所有学生中，拥有农田最多的人。矮人族是原巴比星球奴隶的分支，矮人族是曜石开采能手，他们还有很好的手艺，堪称巴比星球的匠人。一部分矮人族人喜欢住在山洞里，以开采矿石、建造房屋和打造器具为生。

都达列喜欢炫耀自己建造的房屋，他拥有曜能学校最大的精灵族和矮人族群，房屋占据了 20 亩地，可以说是幽浮古堡的大地主了。

教授建筑学的老师叫伯恩，个子不高，穿着一身黄色的运动装，站在人群里，完全看不出是老师还是学生。伯恩手拿一朵红色的罂粟花，身边飞来一只蜂鸟，将尖尖的嘴扎进罂粟花中。

“你就是卡索？”伯恩老师把眼镜摘下来，上下打量着卡索。然后拿起卡索的手腕，看了看他的手环，疑惑地问：“听说是吴维校长亲自把你从地球带回来的，你有什么禀赋？”

卡索有些尴尬地说：“我还不知道。”

“早啊，伯恩！”萨茹老师走了过来。

“萨茹，是你啊！”伯恩立即向萨茹老师行礼。

“卡索还没有开发出来禀赋，他需要在幽浮古堡先学习生存技能。我今天把他送过来学习建造精灵屋，就交给你了。”尽管萨茹很想让卡索尽快进入实际训练，但给精灵建造房屋，学习在农田耕种是幽浮古堡的风俗习惯，任何一个来幽浮古堡学习的学员都必须学习，这种学习可以让学生对自然、环境有更加深入的感情，同时对食物从哪里来，对垃圾如何处理和循环再利用等也有足够的认识。

“也许他还需要一点时间。”伯恩笑着，“过来，孩子，要想让精灵帮着你，你就要给他们一个温暖的家。精灵最喜欢的颜色，就是，喏，我衣服的颜色，金黄的太阳的颜色，只要他们愿意为你种植蔬果，你便可以在古堡毫无后顾之忧地生存下来。当你捧着从土地里生长出来的果实，你会为大自然的馈赠所感动。”伯恩老师非常热情地介绍着。

萨茹临走时对卡索说：“卡索，学会建造房子后便可去冰玉温泉见你弟弟，还有，别忘记跟云莹学用木桶制造土蜂蜜的方法！”

来到古堡后，卡索一直没有见到卡伦，他很想把种植的第一个果实分享给弟弟。

参观完农田后，伯恩带着学生们正式走进教室，开始介绍房屋的建筑原理。

“同学们好！欢迎来到苏菲亚曜能学院，我是你们建筑系的老师——伯恩。”教室里，卡索坐在角落里，很认真地记着笔记，他生怕落下老师说的每一个字。

课堂上，他不时会看向云莹，云莹对他有种特殊的吸引力，让卡索总感觉云莹和自己记忆里的母亲苏菲亚哪里相似。而云莹感到身后时有一双灼热的目光，忍不住回头，却看见都达列在向云莹招手，云莹刚要气恼地转身，突然瞥见眼神忧郁的卡索，这人在想什么呢？云莹想着，回过身去继续听课。都达列看到卡索看云莹的眼神，立即变了脸。

“去给我查查这个卡索什么来头。”都达列和他的小跟班说。

云莹作为队长，没有比她对团队更负责任的人了。她精力充沛，事无巨细，哪怕队员里有一个不及格的队员，她都会重新返回课堂，和队员一起复课，直到辅导队员通过为止。

黑板上，伯恩老师画好了三类房屋的建筑图形，讲述了花房的花材和树屋的原材料，这些都可以在课后自由选择。

卡索将第一座花房建立在田垄中间。在幽浮古堡，免费的项目并不多，买了这座花房后，他的资助资金便所剩无几了。如果花房没吸引来精灵，卡索很可能要打道回府，所以第一次必须成功！卡索对自己说，他还要让弟弟品尝自己在木桶里酿造的蜂蜜。

按照图纸上的说明，从选材到组装，卡索每一步都做得非常细致。云莹在旁看着，发现卡索做起事来认真严谨，一丝不苟。

都达列也走到了田间，远远看见了卡索，内心升起了嫉妒的火苗，他的跟班来到都达列耳边，小声地嘟囔了几句。

房屋还未建造完，精灵便飞了进来。罗宾赶紧把田地打好垄，洒下了花种。精灵开始辛勤地浇水施肥。云莹没想到卡索的学习力这么强，居然很快就吸引到了精灵族人，真好！她终于不用再陪着他们复读建筑学了，云莹舒了一口气。

卡索见云莹脸上有了笑脸，趁机请教蜂蜜的酿造。

“你还想学习古堡的木桶蜂蜜秘诀啊？”都达列从树上“嗖”地跳下来，吓了云莹和卡索一跳。

“你在上面偷听我们说话？”云莹没好气地对都达列说道。

“云莹，你知道蓝顿大地是怎么制造蜂蜜吗？他们为了能卖钱，竟然给蜜蜂硬灌糖水，逼着蜜蜂产蜜！你现在教他木桶制蜜的秘诀，就不怕他伤害蜜蜂？”都达列说着，一群蜜蜂“嗡”地聚拢过来，冲着卡索发出警戒的声音。

云莹挥挥手，把蜂群打散：“他们真这样制造蜂蜜？”

“不仅如此，他们还欺骗蜜蜂，用假蜂王幼虫来引诱蜜蜂产蜂王浆。只要拿到蜂王浆，就立即将幼虫丢弃，无数的幼虫离开蜂王浆根本无法生存，只能在太阳底下被晒死！”都达列话未说完，蜜蜂便铺天盖地地飞来，云莹看到这么多野蜂，有些急了，“都达列！你这是要做什么？野蜂的复仇心理最强，它们是不会放过卡索的。”

但这时，都达列招来的野蜂已越来越多，在天空中发出“嗡嗡”的轰鸣声，像是在替地球的蜜蜂申诉，诉说不平。

“云莹，我长这么大，还从未吃过一口蜂蜜。”卡索说，

“也不知道原来蓝顿大地是这样制造蜂蜜的，我替他们向蜜蜂道歉！”

“你没吃过蜂蜜？”云莹有些不信。

“我生活的大地连一朵花都没有。”卡索渐渐沉默了。蜜蜂似乎听懂了卡索的话，悻悻地散去了。

“我来教你。”云莹带着卡索上了山。

“其实，这方法是吴维校长教我的，他说他老家的山上就是这样制造土蜂蜜的，全球只有他的家乡能制造这样香甜的蜂蜜，而且我们从不敢触碰蜂王浆，因为那是供给蜂王的，绝不能动这大自然的乳汁。勤劳的小蜜蜂飞来飞去，如果没有蜜蜂及其授粉行为，整个生态系统将会崩溃。”云莹严肃地说。

卡索紧跟在云莹身后，进入了深山。云莹在一处繁花丛生的山涧边停了下来。“这里是产蜜的好地方。”云莹指着溪水边一丛粉红的花树，“看到了吗？这里的花开得鲜艳，有着得天独厚的地理条件。”

“那是什么花？”一阵清香扑鼻，卡索看着树梢上绽放的娇嫩的花瓣，蜜蜂在花丛前忙碌着。

“那是木芙蓉。木芙蓉的蜜对于咳嗽有舒缓作用，你看，那边是珍珠海，看到了吗？”卡索顺着云莹的手指望去，只见星星点点的白色花球矗立在山林间，看上去真像是一大片珍珠海。云莹如数家珍，为卡索介绍不同的花酿造出的蜜的不同功效。云莹没有想到卡索居然一朵花都没有见过，不禁产生了强烈的同情心。要知道，这花种是吴维从地球上带来的，云莹难以想象地球上到底发生了什么。

“自然依靠蜜蜂来传播花粉、授粉，这对植物的生长起着至关重要的作用。”云莹说，“千万不能小看自然界的所有生物。”

云莹对生命的尊重，让卡索看到了云莹的另一面，一个对大自然有着浓浓爱意的云莹。卡索心头一阵温暖，这是他在幽浮古堡上的最有意义的一节课了。卡索认真地看着云莹放置木桶，为了让蜜蜂分散开采蜜，把蜂桶分开放置，而且形状各异的峰桶，有不同的讲究，可以保证蜜蜂采集到不同的花蜜营养。

“这个木桶的蜜成熟了，你过来学习割蜜吧！”云莹的笑容比蜜还甜。

卡索跟在云莹身后，看到云莹用木棍敲打木桶，温柔地轻语：“你们是自然之翼，传播着自然的气息；你们是灵动的风，带给土壤温润。”云莹说着，她四周的植物生长得更加繁盛，她的头发和衣服上都盛开了鲜花。

山顶的悬崖边开出了洁白的雪莲，蜜蜂从木桶中飞出。

云莹打开木桶，卡索看到了木桶里满满的蜜脾，云莹割下来一块沾满花粉的蜂巢，蜜汁饱满，从蜂巢中流出，云莹连忙塞进卡索的嘴里。

卡索从未吃过这么好吃的东西，蜂巢的颜色雪白如脂，甜蜜的蜜汁让他感到异常的快乐，这蜜真的是能让人馋得想要不停地吃下去。蜂巢中富含蜜蜡，很有弹性，咀嚼在口中，散发着花香。

卡索也兴致勃勃地学着在木桶里放好蜂蜜，将木桶放置在山间，距离花丛不远处，吸引蜜蜂来筑巢。云莹告诉卡索，这是山中最珍贵的礼物，吃了幽浮古堡的蜜，百病全消，但云莹也警告卡索，蜜成熟后要及时摘走，否则有些灵兽嘴馋，被它们偷吃了，就白费功夫了。卡索特意给卡伦盛满了一罐，他知道卡伦爱吃甜食，苏醒后能吃到自己亲手采集的蜂蜜，卡伦一定喜出望外。

卡索几天之内便学会了给精灵造房子，虽然雇不起矮人族来开采矿藏，但只要提供幽浮古堡足够的花蜜，就可以去曜能学校接受训练了。萨茹也如约而至，带着卡索去冰玉温泉见弟弟卡伦。

萨茹带着卡索忧心忡忡地步行到了冰玉温泉。温泉很多，山上，丛林里，松林间到处散发着云雾缭绕的蒸汽。路上卡索遇到很多不知名的树，树的香气很浓，卡索感到自己周身沾着的露水也有种树脂的味道，但萨茹表情一直很严肃，无心欣赏一路的美景，也无暇向卡索介绍。

被温泉长期润泽过的玉石，如同冰雪一样，长年保持着寒冰的温度，在零下 10 度到 40 度左右。用这些玉石制造的器皿，盛上的食物可以保鲜不腐坏。巨大的冰玉，则可以让人的细胞保持年轻，延缓衰老。幽浮古堡的冰玉一般被用来养伤和治疗疾病。吴维当年受到雪莉女王的袭击，九死一生之时就是这千年冰玉救了他的命，而苏菲亚为了阻止战争，身体已经灰飞烟灭，所以再也无法复原。

萨茹让周围人都退去，带卡索进入一间四面由玉石砌成的纯白色的密室。

“卡索，你‘弟弟’一直没有醒来。这是你弟弟的连接体，他本人应该还在星际大地！”

“什么？弟弟在星际大地？”萨茹严肃地面对着卡索说：“卡索，我不得不告诉你，你弟弟，他……”

“卡伦他怎么了？”卡索看见了躺在寒冰上的卡伦和吴维。弟弟闭着眼，就像睡着了一样，全身贴满了线，他所戴的头盔连接着吴维的头盔。卡索甚至以为弟弟死去了，但走近一看才发现卡伦呼吸很平稳，面色红润，并不像生了什么病。

“卡伦这是怎么了？他就这样一直睡着吗？吴维校长，他怎么了……”卡索跑到父亲身边，紧张地握住父亲的手。吴维温暖的手掌让卡索悬着的心稳定下来。

“吴维用了千年的寒冰稳定住了卡伦的连接体，但他真人并不在这里！”

卡索听后犹如晴天霹雳！

“什么？这不是卡伦吗？”卡索听不懂萨茹的话，“这明明就是卡伦啊！”

“雷隆复制了很多游戏中的孩子，杜列把卡伦带了回来，却并不知道这是卡伦的连接体。”萨茹说，“测试报告显示，连接体的存在时间不会超过三个星期，如果不是在冰玉温泉里滋养着，恐怕卡伦的连接体早就消失了。吴维昨天发现连接体的体征在消解，所以冒险用自己的曜能连结了卡伦的连接体……”

“校，校长这是在做什么？”卡索看到一股电流从吴维身上不断流入卡伦的连接体。

“吴维将自己体内的曜能输送给了卡伦，这是禁忌，是不允许的，从未有过这样的试验，但为了保住卡伦的连接体，吴维还是冒了这个风险。他输入曜能给卡伦，他有可能会丧失所有曜能迹象，甚至有生命危险。”萨茹劝阻过吴维很多次，但无法阻止吴维的决定。

“什么？父亲……”卡索扑到吴维身边。他险些忘记答应过吴维的事情，不告诉任何人他与吴维之间的关系。

“我知道他是你什么人。”萨茹小声对卡索说，“当年你出生时，是我接生，卡索。这里没有人，你可以喊他父亲。”

“萨茹老师……”

吴维闭着眼，也如同睡着一般。

“差不多七年前，我用这千年冰玉救醒过吴维，这次，我不知道他是否可以撑过去。”萨茹翻开手环内测，看着时间在倒计时。

“还有三十秒，如果卡伦可以醒过来，此次曜能输入就成功了！吴维也没有白白牺牲。如果没有醒，卡索，你必须激发体内的曜原石，只有这样才有可能找到卡伦。”

萨茹回想起吴维要求萨茹将他的曜能传输给卡伦连接体时，两人激烈的争论。那是两人结交多年第一次发生的争吵。

那天，吴维安排好后续的事情后，就让萨茹开启了对卡伦的曜能传输，她回想起吴维的嘱托，感到自己身上的责任重大。

星际城

星际之巅府邸，卡伦和上千名孩子被锁在山洞监狱里。山洞的顶端有一丝月光射下来，卡伦全身脏兮兮的，他在这山洞里生活了半个月，半个月前他那次误闯游戏关卡，导致自己陷入了困境。

哥哥，你在哪里呢？卡伦仰着小脸看着那丝月光，潮湿的暗室让卡伦四肢无力，他后悔自己的单独行动惹了麻烦，现在不仅吃不饱，还要每天在虚拟游戏里完成足额的任务量，做苦工或者搬运等工作。半个月来，卡伦消瘦了很多，到了夜里也无法入眠，他第一次离开哥哥，自己独自入睡，他总是抱着被子，幻想抓住哥哥的手，才能睡着。

在星际大厦实验室里，无数个连接体在雷隆的实验室中被孕化。

这一天，山洞里的卡伦沉睡着，突然他感到自己在梦中被连入了一个管道，这管道无穷无尽，四通八达，连着天与地，他仔细看过去，见到了一棵巨大的树，原来管道就是这棵树的树干。

当卡伦再次睁开眼，只觉得眼前明晃晃的一片，他感到全身麻酥酥的像是有电流在注入，床突然变得硬硬的，像是睡在……卡伦仔细一看，是一块冰做的床？但这冰并不凉，那股气流似乎从这冰而来，但又不是，好像是从头上注入的。卡伦“腾”地坐起来，摸了摸头顶，发现头上顶着一个沉重的头盔。

“我这是在哪里？”卡伦的视线从模糊到渐渐清晰，突然他看到了卡索，是哥哥！卡索正在和一个陌生的女士关切地看着他，这陌生的女士看起来很慈祥，像是在哪里见到过。

“卡伦，是我，我是卡索！我是哥哥呀！醒了！卡伦醒啦！”卡索惊喜地看着卡伦。

萨茹终于松了一口气。

“哥！真的是你？”卡伦上下打量周边，看着自己的双手，确认自己是醒着的。

“这是什么地方？我是在做梦吗？哥，这是真的吗？这是哪里？”卡伦有些慌乱，以为自己睡糊涂了，不知道是梦里还是已经醒来！记得自己刚刚还睡在破旧的床上，四周是山洞里潮湿发霉的味道，可这里四面都是白色的墙壁，床很凉，但摸起来很滑很舒服，空气也很清新。

“你不是在做梦，卡伦，你能看见我，是吗？”卡索问。

卡伦点头。

萨茹把头盔从卡伦头上卸下来，给卡伦做了全身检查，一边检查一边对卡索说：“连接体对外界的反应和人体几乎一样，恭喜你，卡索，我们已经和真正的卡伦连接上了，卡索，我们成功了！”

“地下室？你一直在地下室里？”卡索没想到卡伦在地下室里过了足足十五天。

“是的，那里关着好多好多的孩子，我们每天要完成雷隆交给我们在虚拟世界的游戏任务，我主要做炸弹的搬运工，是虚拟游戏中的奴隶角色。还有年纪更大的孩子要进入他设计的关卡，据说在关卡里要杀死很多怪兽，那些变异的怪兽非常可怕。前天，有一个孩子在游戏中猝死了。”

“别怕，卡伦，我已经找到你了，我会去救你们的。”

“对了，差点忘记介绍，这位老师叫萨茹，是她在一直帮你疗养，你才能醒过来的！”卡索感激地看着萨茹老师。

“谢谢您救我，萨茹老师！”

“真正救你命的是你们的父亲！”萨茹指着在另一块冰玉上躺着的吴维。

“父亲！”卡伦一时间没有反应过来，“哥哥，我没有听错吧，他是我们的爸爸！我们有爸爸了，这是真的吗？哥，你找到爸爸了，是吗？”

卡索带着卡伦走到吴维身边。

“你说对了，卡伦，爸爸一直在找我们，是他找到了我。”

“爸爸，爸爸！”卡伦虽然没有和吴维说过一次话，但见到吴维就抱住大哭起来，“爸爸怎么了？”

“父亲为了让你醒来，所以……一言难尽，我们的爸爸只是暂时昏迷，你要坚强，千万不要在地球上暴露自己。我们会想办法去营救你们。”

萨茹提醒卡索，与卡伦的连接体交流不能超过十分钟，时间很快就要到了，萨茹需要将卡伦浸到温泉里，让卡伦在现实中醒来。

“哥哥，我要回去了……我还能再见到你吗？可不可以不回去？”卡伦有些害怕，他生怕自己一醒来，再见不到哥哥了，而且好不容易才找到了父亲，他多想让父亲睁开眼看看他。

“你现在的身体不是自己的，我们必须把真的你救回来，卡伦，听话，配合我们，我们会把你带回来的。”卡索劝说着弟弟，他何尝不想让弟弟也留在幽浮古堡呢？想到未来两兄弟和父亲相见的场景，卡索坚定地让卡伦听从萨茹的话。

“卡伦，你只要把头浸在水里，便可以切断与连接体的连接，立即回到原来的身体中，所以，你不要害怕，我在一旁看着你。”卡伦只好迟疑地走进池水里，当整个头浸在水中时，他又突然想出来。“闭上眼睛，憋住气，一会儿就好了！”卡索怕弟弟忍不住，便用双手压住弟弟的肩膀，但卡伦却使劲地摇头扑腾要到水面上来。卡索把食指放在唇边，手指着手表，示意卡伦时间到了，安心等着下一次见面的机会，但卡伦一直盯着卡索的手环，似乎要说什么。

“萨茹老师，卡伦好像有话要说！”卡索央求着萨茹。

“不行！这很危险！时间已经到了，马上要开始传输了！”萨茹严厉地说。

卡伦继续一个劲地摇头。

“你们这两兄弟，这样下去早晚要出乱子！”萨茹赶紧拿出一颗传输功能的曜能石放在温泉里，一把把卡伦从水中拎出来。

“咳咳！”卡伦因为刚从水里出来，呛了一口水，不停地咳嗽。“咳咳！咳咳咳……”

“卡伦，你知道这样做多危险吗？你再任性下去，不赶紧回去，出了问题我也帮不了你！”萨茹有些不高兴了，中途突然终止传输，有可能造成卡伦被永久锁定在连接体中，“如果你留在连接体里，连接体就会像一次性用品一样，用不了多久就会报废掉。”

卡索一边向萨茹表示歉意，一边问弟弟：“你到底怎么了？我都说了我会去救你的，关键时刻，你要听哥哥的话，卡伦。你看你咳嗽得这么严重，多危险！”

“咳咳，我，我就想知道为什么你们都带着这个手环？”

“你费这么大力气，就想问这个问题？真是一个好奇的孩子！”萨茹有些不耐烦，坚持拉着卡伦进入温泉里。

“请告诉我，这手环是这里的人都要戴的吗？”卡伦问。此时萨茹已经要把卡伦的脑袋按入水中了，但卡伦还是很执着地看着哥哥。

“进入幽浮古堡后，每个人都会有这样一个手环，方便查看自己的曜能指数和曜能之间的传输。”卡索快速地回答道。

“好了，我们要说再见了！”萨茹正要把卡伦的头按入水下。

“我在地球上见到一只会说话的狗也带着同样的手环。”

“什么！”萨茹立即把卡伦拎上来，又拿出一株草药，自言自语道，“这连心草不多了。”

卡伦含下连心草。

“说说那只会说话的狗。”

“它是雷隆的手下，负责巡逻，找寻逃跑的孩子，它有一个和你们一样的手环，但它的手环已经不亮了。”卡伦说。

“它是一条白色的狗，但头顶有一小撮黑色的毛，四只蹄子和尾巴都是黑色的，对吧？”

“正是！”卡伦对这只会说话的狗印象很深，没人见过还有狗能说出人话的。

那条会说话的狗？卡索似乎也回忆起童年的玩伴，那条狗叫……

“它叫毛毛，那是十年前吴维走失的狗！”萨茹突然激动起来，“卡伦，去寻求毛毛的帮忙！你告诉它，你是吴维的孩子，你是小王子。”

“对，我想起来了，它是叫毛毛！”卡索想起来了，那是他童年最好的朋友，

“沙漏里的沙子不多了，萨茹老师。”卡索知道时间不多了，紧紧抱住了卡伦，“弟弟，你要勇敢，坚持住，我们会去救你的！”

“弟弟，每次我们交流的时间不能超过十分钟，所以我们会努力让你再见到我！”卡索对卡伦继续嘱托道。

卡伦点头。

“卡伦，你的时间到了。”

卡伦把整个身体浸在水下，透过水面看见萨茹和卡索向他挥手，卡伦闭上了眼睛。

“卡索，你别无选择，只有你尽快激发出体内的曜原石，具有曜能后，你弟弟和父亲才有救。”萨茹的话里略有担忧。

萨茹将休眠中的卡伦连接体从水下拖出来，卡索帮萨茹

一起，将卡伦的连接体继续平放在冰玉床上。萨茹老师唤来白色的精灵族人守护着卡伦的连接体和处于昏迷状态的吴维。

吴维之所以冒险激活卡伦的连接体，主要是基于对苏菲亚的信心，苏菲亚既然选择地球，选择把曜原石放在两个孩子的身体里，就意味着苏菲亚相信这两个孩子的力量。有曜原石在的地方，便代表了宇宙力量，也是王者诞生之处。吴维不顾生死的决定也基于对曜原石的信心，他亲身经历过自己支离破碎的身体被曜原石修复的过程，并且一次次起死回生，如果不是曜原石的力量，自己早已经不在人间了，为保护曜原石，这也是吴维能做的最大的牺牲。

萨茹临走前，嘱咐卡索："你也别操之过急，曜能的发挥并非一朝一夕，你本身的曜能和你母亲苏菲亚的曜能很相似，找到自己的禀赋只是需要一个触发点而已，有时候刻意地寻找，反而寻而不得。"

虽说只是需要一个契机，但当卡索知道卡伦和父亲都命悬一线时，他唯有投入训练，才能安心。连续半个月，卡索都在凌晨三点起床，当罗宾还蒙头大睡的时候，卡索就已经起身，穿上背心和护膝，蹑手蹑脚地出了门。卡索在大门前扫描了自己的瞳孔，并输入了语音："我是卡索。"卡索知道自己没有时间再耽搁了，卡伦在星际大地随时都有陷入危险的可能，只有尽快发挥出曜能，才有可能救出卡伦。一想到父亲把曜能输送给卡伦，他就非常心痛，父亲为他们两兄弟毫不顾惜自身，他必须尽快强大起来。

卡索进了训练大厅，此时，训练大厅还空无一人。卡索按下背心的控制按钮，让自己尽量放松，像投入大海中一样扑向空中。当他睁开眼睛时，发现自己已经飘浮在半空中，脚下悬浮的便是空气。卡索继续呼吸，“呼！”卡索不断调整着姿势，感到紧身衣和肌肉之间的摩擦，卡索一个翻滚，自己提升到更高的高空，再一个转弯，立在训练宫殿中间，这是卡索第一次独立完成空中反转的动作。就这样不停反复地练习，卡索的姿势越来越标准、熟练、自然。

第五天的时候，云莹带着队友们训练时，发现卡索的动作稳定娴熟，这让云莹再一次对卡索刮目相看。

“卡索，你终于不受引力影响了。正好可以赶上下周我们全队要进行四大训练宫殿演练。”

四大训练宫殿才是幽浮古堡的核心训练营，卡索虽然还未激发出禀赋，但可以自如地运用背心在失重的状态下保持稳定了。

捌　四大训练宫殿

卡伦正在休息，雷隆穿着黑袍突然出现在他面前，把他强行拉走。“你们要把我带到哪里去？救命，哥哥，救我！”

雷隆手里拿着拐杖，在卡伦全身插满管子，要强行吸取卡伦的曜能。

“哈哈，我找到你了，宇宙之子！我才是宇宙霸主！”

“卡伦！卡伦！”卡索喊着卡伦，猛地从梦中惊醒，才发现是一场噩梦。想到自己身在幽浮古堡，而弟弟还远在地球，被关押在雷隆的实验室府邸里，卡索就坐立不安。他立即起床，穿好衣服去往训练馆，开始了一天的训练。

卡伦在星际大地醒来后，由于见到了哥哥反而十分镇定，没有了往日的慌张，他知道哥哥一定会想办法救自己出来。虽然那个萨茹老师看起来有些严肃，但她提供给卡伦一个重要线索，那就是毛毛！这样，卡伦每天枯燥的劳作变得不再漫长乏味，因为他有了目标，一切都变得意义非凡。卡伦回到雷隆的府邸后，还像往常一样去搬运石头，在虚拟世界干那些重复性的体力活儿，一边干苦力，一边机敏地留意那只会说话的狗。

卡伦发现自己见到哥哥后，突然具备了心电感应的功能，似乎可以听见其他人心里说的话。

早餐时，卡伦听到送餐的人心里在想：“让这些孩子迷上这些奶油蛋糕和巧克力，他们吃久了就会忘记曾经的自己和家，甘心在游戏里做苦工。”

一会儿又听见有一个玩家在说：“哇！好好吃的蛋糕！在这里又能打游戏，还有好吃的，谁说是关监狱？这分明是幸福生活。”

“这是我的糖果，我的，都是我的！”孩子们一窝蜂地拥上去抢蛋糕吃。

嘈杂的声音从四面八方袭来，卡伦脑子里十分混乱，于是，使劲捂上了耳朵。“你干吗呢！快来领你的早餐！”守卫对卡伦大吼。

卡伦看着那些奶油蛋糕，咽了咽口水，拿了自己分的那块，偷偷扔到了垃圾箱里。他人铺天盖地的心声混杂地塞入卡伦的耳朵里，卡伦蒙着被子，假装生病。

卡伦去取午餐时，看到巡逻队的成员路过。听到有人心里在骂：“这条老狗，真多管闲事，再汪汪，非扒了它的皮炖肉吃。”

“老狗？”卡伦顺着声音看去，看到了那只会说话的狗！“毛毛！”

那穿着一身制服的老狗似乎听到了什么，以为自己幻听，停下脚步四处看了看，又继续往前走。

“毛毛！”卡伦发现，他在心里说话，对方可以听得见。他哪里知道吴维传输给卡伦连接体时，将自己的曜能也传输给了卡伦，卡伦瞬间具备了吴维千里传音的本领。

“谁在喊我？”毛毛确认了有人喊它的名字，全身的汗毛都竖立起来，“咣当”一声与身后的人撞到了一起！

“哎哟！你怎么突然停住了，你这只笨狗！”那人捂着脑袋，而毛毛还在寻找这声音的来源，因为这里没有人知道自己的名字叫毛毛。已经有七年没人叫他“毛毛”了，大家都叫它老狗。

毛毛突然看见角落里的卡伦，快速冲了过去，紧紧揪住卡伦，不等卡伦说话，就用手中的仪器测试了卡伦的曜能，仪器不时闪烁着强烈的光芒。

“这里发现一个进化的儿童！竟然具有曜能！快来人，把他带到雷隆那里！”毛毛对着对讲机说。

“好！已经派人前往！”对讲机那边回复到。

“你这笨狗，真不笨哪，这么急着抢功呢？”旁边巡逻的保安说。

卡伦瞪着眼睛看着毛毛的双眼，毛毛这才注意到卡伦，感到这孩子似曾相识，像是在哪里见过。毛毛突然意识到，这里没有人知道自己的真名！它突然冲着对讲机喊道，“不用过来了，我判断失误，这只是个几岁的毛头小孩。”

“你这傻狗，眼睛睁大点儿！”另一头正在睡午觉的保安被毛毛吵醒了，他懒得动弹，嘟囔了一声继续趴在桌子上呼呼大睡起来。

“看什么看！都给我滚远点！汪！汪！”毛毛狂吠一通，瞥了一眼角落里的卡伦，大摇大摆带着雷隆的手下离开牢狱。

“这只疯狗，又在发疯！走吧走吧！”

毛毛愤怒地张开大口，冲着周围的人龇着牙，几个巡逻的人知趣地离开了，“玩笑都开不起！真是的！”

“呼！”毛毛继续向周围示威，大家看到毛毛在发疯，都躲得远远的。

到了半夜，毛毛蹑手蹑脚地来到卡伦住的地方。卡伦虽然是个孩子，但他很聪明，很早便已经在窗口等待毛毛的出现。

“你是谁？怎么知道我的名字？”毛毛轻声对窗口另一边的卡伦说。

“你认识吴维吗？”卡伦的一句话让毛毛险些从地上蹦起来。

“吴维！”毛毛大惊！那是自己的主人啊！对于一条忠

实的狗来说，主人对它来说比性命还要重要。

“你到底是什么人？你这个小孩儿，怎么知道我的主人？”

“是一个叫萨茹的人让我找到你的！”

毛毛很激动，舌头伸在外面，蹦跳着不知道如何是好！“萨茹，你知道萨茹，她在哪里？你还知道什么？”

“萨茹让我告诉你，吴维让你帮助我离开这里。”

“我的主人，我找到主人了！我终于找到主人了！七年了，我一直在雷隆手下做奴隶，就是等待主人出现的这一天。”毛毛兴奋地手舞足蹈。

“你，你今年几岁了？”毛毛感到卡伦异常的熟悉。

“我七岁了！”

“小王子？你是小王子！”毛毛看着卡伦紫色的眼睛，一眼认出了卡伦。

毛毛突然想起七年前卡伦刚出生的样子，老泪纵横。“你们是兄弟两个，你还有一个哥哥，卡索？”

“你知道哥哥！你怎么知道的？”卡伦险些尖叫起来。“我是看着你们兄弟俩出生的。我是卡索出生后的玩伴，卡索现在在哪里？”毛毛提到卡索的名字，泪水止不住地流了下来，“卡索王子，我好想他！”

“我也想哥哥，毛毛！哥哥和父亲都在幽浮古堡里。”卡伦与毛毛抱头痛哭。毛毛听到幽浮古堡的消息后更加激动。幽浮古堡，那是他出生的地方，那是他的故土，而现在他在雷隆的控制下，回不去自己的家了，想到这里，毛毛哭得更加大声。

“好了，毛毛！哭解决不了什么问题，你快想办法，我们一起出去，哥哥和萨茄老师在想办法救我们出去。”卡伦认真地看着毛毛。

“让我想想，我们得有一个计划！”毛毛陷入深思中。

毛毛和卡伦重聚后，毛毛凭借着灵敏的嗅觉和经验，找到了一条可以带卡伦出去的路。

第二天，毛毛巡逻时，悄声告诉卡伦：“我找到一条秘密通道，晚上十二点你在这里等我！”

毛毛给卡伦带来了安全食物，并给卡伦看了雷隆府邸的地形图，这里埋伏了很多索伦使者，只能每天深夜偷偷挖隧道。

白天，虚拟游戏里，毛毛给一个人工智能戴上了卡伦的头盔，完成卡伦白天的工作任务，这样解放了卡伦白天的时间，卡伦终于不再需要做苦工了。

“毛毛，给我讲讲我出生前的故事吧？我想听听关于我父母的事。”卡伦好奇地看着毛毛。

“小王子，这十年来几乎没有人跟我说话，真是闷死我了！还记得那场战争后，我再没有见到我的主人，我已经活了一百多岁了，也许是世界上最老的狗了。小王子，见到你真好！他们的故事要从索伦星球讲起……我的故乡在索伦星球，那里主要分为诺威大地和耀辉大地。诺威大地靠近极光星，接收着宇宙中最纯净的辐射波段，植物在那里发生了奇特的变化，那里物种丰富、植被茂盛，李子大如手掌，西瓜形似山丘。四季如春，果实饱满，汁水丰沛，草场丰富。那里有宇宙最蓝的天空和海洋，空气纯净饱含负氧离子。诺威小镇富饶辽阔，整个小镇一尘不染，四处飘着花香、果香，简直就是星际间的天堂，有吃不尽的美味，享不尽的清新空气。”

“植物怎么会长那么大？”卡伦满怀向往地看着毛毛。

“其实植物本来就有无限的潜能，只是，地球是个物种受限的星球，这里的物种也很丰富，但物种的基因处于受限的状态，就像是，我可以说话、思考，但地球上其他的狗只能狂吠。苏菲亚曾经研究过地球植物的基因，发现索伦星球植物基因的排列更加优化，物种虽然有相似的地方，但基因排列组合是千差万别的。”

“这么神奇！”卡伦瞪大了眼睛。

“你听我接着给你讲，耀辉大地最接近钻石星系，那里崇山峻岭，连绵不绝，地表布满密密的钻石，神奇的是，天空会落下钻石雨，这成为耀辉大地的一件奇事，传说看到钻石雨的人，只要许愿，愿望都会成真！如果不带上特制的隐形眼镜，诺威人无法在耀钻山睁眼。那里蕴藏着幽浮古堡最宝贵的财富——耀钻，也称耀石。那里的钻石种类繁多，颜色类别层出不穷。耀辉大地到了夜晚最是美丽，人如同飘浮在星空中，硕大透亮的钻石闪着金光，就像天上的星辰落入凡尘。那美景会让人产生幻觉。在耀钻山有一处铺满巨钻的星际广场，吸引了全宇宙的外星贵族去参观体验，景点围绕着通身粉红色的宝石山建立，门票价格极高，有很多人终生努力积累财富就为了来体验一次钻石雨的沐浴，在耀钻山居住的人可以活到三千多岁还依然容貌不改。”卡伦仔细看着毛毛的眼睛，发现它的眼珠子像是蓝宝石一样。“我已经活了一百多岁了，哈哈！”

“索伦星人的特征。卡伦，你具有索伦星人的基因。”月光下，毛毛拿出一面镜子，卡伦看到自己的眼睛在月光下呈现出紫色。

“苏菲亚便是索伦星球的公主。”卡伦听到苏菲亚的名字，眼睛睁得老大，“你的妈妈就是索伦星球的主人。”

过了大约十几天，两人似乎快要挖到了隧道的尽头，毛毛预测很快就能挖通这个隧道了。

毛毛只要想到可以回到吴维身边，就会激动得上蹿下跳，抑制不住兴奋的心情。

突然，毛毛收到雷隆部下的信息，它一惊，卡伦立即安静下来。毛毛装作刚睡醒的样子，打了一个“哈欠”：“是谁找我？”

“00 狗，你在哪里？查岗时你没在宿舍。”

“你们这群没大没小的，这荒山野岭，连个电线杆都没有，害得我现在都找不到地方尿尿！”

“好吧，你这只老狗。你尿到宿舍里就好。”通话的另一端几个值班巡逻的人大笑起来。

毛毛竖起了头上的几撮毛，对卡伦说：“不能让雷隆发现你的身份，这些年我一直被雷隆奴役，苟且偷生，今天终于可以替主人报仇了。雷隆这些年，一直在寻找你和卡索，因为你们身体里有他想要的宇宙核心能量——曜能原石，原石的能量不可思议，宇宙从此中来。”

“在我和哥哥的身体里？”

毛毛点头。它看着天未明，便继续给卡伦讲起苏菲亚和吴维的故事。

“云莹！”卡索挡住云莹的去路，“我已经通过了飞行测试，也学会了给精灵造房子、播种种地，为什么不能跟着团队进入四大训练宫殿？”卡索的努力无非是想早点具有曜能的力量，给弟弟输入充足的曜能，去星际大地解救弟弟。

“如果你以为所有来幽浮古堡的人都可以顺利进入宫殿，那你实在太天真了！”云莹不屑地对卡索说。“银河系中，蓝顿大地人基本上没有资格进入幽浮古堡，你已经有机会来到这里，逃离那个堆满垃圾的城市，已经是超级幸运了！”

“进不去四大宫殿，就意味着我的能量手环不会被激活，我的曜能永远都不可能有开启的一天。”卡索不肯退让。

“卡索，你能每天呼吸全宇宙最洁净的空气，住上全宇宙最舒适的翡翠房，还吃着 DNA 完全进化的食物，你的寿命至少已经添上一个零了！你只要不断在田里耕种，不惹事，就可以过上美好生活。”云莹说，“如果你想要我酿制的彩虹蜂蜜，我可以免费赠送，但请你不要进入我的团队，不要给我拖后腿，可以吗？”云莹转身想走。

“你说得很对，我可以说自己是幸运的。但我来幽浮古堡不只是为了生存下来。”卡索挡住了云莹的去路。

“你在四大训练宫殿训练是为了什么？”卡索问。

“为了对抗黑煞虫。”云莹说话时，似乎看到了星球之间的战争，“别看现在幽浮古堡可以供我们躲避，但那只是暂时性的。黑煞虫在肆虐宇宙，巴比星球已经遭遇灭族了，我听说过下一个就是地球！与黑煞虫之战是宇宙之中永不停息的战斗！苏菲亚是索伦星球的女王，她把曜能的力量带到了银河系，预言曜能不再只属于索伦星球，而是会遍布全宇宙，这个宇宙进化的时代，将从幽浮古堡开始。吴维校长将曜能的开启遍布银河系其他星球，我只是其中一员，我们的生命都因此获得永恒，和宇宙同体。每个宇宙战士的使命就是守护星球，哪怕一草一木。”云莹说的时候眼含泪水，她从小经历过战争，索伦星球的耀辉大地和诺威大地互相征战，她的父母在战争中死去，这让她很小就成为孤儿。“或许我也可以成为其中的一员，与你一起保护这个世界。”卡索平静而诚恳地说。云莹平时对大家很严厉，但此刻她对星球的那份责任心感动了卡索。他希望自己不仅可以解救弟弟，也能与云莹并肩作战。

云莹不由分说，翻起手腕，一根绿色的枝条从袖口伸出，像锁链一样紧紧地系住卡索，云莹带着卡索进入剧院大厅。

“你是准备带我看剧？”

云莹并不应答，带卡索上了二楼，两人在台阶上看着一楼正在发生的事。

卡索看见剧院大厅里有一个穿着蓝色制服的女孩儿，女孩儿拿着一杯咖啡，手里团着的一团水瞬间变成了冰块，她将冰块加入了咖啡，突然，她脚一滑，咖啡从手上滑落下来，眼见要洒到对面三个正在电脑上查资料的低年级孩子身上。一个穿着褐色制服的男孩儿以超快的速度接住了咖啡，穿蓝色制服的女孩儿冲他微笑，表示感谢，一转眼，这穿褐色制服的男孩儿就已经消失了。卡索以为自己眼花了。

“你们在偷看什么？抱歉，时间到了！”穿褐色制服的男孩儿突然出现在卡索背后，卡索刚要问他是怎么做到的，但那穿着褐色制服的男孩儿已经进了剧院。

这时，剧目刚开演，剧院里响起一阵雷鸣般的掌声。

“我团队里即便是最差的队员罗宾，也有独特的禀赋。理论上说，确实每个人体内都有曜能的能量源，激发后会有无限宇宙潜能可以发挥，但有些人可能一辈子都是死火山。”曜能显现禀赋需要达到5+以上，云莹把自己的能量手环接近卡索的手环，卡索显示为3+。云莹不屑一顾：“天啊！你的曜能级别和我三岁时一样。如果你想去四大训练宫殿，必须达到5+以上的级别，也就是你至少需要在训练大厅训练十年！”云莹将两个食指交叉，打算吓走卡索。

“十年？”卡伦和父亲可等不了十年。夜晚的训练大厅里，卡索在圆形的训练球馆游来游去，回想起云莹白天的话，卡索感到万分沮丧，他把拳头用力捶向墙壁，但因为重力原因，使不上一点儿力气。

雷隆的府邸里，毛毛潜入卡伦的狱所。

卡伦用千里传音，听到毛毛说：“直接打开监狱门，跟着我的脚印，天台见！”

卡伦轻轻起了床，走到门口，监狱的门没有锁，打开了，卡伦推开门，顺着毛毛的脚印上了天台。

卡伦看到，天台的毛毛几乎出离愤怒了，毛毛遏制不住自己的愤怒，大声咆哮起来：“雷隆竟然利用这些孩子们，制造了上万个战士！他在组建自己的军队，天哪！他想要干什么？难道想要通过连接体与曜能连接，发动宇宙大战？地球经不起任何战争了！苏菲亚的预言即将实现！如果让雷隆得逞，地球大气层一定会遭到破坏，如同巴比星球一样引来黑煞虫！”毛毛气得将自己头上的一撮毛抓下来，“我们必须阻止他！”

“毛毛，我得赶紧把这消息告诉哥哥。”卡伦坚定地说，“可是，我不知道如何联系上哥哥，这可怎么办？”卡伦有些垂头丧气。

卡索来到冰玉温泉，看见卡伦手腕的手环进入倒计时。这意味着如果没有在倒计时结束之前输入足够的曜能，他将和弟弟断开联系，那将意味着解救卡伦的计划失败！“卡索！”萨茹老师看到卡索在冰玉温泉前一筹莫展，“卡索，要有信心。”

“萨茹老师，来幽浮古堡以后，无论我怎样努力，都没有任何曜能的迹象，也没有任何禀赋出现。云莹也不接受我进入她的团队。会不会真像他们说的，地球人不具备曜能呢？”卡索沮丧地说，“我真希望留在地球的人是我。我能来幽浮古堡，是很幸运，可没有弟弟，我在这里就算呼吸最洁净的空气，活着也毫无意义。卡伦还在雷隆的府邸，萨茹老师，我该怎么办？”

萨茹老师陷入沉思中，过了一会儿，他对卡索说：“你虽然来自地球，没有进化的迹象，但苏菲亚预言过，地球未来将迎来全面的进化，不然她当初也不会从索伦星球去了地球，告诉地球人，如何完成自我和整个星球的进化。”

“我的曜能级别太低了，短时间进不了训练宫殿，如果我不能提升曜能，就不能救弟弟！”

“云莹拒绝你有她的道理。训练宫殿里面有实战训练，如果你级别不够，会有风险。”萨茹又思索了一会儿，点击手环，卡索的手环中立即出现一条新信息。

卡索愣住了。

“我是索伦星人，一直跟随着苏菲亚，帮助别的星球渡过危机是我的责任，你用我的通行证去训练宫殿接受挑战吧！”

卡索激动地看着萨茹:“我可以凭着这个进入四大训练宫殿了?”

“这是进入宫殿的通行证。你虽然级别没有到，但如果你能挨过第一轮训练，你身上的背心就会自动激活，手环会显示曜能级别，那时候你便可以帮助弟弟了。你要相信自己，你母亲苏菲亚正是为了保住地球才牺牲了自己!

“幽浮古堡的四大训练宫殿包括身体、思维、情感和意志。每一关都不容易!你要小心!”

带着萨茹老师的叮嘱，卡索进入了四大训练宫殿!

云莹没想到会在宫殿入口见到卡索，心中充满无奈，这个地球人怎么不顾阻拦，还是要硬闯呢?

卡索在宫殿门口刷开了自己的曜能手环，门口巨大的石狮子张开嘴，卡索从狮子嘴中走了进去，看到手环上的能量显示只有两位数，而云莹手环上的曜能值已经达到了六位数。云莹看着卡索不禁失笑，心里想着你不信我的话，有你的罪受。

“卡索这个执着的小子，太自不量力了。”云莹和团队其他成员说道。

“我打赌他坚持不到一小时就会被淘汰。”另一个队员说。

卡索继续回忆着萨茹对自己的叮嘱:“在训练宫殿里，每个训练中的人员将会被投影到宇宙的平行空间，所有人的身体与感官的反应均与现实中无差距，身体的经验将会存储在自己体内，而特定的环境将会激发出最初的禀赋，通过深入的训练将会更有效地控制体内的曜能，使得曜能更稳定地发挥。”

云莹刚要去劝说卡索离开，杜列突然迎面走来：杜列：“卡索，我们的团队已经在演练实战了，建议你先从‘吃蘑菇’开始。”

“也不错哦，陪着罗宾一起留级。”云莹的话里带有嘲笑的意味。

卡索进入了基础热身的训练空间，他用手环打开了其中一个透明的玻璃房，按照指示，关好玻璃房门，按下开关，平躺在玻璃房中央的床上。玻璃房门的电流启动，卡索感觉到一阵阵电磁波段袭来，他闭上眼睛，再睁开时，看见自己站在黑色的空间里，分不清楚方向，脚下是悬空的，但可以任意走动。卡索继续摸索，让自己尽快适应这个神秘的空间。逐渐地，四周有了光亮。卡索的瞳孔渐渐适应了光源，能看到地面，随后看见自己在训练场了，周围都是人，很热闹，罗宾笑着向自己走来。

“啊哈！哥们！你来陪我了！”罗宾热情地向卡索打招呼。

“罗宾，你怎么会在这里？”卡索好奇地问。

罗宾有些害羞：“我，我在这里，课间休息。”实际上，罗宾跟不上云莹的节奏，刚上场便牺牲了，所以一切得从零开始，他要在热身训练中重新建立自己的曜能基础值。基础的训练对于罗宾来说很无聊，要重复不断地练习跳跃、翻滚、闪躲这些基础动作，所以大家都称此级别为“吃蘑菇”。

“有你在太好了，不然基础训练实在太无聊了。哦，你才两位数字？”罗宾给卡索看自己的手环，数字显示为三位数。

“要四位数才能进入关卡，否则很快就会被刷成零。”罗宾说着跳跃着进入高空柱。

罗宾再次闯关失败，回来看见卡索还站在原地：“卡索，你怎么还不进去？你停在这里，手环的数据会一直降低的。”

卡索没有回答，而是先冷静地熟悉游戏规则，他仔细观察着这些人在高空柱上跳跃的姿势，用笔记录着每个闯关者失败的原因，直到总结出几处容易掉落的地方和原因，他才胸有成竹地站上高空柱。让罗宾难以置信的是，卡索一次性完成了所有高空柱的跳跃任务，打破了幽浮古堡的基础训练纪录。

“你得了满分，卡索！满分意味着……”

卡索手环的奖励数值直线上升，曜能数值达到了三位数。整个幽浮古堡的数据都同步了卡索的成绩。卡索并不吃惊，这是以前古馨爷爷帮他养成的习惯。古馨爷爷告诉过他，做事之前，先观察，如果没有钥匙就想硬敲开锁，那是很困难的，找到事物的契机，遵循规律，便可以四两拨千斤，所以磨刀不误砍柴功，就是这个道理。罗宾在卡索的指导下，很快也通关了，两人携手准备第二天正式进入训练宫殿。

卡索刷新了幽浮古堡的训练纪录，手环能量指数暴增。训练结束，他就赶紧来到冰玉温泉，准备再次激活卡伦的连接体。

卡索和萨茹潜泳到十米以下的水里，看见卡伦在一个巨大的气泡里沉睡着。连接体只是一个空壳，如果没有足够的曜能补给，连接体存活不了多久。为了能暂时冻结卡伦连接体的细胞代谢，萨茹把卡伦的连接体放入水下的气泡里隔绝起来。

卡索和萨茹憋着气。在水下，萨茹点击手环，将显示屏幕从手环中拖拽出来，两人在水下可以清晰地看到电子时钟在倒计时。“曜能连接成功！”萨茹在屏幕上提示卡索，“卡伦即将苏醒。”

萨茹点头，示意卡索，卡伦即将醒来。

在气泡中的卡伦突然有了呼吸，他睁开眼睛看见自己在水中，开始用力挣扎，萨茹和卡索立即将卡伦拖上岸。

卡伦在岸上不停地咳嗽。

“卡伦！”

“哥哥！”卡伦看到卡索，立即紧紧抱住哥哥，他很想把所见所闻全部告诉卡索。他感应到萨茹的提示，虽然萨茹没有说话，卡伦却已心领神会，尽可能简短地将雷隆那边的情况告知卡索和萨茹。

“天哪，卡伦通过连接体具备了吴维千里传音的曜能，这太神奇了！”萨茹接收到了卡伦心灵感应发出的信息，感到不可思议！

“什么？雷隆府邸还有很多这样的连接体？府邸到底关押了多少人？”卡索突然紧张起来。

“根据毛毛的侦察，雷隆在克隆孩子的脖颈上都安装了曜能石芯片，他要激活所有孩子的曜能石芯片，从而让这些少年成为自己的敢死队。”卡伦急切地说。

“雷隆要这些军队做什么呢？”卡索一时间也想不明白。

“萨茹老师，我想尝试把一部分曜能输给父亲，让父亲醒过来，只有他才能救卡伦，才能救那些玩家。”卡索向萨茹恳求道。

“吴维之前的做法就很冒险了，你手环才刚刚亮起来，我可不确定会不会成功？”

在卡索不断央求下，萨茹答应卡索只做一次尝试。

“校长，你醒了？”

“爸爸！”

卡索和吴维几乎同时睁开眼睛。

七年了，吴维寻找两兄弟七年了！“孩子！”虽然卡伦还在地球，但吴维总算找到了两兄弟！

卡伦和吴维虽然没有说一句话，但都能感应到彼此心里所想。心电感应的奇妙之处就在于它存在于一刹那，信息不通过语言、图像，直接触及心灵。就如同人有时候在做梦，梦里出现的人，你也许认识或者不认识，对方不需要介绍自己，你也可以直接认定对方与你的关系。通常我们说，这是梦里告诉我的，梦不需要通过文字、语言、画面，也可以直接抵达我们的意识。

吴维昏迷的这段时间，萨茹很担心吴维的情况，因为毕竟连心草已经不多了，但吴维更关心卡伦，卡伦只有七岁，一个人在雷隆府邸随时都有危险。萨茹突然发现吴维千里传音的能力消失了，完全传递给了卡伦。而吴维看到了卡伦醒来，内心无比的欣喜和安心，得知卡伦用千里传音找到了毛毛，心里别提多高兴了！父子三人重聚在一起，有说不完的话，萨茹悄悄地走到旁边为他们把守着，以免被人打扰。

“爸爸，终于找到你了……”卡伦抱着吴维，吴维的泪水夺眶而出。卡伦看到吴维眼睛里满满的父爱，这是他以前从未体会过的。

“毛毛让我带话，它很想回到您的身边，它拼了老命也要回到您身边，我也要回到您身边，您再也不要离开我和哥哥了！”卡伦很喜欢父亲的心电感应功能，他以另外的方式感受到了父亲和哥哥对自己的爱和关心。

吴维抱住卡伦：“我一定会把你安全带回来。”

萨茹：“我测试过了，雷隆的府邸由上百位索伦使者把守，我们根本闯不进去。”萨茹把雷隆府邸的电子模拟图呈现给吴维看。

“看来府邸的南边是雷隆的总部，那里安排了三分之二的索伦使者，北边是府邸最薄弱的地方。卡伦和毛毛在中间的位置，你要争取到北边，那里的索伦使者较少，而且比较薄弱。”

吴维在电子投影中可以检测到雷隆的曜能：“看来雷隆的曜能在逐渐提升，我想他是把自己变成了一个吸取曜能的超级机器。”

吴维有一架隐形飞船，可以秘密飞到雷隆的府邸，但需要卡伦和毛毛找到雷隆府邸的出口。经过一番商量，他们计划在出口处会合。

萨茹看着雷隆府邸的三维地形图叹息道：“自从曜原石从索伦星球失踪后，索伦星球也在走向退化，雪莉一直在寻找曜原石，寻找宇宙之子，雷隆一定是和雪莉联合起来，想和幽浮古堡对抗，如果一旦雷隆和雪莉得逞，整个银河系将会大乱。”

雷隆一直在星际大地研究曜能的秘密，他从耀辉大地女王雪莉那里学习到了吸取他人能量的方法，他通过智能虚拟游戏严格挑选玩家，并通过游戏设定激发玩家的情绪，吸取玩家在游戏中释放的恐惧的、愤怒的、欢乐的各种情绪，通过索伦星球的曜能石转化提纯成一种全新的曜能生成剂，这种剂量对于已经开发出曜能潜质的人来说具有补给作用，但吸取他人能量的人将像瘾君子一样，一旦停止吸取，便会很快死亡。当雷隆走上这条路后，他就不可能再回头。

看到连接体一个个生成，雷隆兴奋地放声大笑。

卡伦在游戏中听见几个孩子在窃窃私语。

“阿伽鲁，怎么才能离开这里？你老爸不是很厉害吗？”

“他哪里知道我在这里受罪！”

卡伦走近一看，原来那个阿伽鲁自己认识，他便是在蓝顿大地想打劫卡索的那个穿蓝麟甲的玩家！

毛毛接近卡伦，给卡伦送去几个饭团，并告诉卡伦，千万不可吃监管给的冰激凌和糖果，那些东西里含有药物。卡伦把手放在太阳穴上，告诉毛毛，这里需要多一些的食物，还有几个孩子是他的朋友。

卡伦传递过信息后，向阿伽鲁和那几个大孩子身边走去。

杜列站在中级学员的宫殿大厅为学生讲解中级学员的训练规则。

“同学们好，恭喜各位已经晋升为中级学员，中级学员意味着你们了解了曜能基本的运行原理，并可以进入四大宫殿中充分发挥自己的曜能，将潜力发挥到最大。”

苏菲亚学校的中级学员都可以进入四大宫殿接受训练和

考核，这四大宫殿是苏菲亚学校的训练核心，分别训练人的身体、思维、情感和意志。

卡索因为在基础训练中获得了好成绩，能量级别晋升到了中级学员，所以，他拖着行李箱离开初级学员的宿舍，换了一身更加笔挺的藏蓝色校服进入了中级学员宿舍。中级学员宿舍共有十人，卡索的床铺靠近门口，云莹的床铺就在自己旁边，宿舍的设备非常智能化，每个人配备了独立的测试能量及能量补给的语音提醒，还有独立的换衣间。床铺上方有模块提醒卡索今天的任务。卡索点击屏幕开关，语音提醒卡索：“卡索，你好，请将双脚站在能量接收器上进行能量扫描。”

卡索依言站好，屏幕上方出现了绿色的射线，射线对卡索进行了全身扫描。扫描结束后，语音提醒：“卡索，恭喜你打破了幽浮古堡基础测试的纪录，你是目前幽浮古堡第一位在一个月之内从能量级别为 3 升级为能量级别为 5 的学员。目前能量稳定。”卡索把手按在健康检测器上，很快给出了健康饮食提醒和适当运动建议。

卡索喜欢这个智能模块，它与手环相连，可以随时提醒任务进度，跟踪监测能量，确保能量的稳定性。中级学员需要的能量更多，食堂的营养搭配也更为合理。

在幽浮古堡，没有老师会一直督促你训练，一切都本着自觉自愿的原则，一旦能量级别下降到 5 以下，手环能量将会处于关闭状态，这意味着必须离开训练宫殿。督促学生训练的另一个机制是，排行榜是公开的，而且每日更新。今天大屏幕上显示的便是卡索的名字，一时间，卡索在训练宫殿出名了！

云莹抬头看见排行榜上卡索的名字时，内心不由得一惊。

“这个土老帽儿，在基础训练中也能破纪录呢！”都达列经过大屏幕时自言自语道。

“准是他蒙的！”都达列的跟班说。

“你蒙一个试试？”云莹很清楚四大训练宫殿是对综合能力的考查，想短时间晋级是非常难的。

今日宫殿屏幕的主题换成了地球，前几次上榜的人是云莹，所以主题一直都是索伦星球。

“哟，索伦星球的旗子终于可以下来歇息一下了。”都达列见到云莹，半开玩笑地说。

“极光星球看似是个古老的星球，可惜，我从没见过极光星球的颜色。”云莹话里话外透着对都达列的讥讽。

“我带你去老家看看？”都达列故意逗云莹，云莹气得用藤条缠住都达列的手腕，都达列嬉笑着，被云莹的藤条抽了一鞭子，云莹掉头离开。

“卡索，这是地球？好漂亮啊！”罗宾感叹到，他和卡索在主题屏幕上看到了关于地球的介绍，大屏幕反复在播放，有山川、瀑布，好多的自然生物。“真美！比我家乡美多了，巴比星球大部分的面积都是黄沙、丘岭”。

卡索微微一笑:“这是环境没有遭到破环前的地球。我所居住的贫民窟并不是这样的，而且排行榜每天都在变，明天又会换成别的星球。”卡索不是为了在幽浮古堡成名，他只想尽快成为高级学员，好去营救卡伦。

卡索的拼命程度，超出了罗宾的想象。

进入训练宫殿后，卡索几乎是不休息的。四大训练宫殿二十四小时开放，学员自行决定训练和休息时间。卡索经常凌晨三四点起来，穿上装备，走入宫殿大门。

卡索看着屏幕上地球的自然风光，回忆起在幽浮古堡里和吴维的一段对话:

“我们观察四时的推移，星体的运转等，可以从中获得一些启示。地球面临的能源危机、空气污染等问题，难道不是因为人类自己违背了大自然的法则，破坏了大自然秩序所遭到的一种惩罚吗?”吴维背对着太空中的地球沉重地说。

“地球曾是银河系里一颗璀璨的蓝宝石……”

“自然的秩序”，卡索陷入了深思……

“卡索，我见过咱们幽浮古堡里禀赋超群的，但我没有见过像你这样拼命的。”

卡索睡前在床铺旁屏幕上的监控器上看了自己的菜地，

眼看就到收割的季节了，卡索给自己做好了日程提醒。

“卡索，你这么拼命是为了什么？想拿第一？”罗宾抱着一个巨型橘子，插上吸管，正在喝橘子饮料。

卡索继续测试自己的身体指数。

“第一对于我来说没有任何意义。”经过基础训练的关卡，卡索掌握了基本的曜能训练规则。

“那为什么？因为云莹他们看不起地球人？”

“我根本不在乎其他人如何看待我。”卡索不禁失笑，罗宾当然想不明白卡索为何这样拼命，“早点睡觉，明天还有新的任务。”

卡索没日没夜地在训练宫殿训练，根本没有时间去听其他星球人如何议论自己，更没有心情去打听他们的评价。卡索不放过每一个可以加分的机会，他早起晚睡，短短的一段时间，连云莹都对他有所改观，“这个地球人还蛮刻苦的！”

在大课堂上，萨茹老师在做公开讲座。讲堂很宽敞，足足坐了三百多个学生。

“身体宫殿主要是为开发人体潜能而设置的训练程序，你们需要学习人体十二条经络、骨骼、脊椎的知识，掌握DNA的进化等知识，熟悉草药的医疗作用，还需要在地、火、水、风等极热和极寒的环境里学会绝地逢生……

“情感宫殿主要是训练学员对情绪的管理，学习情绪和能量之间的关系。这里的情感包括和周围人之间的关系，团队协作等考验。”

卡索的级别升得很快，在学校排行榜上直线上升。很快便达到了 6 级，还帮助一直倒数的罗宾也升到 5 级，他们终于可以加入团队作战了！这进步之神速让云莹很是吃惊，但遗憾的是卡索还未找到自己的禀赋。

云莹小组的队员有一位腿部受伤，一位请假回了原星球，还有一位受不了云莹的脾气去了其他小组。“我们人手不够了，队长。”云莹团队中的露露说，“五个人只剩下我们两个了！”

“我会数数！”云莹有些不服气，尤其对跑去其他组的会运用水能量的队员感到失望，那可是她精挑细选认为曜能级别较高的学员，竟然去了别的组！

“罗宾和卡索看来已经达到了 5 级，如果我们再不让他们归队，恐怕他们会加入……兰波的团队。”

云莹看到兰波正在招兵买马，她看见兰波正在和罗宾和卡索笑着聊天，显然兰波已经对他们产生了兴趣。

冰玉温泉里，萨茄准备连接卡索和卡伦的连接体。

“准备好了吗？卡索？”萨茄把头盔放在卡索头上。

“嗯！”卡索应和一声，“萨茄老师，我还有个问题，为什么父亲在传输曜能时，会丧失禀赋呢？”

“第一次激活连接体，吴维耗尽了几乎所有的曜能，吴维在幽浮古堡如果再不能及时恢复曜能，有可能会因为体力不支倒下去。好在最近古堡没发生什么事，只好告诉大家吴维云游四海去了，过阵子才能回古堡。”萨茹沉重地说。

“那为何我传输曜能给卡伦，就没有这样的情况呢？”

“第一次激发连接体，要耗尽一个人全部的曜能，但之后再向连接体输入曜能时，曜能会有自我保护机制，所以你可以放心地给你弟弟输入曜能，不会对你有太大的损伤。”

“那父亲的曜能还会恢复吗？”卡索关切地问。

“需要连心草，有充足的连心草也许还有可能，但如今已经不够了。”萨茹说。

“连心草？”卡索问道。

“它是一种草药，而且需要正在生长的连心草，目前只有巴比星球曜能石聚集的地方才有。”萨茹解释说。

卡索没有多言语，他戴上头盔，闭上眼睛，将自己的曜能输送给卡伦。

很快，卡伦睁开眼，看见一身藏蓝色制服的卡索，很是羡慕。

“哇！哥，见到你真好！”

“我已经进入了训练宫殿，以后我可以给你输入能量唤醒你了！”卡索看着倒计时的时间，“我们这次有半小时时间。”

“毛毛嗅觉很灵，他找到了一条通往北边的近路……”

“如果遇到危险，卡伦……”

这次卡伦和卡索的对话很短暂，但两兄弟各自的进展更增加了彼此的信心。

毛毛看见雷隆痛苦地进入了实验室，并通过实验室窗口看到了惊人的一幕！雷隆全身的皮肤开始萎缩，身体开始佝偻，最后竟然变成了一只浑身长毛的怪物，疯狂地捣毁周边的物品。但很快雷隆逐渐恢复了自己的身体，不过身体非常虚弱，他迅速进入实验室，实验室的舱体里躺着一个人，雷隆进入另一个舱体，他按下按钮，将舱体里躺着的人的能量转移到自己的身体里。他身体渐渐正常，而另一个舱体里的人却渐渐没有呼吸。雷隆给那人的死因写上：游戏中心脏猝死。而此刻卡伦找到了那几个大孩子，用心灵感应和在蓝顿大地里为难卡索的蓝麟甲沟通。

“你是谁？”高个子的男孩儿问。

“记得本杰明吗？我是他的弟弟，我们被雷隆困在这里，本杰明说可以帮助我们出去。”

“本杰明？”那个高个子男孩儿问，“本杰明在这里吗？他怎么帮我们出去？”

“雷隆在食物里放了药物，要警惕。你叫什么？”

“我叫阿伽鲁。我已经饿了两天了。”

“在这里，吃这个比较安全。”卡伦给了阿伽鲁一些食物。

阿伽鲁狼吞虎咽地吃着饭团，说：“如果有一天我出去，一定会报答你的。还有，我以前对本杰明做的事情……我道歉！”

“没关系，阿伽鲁哥哥，你慢慢吃。”卡伦又给了阿伽鲁一个饭团。

这时，毛毛突然回来了。

阿伽鲁几人非常紧张。

“毛毛是我们一伙的，这些饭团都是它给的。”卡伦说，“我们这里每个人在游戏里都是奴隶的角色，毛毛可以帮我们修改程序，这样白天我们就可以一起挖隧道了！”

“挖隧道？你是说我们可以一起出去了是吗？”阿伽鲁吃饱了，感觉精力充沛，听到挖隧道，他更是感到全身都是力量。

“这是我找到的新朋友，毛毛，可以带他们一起出去吗？”卡伦向毛毛眨眨眼，“我们挖隧道不是正需要人手吗？”

毛毛点点头：“大家好，我叫毛毛，卡伦，看来我们可以组成一个团队了！”

卡伦知道草药不够了，一时间可能联系不到哥哥，他能做的便是尽可能快地把隧道挖通，卡伦和卡索也说好了，如果失联了，他会在北边的出口等待救援。

“云莹，如果我们再不出手，卡索和罗宾可能要被你的对手抢走了。”云莹的助手露露说道。

“她怎么也出现在训练宫殿里？”

云莹看见了那个来自耀辉大地的女孩儿，这女孩儿叫兰波，曾经在宴会上见过。兰波和云莹是远亲，但两人从小就不对付。兰波长着一双蓝宝石一样的大眼睛，是个非常骄傲的人。兰波在耀辉大地是公主，她母亲苏灵儿和苏菲亚是最亲的姐妹，但和雪莉的关系很紧张。苏灵儿一直都在积蓄力量，等待有一日推翻雪莉的统治，兰波也因此有机会来幽浮古堡学习。“听说你叫卡索，来自地球？你是本周的冠军，我想招募你来我的团队，怎么样？”兰波走到哪里身后都是一群护卫。

“她是耀辉大地的人，叫兰波。”罗宾给卡索介绍，“别看她的眼睛，她会幻术。”

但卡索已对上兰波的眼睛，他突然感到自己置身于大海中，舒适的海风吹拂着，他看见了明亮如镜面的海上自己的家。卡索走过去，立即看见所到之处长满了青草和鲜花，他一转身，看见了云莹。

“醒醒吧！你和罗宾该归队了！今天我们准备去巴比星球，快点把装备穿好！”

卡索愣住了，罗宾一笑，赶紧拽着卡索跟上了云莹的队伍。

“云莹？”兰波看见云莹当着众人的面把卡索带走，有些不服，“他们本来就是你的队员？”

“当然，你看看他的手环就知道了。”

兰波看见卡索手环上显示着一个大写的Y。

“我兰波想要的，没谁能抢得走！”

兰波会使用幻术，云莹看见滔天的海水向自己涌来，她立即闭上眼睛，静下心来，让自己进入冥想之中，不被兰波的幻术干扰，但兰波的幻术非常真切。云莹看到万丈波涛向自己拍来，她来不及躲开，便被滔天巨浪拍晕过去。卡索一见不妙，立即憋着气游进海水里，在深水中抱起云莹，看着云莹的眼睛，“云莹，醒醒！醒醒！”

云莹睁开眼睛，一直看着卡索的眼睛，才渐渐回到现实世界。

“云莹被卡索的爱唤醒了！”罗宾在一旁激动地说。

露露看着卡索救出云莹，嘴里忍不住说，“好感动！”

都达列看到后非常愤怒，“卡索，你能进四大宫殿，但你未必能够出去！”

幽浮古堡还没有谁能抵挡住兰波的幻术，“这个卡索，我要定了！”兰波轻蔑地笑笑，带着人马离开了。

云莹醒来后，知道是卡索救了自己，对他多了一层好感。她以前总是排斥卡索，但卡索在关键时刻还肯帮自己，这让她心里多了一些感激，也多了一丝愧疚。她带着团队回到作战室，第一次当着大家的面，肯定了卡索和罗宾。“祝贺罗宾和卡索完成基础科目的训练，恭喜卡索获得本周冠军，为我们团队加分。”几人在作战室小小庆祝了一下。

都达列回到灵兽山中，烦闷不堪，此时黑暗中的那个人又出现了：“你发愁也解决不了卡索。他和云莹之间越走越近了！”

“我都达列是要做点什么！”都达列气得大发脾气，把屋子里的东西摔得到处都是。

“卡索的禀赋还未找到，只是会一些地球人的拳脚功夫而已，那些都只是花拳绣腿，如果遇到了黑煞虫，死在黑煞虫手里，没有人会追究他的死因。”

“我倒是没有想让卡索死，只是希望他离开云莹，离开幽浮古堡。”都达列自言自语道，“如果卡索的禀赋被激发出来，我可能真的一点机会都没有了，如果卡索就是宇宙之子……”

“四大训练宫殿的附加题便是实战训练，你有上古异兽保护，并不惧怕黑煞虫，但是卡索连禀赋都没有，只是会一些拳脚功夫……”黑暗中的人说。

“啊哈哈！”都达列心里已经想出了让卡索出不了四大训练宫殿的办法。

“宣战书？！”云莹正在和队员们在身体训练宫殿模拟训练时，突然收到了兰波的“宣战书”！

“什么？兰波竟然地想让卡索去她的队！”罗宾听后非常气愤，“休想！卡索可是我们队里一匹黑马，而且是我的幸运符，自从他来到我的宿舍，我的运气就一直很好，我可舍不得他离开。如果，如果云莹你抢不过耀辉大地的公主，这样，卡索如果走，我也跟着走！”

云莹气得用一根树棍敲了罗宾的头。

“谁说我抢不过的？”

“她把都达列都收到自己麾下了！一定用了大手笔！”罗宾说。

云莹看到兰波选取的宣战地点竟然在实战区！

罗宾看到后，急得来回在原地走动，抓耳挠腮！实战区，指的便是巴比星球！

“放弃吧，云莹！卡索连禀赋都没有找到，这时候进入实战区，太危险了！”

卡索正在集中精神训练，并不知道兰波向云莹下了战书。

云莹二话没说，便接受了挑战。

“你接受挑战了？”罗宾都要哭了，“我以前只听说过黑煞虫啊！”

“你可以选择放弃，罗宾，黑煞虫怎么了？我们迟早要面对这种生物！你这个懦夫，要不是幽浮古堡的规定，我当初不会让你进我的组。”云莹毫不客气地说。

“你这是一时冲动，把队员的生命建立在你和兰波个人的恩怨之上啊！”罗宾和云莹吵了起来。

“想离开团队，你随便！我绝不留！”

露露嘴里塞满蛋糕，刚要往下咽，就看到罗宾和云莹吵了起来。

“你，你们这是怎么了？”露露嘟囔着，看着两人都离开了房间。

卡索经过一下午的强化训练，感到一阵从未有过的能量，很是畅快。回到宿舍，就看见罗宾在蒙着被子睡觉。

“你这么早就回来了？下午你没参加训练吗？”卡索对罗宾不正常的举动感到好奇。

“下午，你不知道今天下午都发生了什么？”罗宾一下子把被子掀开，“云莹答应了兰波的宣战，我们要去实战区接受挑战！”

“实战区？”

“是，在巴比星球，也就是说我们很有可能遇到黑煞虫！”罗宾再也不想回到巴比星球了，黑煞虫是他的童年阴影，“云莹简直疯了，她竟然接受了挑战！”

“巴比星球？”卡索想起萨茹说的，只有在巴比星球才有！那种稀少的草药——连心草。

夜晚，云莹给卡索发送了信息：“卡索，我接受了兰波的宣战书，明天我们将会在巴比星球进行实战比赛，如果你想退出，我尊重你的选择。”

“我不会退出的，云莹，我要跟大家一起进入比赛！”卡索回复道。

罗宾一早醒来，就蒙着被子不想出门。

“罗宾，我们是一个集体，一个集体就是要同进退，共存亡。我先过去了，等你！”

休息室里，云莹召集大家做赛前动员。

“我们这次是第一次实地演练，和我们平时虚拟训练不同，每个人必须做好防护措施，穿好贴身的盔甲，这盔甲是由曜能石特制的衣服。”

云莹给大家发了盔甲和护腰、护膝等装备。他们之中将留下一个人负责传输大家。

“露露，你来负责传输大家。”云莹见罗宾还没有来，失望地叹了一口气。

突然，罗宾急匆匆地跑进屋子：“抱歉，我起来晚了，卡索，你真是的，也不叫我一声！”

“你也要跟着去？要知道，我们可是实战，每个人都有可能遇到生命危险！”

“那我更要去了，你们需要一个了解巴比星球战地情况的人。”

卡索笑着握住了罗宾的手，小声说：“我就知道你舍不得我们！”

云莹带着团队驾驶飞船去了巴比星球的幽浮古堡据点。卡索看到整个巴比星球都成了黑乎乎的一团，被黑煞虫占领，只有若干个被幽浮古堡解放的据点是安全的。

云莹见了幽浮古堡的占地将领报道后，立即进入备战状态。

原来，十年前，黑煞虫虽吞噬了巴比星球，但巴比星球人很顽强，有些巴比星人依然在巴比星球驻守，在与黑煞虫作战。巴比星球上有些山脉蕴藏着大量曜能石，黑煞虫惧怕曜能石，所以但凡有曜能矿山的地方，便是巴比星人的据点。但黑煞虫口中可以吐出黑丝，将曜能石包裹起来，那样，曜能石将无法再产生作用，而黑煞虫的空间却可以因此扩张，于是这十年里，幽浮古堡和黑煞虫开始了大规模的作战，救助最后存活的巴比星人。

云莹带着队员们穿好了装备。因为巴比星球的大气层已经被破坏，所以他们必须穿上超轻薄的太空服才可以进入。云莹戴着面罩，走在队伍最前面。进入黑煞虫的领域要非常小心，每个人都拿着自己的喷火装置，要将黑煞虫的黑缠丝烧毁，才能将曜能石开采出来带回。

胖女孩儿露露负责在原地守护传输大家，她通过测试发现了有曜能矿石的地点，飞行员驾驶太空飞船将云莹等几个人空降到曜能矿石地点，杜列作为大队长也跟着进入了基地，他是比赛的公证人，也确保双方队员不受伤害。

云莹、杜列、卡索、罗宾等几个人一起进入曜能矿石基地。

刚进入基地，就看见兰波穿着华丽羽毛做成的太空衣落入基地。

“我以为是看见了一只火烈鸟呢！”云莹和兰波两人相见，自是一番唇枪舌剑。

杜列站在空地上，对双方团队说：“我们比赛以哪一队开采的曜能石最多为获胜的一方，遇到黑煞虫，不要独自作战，用古堡特制的武器攻击黑煞虫，并且呼叫总部请求救援。”

杜列给大家分发了古堡特制的武器，据说子弹是用诺奇果的种子和曜能石制成的，可以用来攻击黑煞虫。杜列的话音刚落，云莹和兰波就分别带着队员，各自躲在岩石后面观察敌情。

卡索第一次见到黑煞虫，就被黑煞虫头顶的一排眼睛吓了一跳。

“它们长得实在是太恶心了！卡索，我想回去了。”罗宾说。

“别忘了，你是巴比人，这里是你的星球领地！”

罗宾想了想：“卡索，你说的对！我要守护国土！”

兰波衣服的颜色过于华丽，很快吸引来一只黑煞虫。

“都达列，你在哪里？”兰波吓得呼叫都达列，可都达列并没有出现，一直隐蔽在山谷中。兰波的护卫身穿白衣严密地守护在兰波身边，形成一个球形，释放光芒。黑煞虫不断地吐出黑丝，兰波的人抵挡不住，兰波在护卫的保护下立即撤退。

露露用探测器发现了曜能石的所在，几人到达现场，发现并没有曜能石的踪迹。

罗宾发现石头上有硬硬的茧一样的壳，罗宾说：“曜能石就在这里。”

云莹不解地看着罗宾。罗宾拿出喷火的工具：“这是黑煞虫吐出的丝，用火可以化掉。”

几个队员开始用工具喷火，将黑煞虫吐出的丝烧化，没多久，便露出一块金灿灿的曜能石。

云莹几人不禁击掌庆贺。云莹正准备带着大块的曜能石回去时，突然，头顶出现一片黑压压的乌云，遮住了太阳。

“天啊！”一只超大型的黑煞虫出现在云莹头顶。

“不好，云莹遇到危险了！”杜列因保护兰波暂时无法抽身。

“云莹的传输器被缠丝破坏了！”露露无法用传输器带回云莹。

由于大家的目标过于明显，吸引了一大群黑煞虫。杜列等几个人只好立即通过传输器安全回到了基地，并通知总部救援。现场只剩下卡索和云莹两人。

卡索想要救下正不断被缠丝吞没的云莹，但他身后尾随着好几只中型的黑煞虫。

杜列紧张地看着卡索和云莹的情况，看到两人都深陷危险中，让露露立即将两人输送回来。

“卡索拒绝让我传输他回来，甚至关闭了传输器，我根本无法将卡索传输回来！”露露紧张地说。

云莹，坚持住！卡索对准黑煞虫一阵扫射，可更多的黑煞虫扑过来，卡索势单力薄，根本抵挡不住。

就在云莹危在旦夕之际，卡索突然回想起在温泉地下，看见了卡伦那一幕，回想起萨茹告诉卡索，母亲把曜原石放进了你和你弟弟的体内……

卡索回想起吴维曾经告诉过他关于曜能在什么情况下会爆发，在你爱的力量足够强大之时……卡索身上突然爆发了极大的光芒，吼道："走开，你这只虫子！离开云莹！"

卡索双手之间突然出现一束光柱，在卡索手中变成了利剑，劈开了黑色的缠丝。黑煞虫因为牵引力，被甩了出去，卡索点开了传输器的按钮，抱起云莹，两人瞬间消失在巴比星球。

传输器传输台上出现了卡索和云莹，云莹得救了。卡索手中还拿着一根绿色的草药。

"我说你去哪里了呢？"罗宾好奇地看着卡索，"这是什么？"

卡索把草药放在口袋里，"赶紧看看云莹怎么样了！"萨茹说过这草药会在曜能石附近生长，所以在大家运输曜能石时，卡索发现了这株草药。

医生给云莹进行了全方位的检查，说云莹只是受到一点惊吓，一切正常。

云莹睡了一觉，第二天便苏醒过来。"谢谢你，卡索！地球人！"卡索连救云莹两次，足以化解云莹对卡索的坏印象。云莹为此把一块曜能石镶嵌在卡索的脖颈上，作为礼物，并告诉卡索："加上这块曜能石，你可以进阶为高级队员了，每个高级学员都有一次时间冻结的机会。”

卡索并不知道自己身上的光是如何释放出来的，他是在保护队友的瞬间爆发了禀赋，这意味着卡索直接晋级成为高级学员。卡索看到自己手环上已经出现了7的曜能等级！卡索的光可以迅速融化黑煞虫吐出的黑丝，于是云莹和卡索一起作战，罗宾和其他队员一起搬运曜能石，一次性地拿到了三大箱曜能石。

当云莹带着战利品回到幽浮古堡时，兰波非常生气。

“我才是耀辉大地的公主！那个云莹有什么了不起？她不过是诺威大地农民的孩子！”

她把采集的曜能石交给了萨茹老师。兰波的宣战彻底失败，她决定离开幽浮古堡，回到耀辉大地，虽然耀辉大地目前的女王雪莉和她的母亲是死对头，但她也决定回去帮助母亲，等待时机成熟，推翻女王雪莉的统治！

卡索在四大宫殿的身体宫殿中发现了自己的能量可以结合“地、火、水、风”形成“光”的能量，这属于太阳的能量。虽然卡索对于如何控制“光”能还需要不断学习，但第一局，他和云莹算是在傲慢的兰波面前获胜了。

卡索发现禀赋后，第一时间联系了萨茹。卡索包了几株草药送去冰玉温泉吴维闭关静养的地方，还把剩下的草药种植在宿舍的花盆中。吴维自从曜能消失后，体形日渐消瘦。吴维之所以会比他本身的年龄看起来年轻很多，那都是因为曜能涵养全身的细胞，延缓了老化，如果长时间无法恢复曜能，吴维将会很快衰老，内脏功能也会退化，迅速老去。

萨茹带着卡索再次来到冰玉温泉。这次不仅要再次唤醒卡伦，还要尝试恢复吴维的曜能。卡索给卡伦的连接体输入曜能后，在一旁等待卡伦的苏醒。

萨茹把仅剩的一根雪鸟羽毛拿了出来，“这是剩下的最后一根羽毛了，希望加上你采来的药草，可以让吴维的曜能恢复过来！”满头花白的吴维看起来苍老了许多，萨茹把连心草浸泡在羽毛中的曜能液中给吴维服下。过了不久，吴维的面色红润起来，黑头发也生长出来，他睁开眼睛，感觉自己又重生了一次。他瞥见卡索头顶的白光，恍惚间以为自己看见了苏菲亚。

“苏菲亚……”吴维醒来，眼前的形象逐渐清晰起来，“卡索，是你！你……你的禀赋是……”

卡索伸出手，一团光便从卡索的掌心生出来。

“看剑！”吴维起身把手中的扇子变成剑出其不意地向卡索胸口射去。

卡索，险些被吴维猝不及防的“暗剑”伤到，一个后仰躲过了这把利剑。

“出招吧，卡索！”吴维把手中的剑收起，一翻扇子，又有乱箭从扇子中射出。

卡索一看这么多箭从四面八方射向自己，他手腕一翻，手中的光球化作了盾牌，挡住了吴维的乱箭。吴维再用利剑试着攻击卡索，卡索把盾牌收到手中，立即变成了一把长刀，“咣当”一声挡住了吴维的剑。

此时，卡伦的连接体也醒了过来，和萨茄一起在一旁鼓掌。

“太好了，萨茄，这段时间的努力没有白费，卡索终于找到了自己的禀赋！”吴维用左眼测试出卡索的曜能是纯净度较高的太阳的能量。

“哥哥，你太厉害了！”卡伦伸手想去抓哥哥手中的光球，结果光球在卡伦手里四散，像蒲公英飘浮在空气里，转瞬消失不见，“太神奇了！”

“说说你这周的情况，卡伦。”卡索和卡伦坐在父亲身边。看卡伦的状态，星际那边进展得不错。

“爸爸，我在雷隆的府邸找到了一个男孩儿叫阿伽鲁，他的父亲是星际大地的股东之一，叫阿义旺，阿伽鲁说如果通知他父亲他们被关押在雷隆的府邸，阿义旺一定会派人去找他们。”卡伦说。

“好，萨茄，你联系一下星际大地的阿义旺，我们近期联合星际大地人一起攻打雷隆的府邸！”

“太好了！爸爸，你们是要来救我们了吗？”卡伦乐得跳了起来。

“卡伦，你要小心，千万不能让雷隆抓到你，更加不能暴露自己。我的曜能恢复后千里传音的功能就会回到我身体里，你更要保护好自己，等着我们救你！”吴维说。

卡伦的连接体沉睡后，吴维便启动了他新式的飞船，萨茹联系了星际大地的阿义旺。阿义旺这才发现整天把自己关在屋子里玩游戏的儿子是个连接体。阿义旺暴怒，他秘密联合星耀游戏的其他股东及各大媒体，等待吴维的号令，随时准备向雷隆发起进攻。

吴维看到卡索的进步，信心满满，他立即联系银河系中心，召集银河系其他星球的首脑人物，为营救关押在地球的孩子们做准备。

“如果地球招致黑煞虫，那对银河系其他星球来说都是一件灾难。驱赶黑煞虫，是银河系每个人的使命！”吴维在幽浮古堡的议会大厅里发表演讲，号召银河系 33 个星球的联合国首脑为保护银河系环境贡献力量。

会议进展得很顺利，但需要卡伦把府邸的准确定位发给吴维。

夜里，卡索难以入睡，他想尽快完成四大训练宫殿的任务，于是起身进入训练宫殿。云莹偷偷跟在卡索后面。卡索走进了第二宫——意志力训练宫殿。

卡索刚推门进去，就遇到了大风雪，寒风逼得他想退回，但想起白天吴维说的话，他要为父母报仇，他不能再让弟弟卡伦回到蓝顿大地。卡索顶着刺骨的寒风，走进白茫茫的世界。卡索的衣服很单薄，风像刀子一样刮着卡索的脸，卡索很快全身被雪片覆盖。卡索旋转四周，发现他迷路了，四周都是白色，根本无路可走。温度在逐渐降低，手环显示已经到了零下三十度，而且还在快速下降，卡索的头发和眼睫毛开始结冰，他的曜能在此失去了作用，无论怎样也不能生火。卡索躺在冰上缩成一团，快失去知觉时，卡索在风暴中依稀看见一片嫩绿，“卡索，你在哪里？”是云莹？卡索点燃了一个求助弹。云莹伸出树枝为卡索遮挡风雪，点燃了干草为卡索取暖，卡索渐渐暖和过来，但暴风雪越来越大，过了一段时间，云莹有些犯困：“卡索，好困啊，好想睡觉……”卡索急得拍云莹的脸，但一点都不管用。

“云莹，醒醒，云莹快醒醒！不能睡觉，睡着就醒不过来了！”现在时间是凌晨两点，值班的老师恐怕都已经睡着了。云莹在睡梦中说：“卡索，我看见了姥姥。我好像到了天堂。”眼看着嫩绿逐渐枯萎，卡索抱住云莹，尽可能将自己的能量传递给她。昏迷中，卡索仿佛看到了吴维，“大脑层面的知觉，只能让你受控于你的感知，那是大脑传递的信号而已。只有摆脱感知的束缚，你才能释放你无尽的能量”。卡索告诉自己，这一切都只是大脑释放的信号，没有冷也没有热。卡索重复着，感受四周雪花的转动变得缓慢。他索性盘坐在地上，集中精力散发热量驱散寒冷，卡索第一次有意识地感到自己的“能量”，渐渐地，他四周散发出热气，雪花只要靠近他身边就会融化。不一会儿，他所坐的地方，雪开始融化。云莹手臂深处的嫩枝也开始发芽。云莹苏醒过来，周身不断生长出鲜花和青草，两人所在的训练空间瞬间变成了花园般温馨的世界。语音提示："学员卡索、云莹，恭喜你们通过了意志力宫殿。"

回到宿舍，卡索和云莹同时向对方说："谢谢！"两人都有些不好意思。

云莹打破了沉默，问卡索："你为什么这么急着训练？"

卡索说："我的弟弟还在地球上，我想……"卡索想起来不能和任何人提及卡伦的事情，于是，编撰了一个理由，"我想让他也来幽浮古堡。"

云莹裹着棉被一边吃着糖果一边打着喷嚏："难怪你这么拼，险些把我们都害死了。幽浮古堡里还有一个区域，在那里，时间会停止。阿嚏！"

"什么？时间静止？在哪里？"

"在禁区。"

"禁区？怎么才能去呢？"

"据说雪鸟的羽毛是进入禁区的钥匙。"云莹说完闭上眼就睡了过去。醒来时，看见床边卡索给她准备的水和药丸，她很欣慰。

就在云莹生病的这段时间里，卡索连续几天经历了意志力训练的所有关卡：极地的天寒、炼狱的烈火、美食的诱惑……

卡索用一个月的时间通过了情感和意志力宫殿，他几乎没怎么休息就立即进入思维宫殿。思维宫殿是最考验人智力的宫殿，这是卡索的强项。卡索的空间感极强，反应速度快，他以数学天才的强大能力，在思维宫殿里所向披靡。思维宫殿中设置了游戏闯关训练，卡索把这些训练当作休闲娱乐，不知不觉中能量直线提升。每闯过一关，手环就会多一道绿线，绿线越多，代表通关越多。没有多久，卡索的手环上已经有了十二条绿线。

云莹的身体逐渐恢复，看见卡索的手环不断晋级，也为他高兴。

在身体宫殿中，卡索经历了种种考验，攀登雪山、穿越沙漠、海底冒险…… ……卡索在虚拟训练宫殿通过了一道道关卡，很快手环上的绿色通道打开，绿色的液体注入手环里，虽然这一个月以来没有睡上一个整觉，但卡索内心无比充实，他这样没日没夜地训练，打破了苏菲亚学校的一个个闯关纪录。现在，所有人看到卡索都像见到明星一样，但卡索没有丝毫放松或者得意的心情，他知道弟弟还处在危险之中，等待他去营救。

吴维和萨茹在监视器里看着卡索在思维宫殿里开着飞船进攻模拟外星堡垒。模拟室中一共有三四个学生，只有卡索速度最快，并准确地躲过了外太空陨石和外星舰队的袭击，最终一举赢得了比赛。吴维说：“从没有一个人像他这样。几乎不浪费一分钟，在这么短的时间里闯了这么多关，看来很快就要抵达关底了。”

萨茹老师笑道：“卡索目前能量提升迅速是好事，但也要把握好方向。”杜列仔细观察着卡索的能量手环：“他已经达到了8级！”萨茹老师道：“杜列，终于有人要超越你的级别了，四大训练宫殿的关底你们将会对垒！”

“真没想到卡索进步得这么快！”杜列说，“真为他高兴！”

卡索的能量进步很大，在全校已经出名，大家都知道他这周就要进入最后的关底了，如果成功，他将是苏菲亚学校最年轻的毕业学员。

卡索刚浸泡在浴池中，突然一个脑袋从另一个浴池中探出来，吓了卡索一跳。

杜列笑了笑：“猜不到我在这里吧！”

“我以为这里只有我一个人。”

“卡索，你进步真快！吴维给了你什么秘诀，大家都谣传你得了他的真传。”

“我只是无意间启动了自身的潜能而已。你是我的前辈，一定比我经验丰富。”

“潜能？你觉得潜能从哪里来？”杜列指着脑袋，卡索摇头。

卡索把手放在胸口上，闭着眼睛感受体内泉源般的流动，把头沉进水中。他睁开眼，发现杜列从水面上看着自己，身体由于水波发生了扭曲。卡索猛地从水中出来，杜列已经围着浴巾走远了，一瞬间，卡索感到杜列异常陌生。

卡索知道关底将遇到上一届突破关底的人，难道当朋友变成对手，就会变成敌人吗？

玖　索伦之战

女王雪莉抓起一把碎石扔在地上。原来布满地表的曜能石开始逐渐退化成普通的石头，雪莉十分恼火："必须给我找到曜原石！"

雷隆在屏幕上出现，告诉雪莉，他很快就会有曜原石的下落，请求雪莉提供更多的曜能石给自己转化曜能液。雪莉："只要能找到曜原石，这些都不是问题。但如果你在一周内找不到宇宙之子，我将不再提供曜能石，地球将会如苏菲亚预言，被黑煞虫侵袭。雷隆，你也将不复存在。"

雷隆在办公室看着"幽浮古堡"的照片，在等一个神秘的电话，但电话却一直没有响。雷隆一把抓住电话摔到地上，下令实行对所有玩家的测试和检查，并且强调一个都不准漏掉。

"毛毛，我们这是要被送去什么地方？"卡伦用千里传音呼唤毛毛。

毛毛感到大脑接收到一阵波涛似的声浪，他集中精神，听到了卡伦的呼唤。

“卡伦，你能听到我的声音吗？”

“我接收到了，毛毛，我在和所有的孩子们排队进入卡车的后备厢，不知道我们要被带去哪里。”

“我了解到雷隆近期要对所有的玩家做测试，你千万不能让雷隆检测到你的血液！我已经把我的血液样本放在卡车轮胎下方，你接受检测的时候一定记得换成我的血液样本，记住了吗？”毛毛闭上眼睛，向卡伦传输信息。

“你大白天在梦游呢？”一个巡逻的士兵感到毛毛的举动十分奇怪。

“汪！汪汪！吓死我了！”毛毛被人突然打断，从地上直接蹿到了车顶。

“你叫唤什么，在这里鬼鬼祟祟干吗呢？”

“我，我是一只狗，我当然要汪！”毛毛理直气壮地说。

“车队那边正需要人手，我们要把所有玩家送到卫生所去做测试，你赶紧过去，愣着干吗？”巡逻队员说。

“太不尊重老年狗了！我可一百多岁了，比你爷爷的年龄都大！这么吆喝我！”毛毛瞪大了眼睛，往车队方向奔去。

四大训练宫殿，卡索只剩下情感宫殿还未进去。

卡索刚进入情感宫殿，便看到了一座小房子，他变成了七岁的样子，在房子里，他看到了苏菲亚！

“妈妈！”卡索不禁眼眶湿润，是的，是妈妈。卡索的泪水不可抑制地滚落下来。

瞬间，战火纷飞，整个房间开始着火，卡索听见卡伦的哭声，大火在蔓延……

苏菲亚一手抱着卡伦，一手伸向卡索，七岁的卡索却被大火阻隔，“卡索！”“妈妈！”

卡索的曜能指数在持续下降。

监控器后的萨茹老师连忙喊停。

卡索被送回宿舍休息，他一点力气都没有了，瘫软在床上，眼角的泪打湿了枕巾。卡索不想让任何人看到自己脆弱的一面，避着人一句话也不想说。在情感宫殿，他似乎又一次感受到母亲温柔的臂弯，再次看到襁褓中的卡伦，这是卡索内心深处最柔软的部分。

云莹听说卡索在进入情感宫殿后能量急剧下降，便回到宿舍去找卡索。但不论云莹说什么，卡索都沉默不语。云莹把卡索硬拽起来，告诉卡索：“你还想通关吗？情感宫殿可以帮我们找到潜意识里最薄弱的部分，也是我们做事的动机。”云莹拿着一本电子书，翻到了有关情感宫殿的内容。

云莹把上面的内容读给卡索听：“情感宫殿会挖掘出一个人情感深处的渴望，有些是已经遗忘的记忆，有些是记忆碎片和痕迹，所有这些，在情感宫殿都会完整地呈现出来。这个宫殿在修复情感的同时，让学员了解到自己成长要解决的问题，从而填补曜能漏洞。”

卡索：“你是说，这段是我真实的记忆？你从哪里找到的这知识？”

云莹点头：“这是教师用书，是萨茹老师让我来帮你的。你还想听吗？”

“当然！”卡索很快从沮丧的情绪中走了出来。

“要知道，人类三岁之前几乎都没有记忆，但它像种子一样存在。我们长大以后有了记忆，很多记忆会随着时间变得模糊不清，但会在潜意识里影响人未来的选择。如果我们都可以找回那些想不起的记忆，也许很多问题都可以解决。”

“谢谢你，云莹。”卡索似乎明白了情感宫殿的训练目的，很高兴云莹帮他找到这段话。

云莹继续读着：“四大宫殿都有固定的训练时间和关卡设定，只有拿到每一关的通关凭证，才能进入下一关卡。在苏菲亚七曜学校的中高级测试中，没有严格的课程规定和考试，你最大的敌人永远是你自己。”

云莹带着整个团队打开了“情感宫殿”。几个人一进入情感宫殿，立即看到不同的景象。

“哥哥！”卡索听见卡伦在呼喊自己。卡索看见卡伦躺在休息舱里，而雷隆准备吸取卡伦体内的能量。雷隆看见卡索后，立即向卡索发射武器，卡索本能地用光能幻化成盾牌，阻挡雷隆的子弹，但能量还没有释放出去，眼前便黑屏了，一切都消失了。卡索再一回头，从一面镜子里看到母亲怀着弟弟，父亲拉着自己的手，一家人一起享受着午餐。卡索又一回头，另一面镜子里是家里失火，幼小的卡索大喊着母亲，晕倒在大火前的景象。卡索被四周的镜像记忆笼罩，一时间，痛苦地捂着头，跪在地上。

此刻，卡索的耳边想起了云莹的话："如果这关过不去，它将会一直出现在训练宫殿中。学习如何掌控你的情绪，而不被情绪所控制是这一关的通关密码！"

云莹则看见小时候，一身公主打扮的小兰波抢走了云莹最喜欢的娃娃，还看见兰波邀请卡索加入自己的战队，云莹大喊"兰波！"，愤怒地跑过去……

罗宾则看见自己很小的时候，周围人嘲笑他是巴比星人，拿石头打他，他躲在衣柜里不肯出来。

从情感宫殿回来后，几人默默地回到宿舍，没有人想说话。

卡索躺在床上，翻来覆去地睡不着。卡伦出生的那天到底发生了什么？到底是什么人发动的战争？母亲是索伦星球的继承人，不惧怕任何武器，卡索想起父亲曾告诉过自己。

夜里，卡索看到吴维的屋内亮着灯，便在门口叩了叩门。

"进来吧，孩子。"吴维似乎预料到卡索今夜会来，"我知道你进入情感宫殿了，萨茹把你的情况都告诉我了。"

萨茹老师正坐在茶桌旁和吴维喝茶，两人刚刚谈到卡索进入情感宫殿这一段。

卡索非常痛苦，他既想进入情感宫殿见到母亲；但又不愿看到那场大火："父亲，我很想母亲，我想知道那场战争到底是如何发生的？母亲为什么会死去？"

"今天是时候将十五年前发生的事情告诉你了。"

萨茹老师知道卡索一天没有吃东西了，特地将刚烤好的饼干端了上来。卡索闻到了饼干的味道，才感觉到了饥饿，几块香酥饼干下肚，很快为卡索补充了能量。

萨茹坐在茶桌边静静地泡着茶，一阵扑鼻的茶香，让卡索瞬间清醒了很多。一杯茶入喉，卡索纷繁的心绪稳定了下来。

"十五年前，雷隆是我的上司，我们的使命就是去外太空寻找新的星球，寻找新的出路。那时候，地球的环境已经开始恶化，已不再适合人类居住。"吴维说。

"萨茹，你来讲述那一段吧。"

"我记得十五年前，我还是苏菲亚的随身侍卫，我跟随她一起长大。苏菲亚的父王是索伦星球的老国王，苏菲亚原是索伦星球的继承人之一，和她的兄弟姐妹面临继承权的竞争，当时雪莉反对苏菲亚继位，但苏灵儿，你应该叫小姨，她站在你母亲这边。苏菲亚最得老国王的宠爱。老国王将幽浮古堡送给了她，那是历届继承人的飞船，这引发了其他兄弟姐妹的妒忌。苏菲亚天生善良，热爱自由，她因觊觎王位的兄弟姐妹们而烦心，那一天，她让我启动幽浮古堡游历太空时，遇见了你的父亲——吴维。”

回忆就像电影一样一幕幕展现在卡索面前，卡索被深深吸引了。

“她在太空中看到了一幅用粒子构成的骏马图，从那时开始，便注定了你父母之间的缘分。

“我们发现了中国的天星一号宇宙飞船，那时候吴维正穿着宇航服出舱观察太空种子的情况，他当时还是个下等兵，是一个维修工。他发现了可以自由浮动的七彩粒子云，于是‘泼墨’作画，多彩的粒子云以山水画的形式飘浮在宇宙中。

“苏菲亚被这幅太空中的中国画迷住了，而吴维在维修飞船时，隐约看到了幽浮古堡的轮廓，但很快，幽浮古堡便隐藏在星云里，吴维通过仪器测试出前方有暗物质存在，于是向他的上级领导雷隆汇报。”

十五年前……

吴维穿着宇航服，腰间的仪器闪烁着警报，吴维冲着对讲机大声说：“雷隆队长，雷隆队长！前方有暗物质存在，前方有暗物质存在，请您测试前方不明物体，下等兵吴维报告。收到请回复！”

苏菲亚正被继承人的事情困扰，心烦意乱，而眼前这个中国男子意外地引起了她的注意，“萨茹，前方是什么人，快定位这个人。”

“公主，他是地球人，公主。”

“我知道。”

“我们不能被别人发现。”

“拉近距离，我要看看可以在太空画出骏马图的是什么人。”

萨茹只好点出触摸屏，将镜头定位在吴维脸上，并且放大。

“搜索他的资料，我想了解他从童年到现在的经历。”

萨茹在空中虚拟键盘上输入吴维的名字，吴维从小到大的经历立即出现在屏幕上，呈现出无数个视频及图像。从出生到成为航天员，吴维的图像环绕在苏菲亚四周。

苏菲亚看到吴维从小便学习绘画，他母亲是位茶艺师，一直在教授吴维茶道和书法、绘画。苏菲亚钻石般的紫色眼睛里呈现出吴维不同时期的画面。苏菲亚的脸上露出了喜悦的笑容，但在一旁的萨茹，神情却充满了忧虑。

而在银河系的另一头，苏菲亚的姐姐雪莉也发现了中国天星一号飞船。

“这个苏菲亚，仗着父王的宠爱，就驾驶幽浮古堡四处晃荡！不能让人发现我们的存在！”

雪莉的飞船发射了几枚炮弹，击落了太空陨石，陨石碎片以极快的速度冲向了天星一号飞船。苏菲亚也发现了雪莉的飞船：“姐姐，你要干什么？”

“苏菲亚，你被发现了，这个人不能留！”

话音刚落，吴维便被太空碎片击中了。他发现自己的航天服破开，双手无法抓住栏杆，身上的绳索也断裂了，就这样飘浮在太空中。

“苏菲亚，你疯了，你竟然想救他？”雪莉眼看苏菲亚从幽浮古堡中驾驶着一艘小型飞船向吴维冲去。

“你会暴露你自己的！如果你让地球人发现了索伦星球，你的罪责将无法洗清！”

苏菲亚不顾劝阻和警告，奋不顾身去救吴维，萨茹知道劝说不动，只好服从苏菲亚的命令。

而此时雷隆也发现了晕倒的吴维，而这时，一座古堡突然在眼前显现，雷隆惊呆了，古堡怎么可能出现在太空，难道是自己的眼花了？雷隆立即用相机拍下照片。

苏菲亚救了吴维，吴维处于深度昏迷中，头部受到了重创，萨茹检测了吴维的伤势后对苏菲亚说：“此人已经活不了了。”

苏菲亚陷入了深深的自责中：“都是因为我们的出现，他才丢了性命。萨茹，你一定要救他，否则我会内疚一辈子！”

“苏菲亚公主，索伦星球有一个古老的办法，不知道是否有用。”

“你快说！”

“但……这需要大量的曜能石，我们需要回索伦星球上。”

苏菲亚将吴维带到了耀辉大地，萨茹用索伦星球最先进的医疗设备，用曜能石将吴维的头颅分成两半，左眼完全用绿色的曜钻，头颅用白色的曜能石塑造，整个手臂、心脏，血管都已损坏，萨茹将曜能石遍布吴维的左半身，又用特殊的金属包裹住曜能石，让吴维的手从表面上看，就像金属制作的。萨茹为他锻造了整个手臂，并修复了他的颅骨和眼睛。

而雷隆还在太空中四处搜索。他明明看到一艘飞船出现，之后，吴维便凭空消失了，雷隆无法保持镇定，这飞船到底是什么？吴维去了哪里？

“主人，吴维醒了！”萨茹惊喜地喊道。

吴维只觉得眼前一片刺眼的明亮，整个人沐浴在洁白的光晕中，他感到自己身处彩虹中。他醒来看见的第一个人就是苏菲亚。苏菲亚一双淡紫色的眼睛，如星辉璀璨，和她四目相对时，吴维以为自己到了天堂，见到了天使。他揉揉眼睛，坐起身来，发现自己变得浑身充满活力，精力无比充沛。

“我……”

吴维突然发现自己可以听见苏菲亚心里所想，他们不需要语言，心与心之间可以沟通，他不需要苏菲亚解释，一瞬间，完全明白了自己为何受伤，是谁帮助自己复原的。

“谢谢你，萨茹！”苏菲亚感激地说，开心得像个孩子，“他终于醒了！”

萨茹只要看到苏菲亚公主的笑容，就很满足，看着两人有很多话要说，就知趣地退下了。

“你想知道这是为什么？”苏菲亚轻声问吴维，吴维是苏菲亚遇到的第一个地球人。

苏菲亚将手放在吴维的太阳穴上。吴维闭上眼睛，进入一个曜能的世界。一瞬间，他游历了整个索伦星球，看到了植被繁盛的诺威大地，也游览了遍地宝石的耀辉大地……

他还发现自己变得异常强壮，手臂虽然没有触觉，但很灵活，手指可以变形，变成机械枪，发射激光，更让他惊奇的是，他的右脑整个被置换了，眼珠是耀辉大地的曜能石，从此，吴维便可以看见每个人头顶释放的曜能光谱了！吴维感到惊喜、兴奋，他很感激这次与苏菲亚的相遇，这改变了自己的基因，也改变了自己的命运轨迹。

吴维继续说道："雷隆当时也搜索到了我说的暗物质，但当暗物质和我的'尸体'凭空消失后，他非常恐慌。他哪里知道暗物质便是幽浮古堡呢。"

"那母亲为什么之后去了地球呢？"

"苏菲亚最终成了索伦星球的继承人，得到了曜原石。我和苏菲亚的结合成为他们家族中最耻辱的一件事。苏菲亚怀孕后，她的兄弟姐妹们除了苏灵儿，一致反对生下你。在索伦星球人的眼里，地球人不该踏入索伦星球，更不能了解曜能，具备曜能。

"当时巴比星球还是索伦星球的殖民星球，辉耀大地将垃圾和有污染的工业带到巴比星球，巴比星球污染严重，能量层断裂，引发宇宙生物黑煞虫的袭击，即将被毁灭。当苏菲亚和我收到巴比星球的求救信号赶到时，一切已经晚了，苏菲亚用幽浮古堡营救出仅剩的巴比族人。天星一号飞船当时也遭受到黑煞虫的攻击，我为了救雷隆，把一部分曜能传递给了他。

“雷隆曾经是我的上司，他一直是坚定的唯物主义者，我们是地球派往外太空去寻找适合人类居住星球的一批宇航员。当时遇到了巴比星球被黑煞虫吞噬的一幕，雷隆这才相信有外星人的存在。而我由于被苏菲亚救助，已经具备了曜能。为了救雷隆，苏菲亚用救我的办法给雷隆的骨骼也换上了曜能石，从此，雷隆有了超凡的能量，重获新生。而回到地球后没多久，他的曜能便退化了，他无法忍受自己重新变成一个平凡的人……

“那次黑煞虫事件后，雪莉为了抢夺索伦星球，发动了耀辉大地和诺威大地的战争，苏菲亚为平息战争去了地球。苏菲亚预言地球可能是黑煞虫的下一个目标，于是，她一直在探索挽救地球的方法。苏菲亚在地球怀上了卡伦，让我们意想不到的是，雷隆竟然出卖了我们，他在苏菲亚生下卡伦那天，联合雪莉进攻我们所在的村庄，想逼迫苏菲亚交出曜原石……”

吴维深深叹了一口气，他不想再回忆那悲惨的一幕。

萨茹接着说:“吴维为保护你们母子，当时已经身负重伤，失去了知觉。苏菲亚把曜原石放入你和卡伦的身体里，牺牲了自己以换取战争的结束。当时，雪莉向地球发射了一颗毁灭性的导弹……我当时也受重伤，只来得及救出吴维校长。雪莉看到苏菲亚死去，这才罢休，于是回到索伦星球自称为王。”

卡索在了解到母亲去世的真正原因后，对情感宫殿的训练便轻松了许多。当他知道自己体内隐藏有曜原石时，就更加好奇曜能的力量了。

公开课上，伯恩老师带着同学们来到了太空育种中心，中心水池中养着可爱娇嫩的花朵，疲劳了一个多月的卡索闻到扑鼻花香，感到一丝清凉。这些花的味道很不寻常，颜色非常艳丽。

伯恩老师介绍道：“同学们，这里的果实都是经过曜能的沐浴后进化的。我们一起来参观一下种子的进化过程。”

卡索好奇地观察着接受外曜能射线辐射的曜能种子。这里有一些植物的种子来自地球。在曜能射线下，种子可以呈现出最好的状态。卡索看着视屏上的数据，种子的基因在自动进化。

伯恩老师说：“曜能的作用就是恢复物种原本具有的功能。但为什么普通的种子没有曜能种子神奇，这就是曜能射线在中间起的作用。”伯恩将同学们带到基因研究实验室，屏幕上显示着普通种子进化为曜能种子后基因排列顺序的变化。同学们都不敢相信曜能竟如此神奇。

伯恩老师还将同学们带到房子的另一端，随即引起同学们的又一片惊呼，这里收集了每个同学的能量成长足迹，从第一天到现在每天能量的提升指数。

伯恩老师说："你们每个人都是一颗种子，要把这颗种子藏好，保存好，要让它接受最好的能量辐射，吸收最佳养分，才不辜负一颗种子的力量。"

卡索静静地看着自己的能量轨迹，能量在每一次突破关卡后都有明显提升，他和刚来时的那个自己相比，就跟换了一个人似的。

伯恩老师带同学们上了直梯，大家从高空角度观察种子在外太空不断异变的过程。萨茹老师指着那些萎缩的种子："也有一些种子在辐射中并没有发芽，而是干瘪掉了，只有坚持到最后的种子才能成为真正的太空种子。"

拾　失踪的雪鸟

都达列回到灵兽山中，愤怒地把东西摔了一地，吓得身边人不敢靠近。不知何时，黑暗中的人又出现了："你在摔东西发泄愤怒和嫉妒时，卡索正在淋漓尽致地发挥他的禀赋，总有一天大家都会知道谁才是宇宙之子，而你，都达列，只能服从于他。"

"让我服从卡索的指挥？我们的祖先从极光星球来，多少代人在灵兽山戮力经营。"，都达列回想起云莹送卡索礼物那一幕，气得再次把眼前能看见的东西都摔了个粉碎。

"都达列！你手里的牌还没有打完，你就准备举白旗了？"

"我还能怎么样？"

"灵兽山的法律是老一辈索伦星球的继承人定下的，谁也不可触犯，但凡触犯，就会被驱逐出幽浮古堡，要知道受这一律法限制的也包括卡索。"黑衣人说完后便消失在黑暗中。

卡索走在路上，突然在前面的白光中看见了母亲苏菲亚，他激动地喊着母亲，苏菲亚看着卡索，像是在指引卡索，去到禁区的方向……

“卡索，快醒醒！”罗宾把卡索摇醒，“我们明天要去灵兽山！”

“是新任务吗？能不去吗？”卡索已经准备好在四大训练宫殿的关底和杜列对战，没有心情去游山玩水。“当然不行了，灵兽山动物进化的课程，是我们的必修课！”罗宾激动地说，“我一直盼望着去灵兽山，这机会难得，灵兽山戒备森严，只有中级曜能以上的学生在老师的监管之下才可进入，整座山到处都有监控，就是丢了一粒沙子都知道是谁拿走的。那里遍地黄金，要不都达列气焰怎会那么嚣张呢，他老爸老妈就掌管着灵兽山。”

罗宾得意地穿上了登山装，挺着胸脯在镜子面前走来走去，罗宾最羡慕的就是每个幽浮古堡的高级学员都会有一只灵兽相随，有一只自己的灵兽是罗宾一直以来的梦想。“巡山的人很负责，一草一木你都休想带出山去，但只有一样你可以带走。”

“那是什么？”

“除非有灵兽愿意跟着你走。幽浮古堡尊重每一个生命的选择。如果灵兽选择了你，它就认定了主人，就会一生伴你左右。灵兽山处处是宝，如果有一只灵兽愿意跟我走该有多好啊！”罗宾痴痴地想。

实际上，都达列具有得天独厚的优势，他有召唤高级灵兽的本事，他有一只麒麟兽，总是跟随左右。

“但你可一定要小心，在幽浮古堡，灵兽山以外的动物不受保护，但灵兽山的灵兽，尤其是珍稀物种，哪怕一根汗毛，灵兽山的人都有权利追查到底！要怎么形容呢？灵兽山的灵兽相当于地球上的野生动物，这下你明白了吧？”

“那，如果伤了灵兽会怎么样？”

“逐出幽浮古堡！”罗宾肯定地说。

幽浮古堡建造在山林之间，山地面积占据了五分之一。奈西家族主要负责幽浮古堡环境的维护。幽浮古堡有兰陵山、灵兽山和曜石山，兰陵山上有无数的奇珍异草，灵兽山中的灵兽守护着幽浮古堡，而曜石山有大量的矿藏。

幽浮古堡的水源主要是来自兰陵山的山泉，有地上和地下温泉。古堡内的水循环系统非常科学，上游的水清澈无比，山中有名贵的中草药，泉水流经老山参，具备人参的营养，参泉水有增强体质的作用。古堡主人吴维认为山是幽浮古堡人的生命线，所以对于山体的保护，幽浮古堡有严格的要求，不允许学生私自进山，更不允许任何人伤害灵兽山的动物。

萨茹老师带着新队员从灵兽山涧穿过，灵兽山中藏有很多奇珍异兽。

卡索走在萨茹老师右边，询问她：“这灵兽和地球上的动物有何区别？”

萨茹说：“灵兽是幽浮古堡的珍稀物种，可以通过后天训练，跟人并肩作战抵挡外敌。这些灵兽进化出了鳞片铠甲，即便是幽浮古堡最尖端的科技都难以仿制，更别说一些灵兽的‘特殊技能’了。这是造物主赐予幽浮古堡的礼物。另外，奈西家族懂得灵兽的语言，灵兽通过训练，完全可以成为训练有素的‘战士’，跟随人类一起守护家园。”

“咚咚”，几十个核桃落了地，同学们都各自敲破核桃皮，美餐一顿。

“这么大的核桃仁！”卡索在地上捡到了一个巨型核桃，用刀撬开，里面纯白色的果肉露了出来。哇！这核桃几乎和自己的头一样大，核桃肉如大脑回路一样精微！鲜核桃浆水丰富，吃进嘴里，白色的油脂从嘴角溢出来，馋得罗宾也抢了一块塞进口里：“山里的核桃就是香！真香！”新学员都纷纷在地上捡起山核桃大嚼起来。

“这片核桃林是你父母亲手种下的。”萨茹轻声对卡索说。

卡索抚摸着核桃树，想象着父母当年将核桃的种子撒在这片土地上的场景。

“幽浮古堡的所有资源都可循环利用和再生，果仁可供人们享用，果皮可是上好的肥料！”

大家吃完核桃后，果皮都被扔进“回收站”里。像果壳这样的垃圾是直接作为肥料重新埋入田地或者山林间的。垃圾分类在幽浮古堡是每个学生最自然的举动。

深山中，卡索看到每隔一段路就有明确的垃圾分类标识。学生们十分自觉，尤其对于直接作为土壤肥料的垃圾，他们会更加细致、用心。灵兽栖息之地也会特别立有标志物，提醒人们绕行，不要打扰灵兽进食和休息。

这时，一只毛茸茸的像松鼠一样的动物在树林里蹿来蹿去，突然跳到卡索的脖子上，卡索没动，原来它在吃卡索前胸口袋里剩下的核桃碎渣。卡索想去摸一下，但小东西立即消失不见了。这小东西的速度真快，就像闪电一样！

前方是一汪泉水，泉水十分甘甜，卡索在蓝顿大地喝的都是工厂过滤的带有异味的水，第一次喝到从地下涌出的泉水，一口下肚，甘甜无比，顿时神清气爽。这时，那只像松鼠的小动物再次跳到他膝盖上，细小的爪子抱住卡索的手臂，好似不怕他，他用手接了一捧水递到它身边，那小东西竟然“吱吱”地喝起来，卡索一瞬间喜欢上了这个小东西。

杜列突然从山上下来，那小东西跑得飞快，瞬间消失得无影无踪，卡索四下里再找不见，不禁有些失落。

“杜列！你过来接他们了？”萨茹老师看见杜列迎过来，大声打招呼。

杜列悄悄对萨茹说：“我叔叔奈西先生这几天总是发脾气，你听说没，他的心肝宝贝那只雌雪鸟正在孵化小雪鸟，他现在紧张得比雄雪鸟还凶！”

萨茹老师看向杜列：“那孩子们交给你了，我有事要先下山，我先和大家说一下！”

萨茹对来灵兽山学习的学生说：“大家都聚过来吧！”

待到学生们都聚集好后，萨茹对大家说：“你们都跟着杜列学长上山，这几日雌雪鸟在孵化小雪鸟，大家都轻手轻脚的，千万不要打扰雌雪鸟休息，知道了吗？”

“孵化小雪鸟啊？小雪鸟长什么样呀？”

“听说，雪鸟几百年才下一次蛋，是灵兽山最珍稀的物种之一了！”

“雪鸟的羽毛有来历，传说是打开宇宙大门之钥！据说雪鸟有着远古异兽的基因，曜能比我们这些中级学员还高呢！”

学员们一听说雪鸟，纷纷议论起来。

“大家安静！你们上山后都听从杜列学长的吩咐，不可擅自行动！”萨茹大声嘱咐道，“大家上了山，就快点下来，别逗留太久！”萨茹生怕新生出乱子，不禁反复叮咛。她知道以奈西先生的脾气，一定很不欢迎这次灵兽山的参观学习。

奈西先生平时对人很冷淡，但说起对动物，没有谁比他更用心。据说从雪鸟下蛋到孵卵，奈西夫妇就寸步不离，在树四周手工围起了栅栏。最近一段时间，灵兽山的山门都关闭着，不许有人靠近。今天因为新生来参观灵兽山，他才破例开门。杜列在灵兽山长大，他曾经受伤，是吴维将生物基因的技术使用在他身上，所以才具有飞翔功能。奈西先生看到是杜列，便小心地打开了门。只见一只身材高大的三眼狗突然向杜列冲了过来。

“小点声，三眼！见到自己家里人还吼？”奈西先生用力拽住三眼狗，三眼狗却叫个不停。奈西先生只好把狗反锁在笼子里，但狗依然汪汪叫个不停。“这雪鸟快孵出来了，这三眼也跟着神经过敏。”

“可能是我太久不回灵兽山了。”杜列尴尬地说。

奈西先生拴起了三眼狗，给狗套上了嘴套，压低声音对新同学说：“各位新生！你们要注意，谁都不许在灵兽山随意走动，还有，参观全程一定要保持安静！”

接着，奈西先生悄声告诉杜列：“让这些孩子们早点回去，我还没告诉你吧？今早雌雪鸟又生了一个蛋！”奈西先生说着不禁乐得“扑哧”笑出了声。

要知道，这雌雪鸟可是奈西夫人亲自从诺威大地带回来的。当时来的时候，它的翅膀被其他灵兽咬断了，奄奄一息。是奈西夫妇日夜照顾才让这只雪鸟活了过来。奈西先生把这只雪鸟当作自己的孩子一样养护着。

“真的？奈西叔叔，这是整个幽浮古堡的荣耀啊！”杜列双眼放光，激动地抱住奈西先生，“这真是天大的好消息！”

“嘘，这是古堡的机密，我还没来得及报告校长呢！我真不敢相信，你婶婶把它救了过来，它还在这里有了家……

还为灵兽山增添了新成员。要知道，这是……这是……都达列她姐姐最心爱的灵宠……”奈西想起了自己心爱的女儿，叹了一口气。

“长公主如果知道了，也会为这一天开心的！叔叔！”杜列安抚着叔叔。

“你看到都达列了吗？这小子今天不知道跑哪里去了？今天山上要来学生参观，这事情应该由他来组织的，关键时刻他竟然不在灵兽山！这小子！”都达列性情顽劣，奈西夫人十分头疼，奈西先生也对自己的儿子毫无办法。

“我也没有看见他，他应该在训练宫殿刻苦训练，最近我发现弟弟进步还是很大的。”杜列和都达列从小玩儿到大，自然是要替弟弟讲话。

“但愿如此吧！”奈西先生摇摇头。

雪鸟是灵兽山特级保护动物，在灵兽山上只有这么一雌一雄两只雪鸟，一只雪鸟的寿命可以长达一万年。雪鸟的能量更加不得了，它们的羽毛根部隐藏着的能量，就像传说中的灵芝仙草，可以让人返老还童，救人性命。吴维每次进入禁区都会消耗大量曜能，都是用雪鸟的能量来恢复的。但雪鸟产蛋和孵化期间，不允许任何人近身。雪鸟产蛋的时间是五十年一次，错过之后，就要等下一个五十年，所以孵化出小雪鸟是百年不遇的大事。为了能让雪鸟安心孵蛋，奈西先生一天三顿为雪鸟准备二十多种不同的谷米和蔬果，晚上不休息，时刻守在雪鸟身边。

奈西先生对待动物十分细心，他的禀赋是可以与灵兽沟通。奈西夫人也可以和灵兽沟通，为了帮助更多灵兽山的生灵，还特意学习了医术，为濒临灭绝的动物治疗，延长它们的寿命。奈西先生和他的学生们为每只灵兽起了名字，每只灵兽都有自己的身份证号，作为幽浮古堡的公民，它们和曜能儿童一样平等，受到保护。

杜列带着学生们参观了濒临灭绝的物种，其中一部分是从巴比星球救下的，如果没有奈西夫妇的精心照顾，这些珍稀物种早就灭绝了。这些被救回来的动物在被治疗好后，就会立即被送到灵兽山，让它们自由繁衍。奈西夫妇还会定期检查每个物种。有些物种渐渐适应了灵兽山的环境，在这里繁衍生息。

参观过程中，一阵悠扬的小提琴曲从空中飘来，那是奈西先生为雌雪鸟准备的。

杜列张望着雪鸟岭，几个同学也非常想见见雪鸟的模样，杜列便小心翼翼地问叔叔："孩子们很想看看，可以吗？"奈西头摇得像拨浪鼓，"想都别想！你带他们去别处看看吧，惊动了雌雪鸟，雄雪鸟会啄瞎他们的眼睛的！"

杜列只好带着孩子们快快离开，去参观灵兽保护展览馆。奈西先生一路上给大家讲解灵兽和古堡人的关系。

"灵兽山的灵兽对于生态环境的维护起到很大的作用，也可以说是环境保护的最后一层屏障。"

大厅的桌上摆放着一盆水培的花草，花草的根部像一只鱼嘴，卡索发现这鱼嘴会动，而且时不时还眨着小眼睛。杜列说：“它是食虫草，别以为它是一种植物，其实……”奈西敲敲玻璃：“老兄，你醒醒吧！”这草立即收缩起身体，变成一条鱼游向水的底部。杜列说：“这里很多物种都是动植物结合而来的，就像地球上的两栖动物一样，这样的物种更加能够适应环境的变化。我就是人类和鸟类物种基因结合的结果。”

杜列说着，将翅膀展开，向大家展示。大家惊讶地看着杜列的翅膀，围在杜列身边抚摸他的羽毛，“这是真的呀！”大家都露出惊奇的表情。卡索之前就见识过杜列的翅膀，和杜列相视一笑。杜列曾经因脊椎断裂险些丧命，是吴维和萨茹帮助杜列恢复过来，而杜列也从此具备了飞翔的能力。

杜列带大家走入鸟类灵兽科，第一个展馆就是对雪鸟的介绍，这个实验室里陈列着一只雪鸟的标本。奈西先生说：“这只雪鸟是在巴比星球找到的，被吸干了曜能，否则雪鸟是不死鸟，活到一万年都可以。人类总是很贪婪，无度地利用自然，以夺去其他物种的生命来证明自己。”奈西先生最反对吸取灵兽体内的曜能，尤其对雷隆在星际大地的做法恨之入骨。

实验室里播放着有关雪鸟的视频介绍，卡索认真地看着，一只小雪鸟在卵内形成鲜红的毛细血管，长出毛发和喙，一只睁着眼睛的小雪鸟就要破壳诞生了，大家看着毛茸茸的小东西破壳而出时，都发出了感慨。

每种珍稀动物都有单独的实验室。卡索看到一个实验室的门上贴着一张熟悉的照片——那是闪影鼠！

奈西先生对大家说：“我们都只是宇宙中转瞬即逝的微小尘埃而已，都不要妄自尊大，以为在宇宙中是独一无二的。宇宙中美妙的事物有很多，人类很渺小，在自然面前微不足道。人类得到的已经够多了，难道人不该去珍惜和守护这自然给予的一切吗？”巴比星球的灭亡几乎成为整个银河系的创伤。

大家四处参观时，卡索走到奈西先生身边：“奈西先生，我同意您的观点！我在蓝顿大地生活了十几年，从未呼吸过一口干净的空气，所以不能无度利用资源，索取的同时更应该给予呵护。”

一个新生有这样的见地出乎奈西的意料，他还特意问了卡索的名字。

“我在路上看到了一只很小的闪影鼠。它竟然不怕我！”卡索突然想起那只来他身上偷吃核桃碎渣的小鼠。

“哦？真的吗？闪影鼠是灵兽类中疑心最重的物种，一般不会相信人类，也许是你身上的特质吸引了它。孩子，要知道，只有人类对曜能不敏感，其他所有物种都能感受到不同的能量。这里有闪影鼠的介绍，灵兽山的闪影鼠很稀少。别小看闪影鼠，它的牙齿很厉害，急起来，一座山都可能被它啃掉。”奈西先生一提到灵兽就滔滔不绝。

“是它，没错！它眼睛是红色的，周身浅褐色，四只爪子是白色的。”卡索提到那只闪影鼠，脸上是难以抑制的欢喜。

奈西先生说着，翻出闪影鼠的档案：“喏，在这里呢！它的学名叫闪影鼠，啮齿类灵兽，小名多多。因为它天生嘴馋，吃得最多，所以生下来就起名叫多多。母亲生完它不久就去世了，所以在实验室养了很长时间，它对人是有一定感情的，但生性多疑，很难近身，它会靠近你，说明很喜欢你身上的曜能，灵兽对曜能十分敏感。”奈西先生兴致勃勃地说。

听到多多天生没了母亲，卡索想到自己和卡伦也没了母亲，便对多多又多了一份同情心。

“人类和灵兽到底是什么关系呢？”卡索继续追问道。

奈西先生说：“灵兽是保护自然的最后一道屏障。万物互相效力，人本应参与天地的孕化，可是，人类自恃是万物之灵长，便喜欢滥用这权力。完全以自己为中心，贪婪地吞噬资源，科技越发达，攫取资源的手段就越强大，巴比星球的灭亡就是个惨痛的教训，蓝顿大地很可能是下一个巴比星球。只有了解万物的种性，才能知道如何让万物自由生长，所以了解灵兽，对于防御黑煞虫大有益处。灵兽可以说是幽浮古堡的精兵盔甲，对维护银河系的和平起到很重要的作用呢！”

奈西先生对自然的尊重与热爱，让卡索心生敬仰。卡索久久回想着奈西的这段话。

奈西看了看表，时间差不多了："好了，今天就到这里，雪鸟午休时间到了，要保持安静，大家请回吧！"

灵兽山之行，让卡索明白了人与自然的关系，也看到了古堡人对环境、土地，乃至每一个生灵的守护。卡索默念着古堡人的誓言："守护每一寸土地，每一个生灵……"

午夜时分，卡索在睡梦中突然被警报声惊醒。警报声响彻整个幽浮古堡，宿舍都亮起了灯，学生们不知就里地从床上爬起来。广播里，萨茹发出了通知，召集所有学生都来到学校一层大厅集合。

"这是发生什么事了啊？"学生们都迷迷糊糊的。

"不是突然集训吧？这才夜里三点！"有人抱怨道。

"快穿好制服吧，迟到就该挨罚了！"

很快，各个队长就带领自己的队员整齐地在一楼大厅集合，等待命令。

奈西先生在会议大厅急得团团转，他手里拿着几缕雪鸟的绒毛。

"什么？有人偷袭了雌雪鸟，吃掉了雪鸟蛋？雌雪鸟和雪鸟蛋一夜之间都丢失了？"全体学生听到这个消息后都惊呆了。雄雪鸟此时仍然在灵兽山徘徊，哀鸣。雪鸟是最重感情的灵兽，奈西听着雄雪鸟的哀鸣声不由得捶胸顿足。

"奈西先生，您慢慢说，吴维校长正在银河系中心局，我可以代表吴维校长帮您解决问题。"校长办公室里，萨茹正和奈西先生商量。

“萨茄老师，灵兽山第一次发生这样的事情，你要彻查此案！”奈西态度非常强硬。

“你放心，奈西先生，灵兽山会立即封山，全体人员都要彻查！”

萨茹坚定地对全体师生说：“校委会一定会找到伤害雪鸟的罪魁祸首！我再次强调，灵兽和幽浮古堡的成员具备同等的权利，我们不会冤枉任何一个学生！我宣布苏菲亚七曜学校封校一周，全体师生都要协助彻查！”

萨茹立即组建了灵兽案件委员会，主要成员有萨茹老师、奈西先生、都达列、杜列和云莹。

“灵兽山有监控记录，放心，我们很快就能查到凶手！”杜列建议道。

“好！杜列，调视频监控的事情交给你去办，对了，都达列今天去哪里了？灵兽案件委员会的名单上有他，赶紧找他过来！”萨茹急切地说道。

杜列调出了当天晚上雪鸟岭的摄像，奈西先生、都达列、萨茹老师围坐在一起盯着监视器。

“你去哪里了？”奈西先生刚要训斥儿子，萨茹老师连忙劝说，“这不都达列都回来了，我们还是先查案子！”

不多久，监控器里出现了一个穿着初级学生服的男孩，他正在爬雪鸟岭。

都达列大喊：“我就说嘛！就是这些新生干的！”

“先不要这么早下论断。”萨茹戴上眼镜，眯着眼，仔细盯着屏幕，一个细节也不想放过。

录像继续播放着，大家的眼睛都睁大了，监控录像里的男孩儿在不远处用注射器射中了雌雪鸟，再爬到雪鸟的鸟巢，用篮子将雌雪鸟和两个鸟蛋都带走了！

都达列：“是卡索？”

大家都惊呆了！

摄像头拉近，看得一清二楚，正是卡索！

萨茹感到十分疑惑。

奈西先生看到视频后几乎是暴怒，捂着脑袋：“我真该死！我那时候在哪里啊？”

杜列把镜头拉近，看到了学生的姓名牌。

都达列、萨茹都盯着屏幕，上面写着“卡索”。

都达列双眼都要瞪出来：“真的是卡索，千真万确！赶紧把他抓起来！”

萨茹不得不联系吴维，但吴维一直处于断线状态。

一阵急匆匆的脚步，雪鸟破案组成员集体来到办公室继续商讨。

“摄像头里显示是卡索，真不敢相信。”杜列叹了一口气。

都达列抢先一步说：“地球人就是地球人，只有地球人才会打灵兽的主意，雪鸟一定是让卡索给吃掉了！”

“你先别急着说卡索！都达列，雪鸟丢失时白天你在哪里？”萨茹问。

“摄像头里的人分明就是卡索，还查什么呢？证据确凿！”都达列理直气壮地说。

“是啊，萨茹老师，证据已经有了，为什么还调查我们灵兽山的人呢？”奈西先生不解地问。

“案件没有到审判席上，就不能确定凶手是谁，都达列，你为什么不回答我的问题？”

都达列整个白天都在山上荆棘最多的地方寻找红椰果，那是雄雪鸟最爱的一种果子，“我去山上找红椰果，是准备喂雪鸟的。”

“那雪鸟丢失的时候你在哪里？”萨茹问。

“你这是在怀疑我？摄像头里的是卡索，怎么不先去问他？”都达列很不服气，“我当时在喂灵兽，我有足够的不在场证明，因为我和父亲一起在喂灵兽吃红椰果。”

“当时我在场，萨茹老师。”奈西先生说。

“父亲，他们竟然不相信我们灵兽山自己人！那个卡索才是要赶紧去抓的，不知道他把雪鸟藏在哪里了。”

萨茹没有再继续问，她确实从摄像头里看到了卡索，但卡索的人品萨茹是了解的，他绝对不可能做出这样的事来！这事太蹊跷了！最近卡索一直在给卡伦输入曜能，难道是卡索太过心急，救弟弟心切而做出违规的行为？不会，不会的，萨茹连忙打消这样的念头。但卡索为什么会出现在摄像头里，他在做什么？杜列拿出一包巴比星球独特的草药连心草：“这草药是在卡索的宿舍发现的。昏迷不醒的人食用了，有可能起死回生，但健康的人如果食用，会产生幻觉，我也不相信卡索在正常情况下会对雪鸟下手，但还有一种可能就是卡索服用了过量的连心草，在幻觉下杀死了雪鸟。”

杜列的推理逻辑没错！过量的连心草确实会扰乱人的心智，萨茹用力回忆卡索当天服用连心草的剂量，不可能出错的，连心草的剂量都是自己亲自确认过的。显然这个推测不成立，但萨茹为了保守卡伦的秘密，没有多说什么。

奈西先生听后，在宿舍里暴跳如雷：“要让那个卡索偿命！他害死的是一只永生鸟。赶紧把这个小子抓起来，以免他继续害命，我要建议堡主以后禁止地球人进入古堡！”

“吴维校长，请问您能赶回幽浮古堡吗？”萨茹终于联系上了吴维。

“我这几天需要动员 33 个星球的首脑，恐怕赶不回去，古堡出了什么事吗？”吴维有种不祥的预感。

“灵兽山出大事了，是这样的……”萨茹忧心忡忡地说。

卡索也被叫到了古堡最大的会议室，站在众人面前。所有人都盯着他，尤其是奈西先生，他的眼神，简直就像要撕了卡索一样。“卡索，请问你昨天晚上整晚在哪里，在做什么？”杜列冷冰冰地质问道。

“我，我在……”卡索看着萨茹，有口难言，因为昨晚他在喂弟弟的连接体吃草药，以便连接体能生存下去，但这件事绝对不能让其他人知道。

“你怎么变得口吃了？你做了什么见不得人的事情？白天我看你一副认真学习的模样，还特意给你讲解了灵兽生命的珍稀，你晚上竟然能做出这样的事情来！”奈西先生走过去，想拽住卡索的衣领。

杜列拦住了奈西先生：“先不急，叔叔，让卡索把话说完。”

卡索支支吾吾地说：“我一直在河边散步。”

“有人能证明你在温拿河边散步吗？”都达列问。

卡索摇头：“没有。”

“这个是你的吗？”杜列从袋子里拿出一株草药来。

卡索点头。

杜列说：“你拿这种草药做什么？”

卡索说：“我，我是在巴比星球采的。”

萨茹清楚卡索为何采摘这草药，但也只能保持沉默。一时间，卡索百口莫辩，为了保护卡伦，他一句话也没说。

“沉默就是默认了！你快说，为什么要伤害雪鸟？”奈西先生冲上去拎起了卡索的脖领子，把卡索吊在半空。

“奈西先生，事情还没有确定，您先不要这么冲动，以免伤及无辜。”萨茹连忙护住了卡索。

“伤及无辜？摄像头会出错？那明明就是卡索！”

“我们还是等待法官最后的判决。”萨茹说着示意身边人把卡索带走。

“萨茹老师，我真的不知道为什么我会出现在监控摄像里，那个人一定不是我本人！”卡索小声对萨茹老师说。萨茹只好无奈地看着卡索被带走。

两个高年级的队长把卡索带到了幽浮古堡的面壁区。面壁区就是幽浮古堡的“监狱”。

云莹得知卡索被捕的消息后一直坐立不安，等天黑透了，她披着黑色的斗篷，趁着所有人都熟睡后和罗宾一起来到幽浮古堡的面壁区。“那天晚上的事是你干的吗？我们都看到了视频，那个人就是你！”罗宾对卡索半信半疑。

“我相信你卡索，我相信这绝对不是你做的！”云莹把斗篷摘了下来。

“我不知道怎么和你们解释。”卡索勉强笑了一下，“我不知道摄像头里的是谁，但请你们相信我，那个人绝对不是我！”

“那天我也看到你在巴比星球采草药了，我当时就想问你，你不会真吃了那草药吧？那是幽浮古堡的违禁品。现在整个幽浮古堡的师生都在议论你，他们说以后不能随便让地球人进出幽浮古堡了！”罗宾抓着头，一副很痛苦的样子。“罗宾！你就别火上浇油了！”云莹对卡索说，“我信你，卡索！”

卡索坦然地笑了笑。

“我就说卡索是不会这么做的！”云莹总算松了一口气，“可是，卡索，摄像头里有你，还有你的姓名牌，实在让人费解！”

“姓名牌？我的姓名牌丢了一周了，云莹，这一定是一场阴谋！”卡索突然想起一周前自己的衣服换洗后，罗宾帮自己再拿回来时，姓名牌就没了，“想办法救我出去！我会找到凶手的！”

“还有一周就要审判了，如果卡索申诉失败，可能会被开除，或者被流放回地球！”罗宾看着云莹说，两人动了帮助卡索越狱的念头。

“你们要干什么？想要越狱？”萨茹老师突然出现。

“不好！是萨茹老师！”云莹和罗宾吓得一句话也说不出来。

“你们想帮卡索越狱吗？我怎么听说面壁区的狱警把钥匙丢了？”萨茹说着，把钥匙递给了云莹和罗宾，小声对卡索说，“限你们三天内把真相查出来！”

云莹和罗宾兴奋得差点尖叫起来，赶紧把门锁打开，带着卡索一起趁天黑离开了面壁区。

“会是什么人陷害你呢？”云莹带着卡索和罗宾来到了农田，这里有一座树屋，是云莹留给索伦星球来看她的朋友暂时居住的。树屋建造在一棵参天大树的树顶，树叶繁茂，而且四周都是蜂巢，既隐蔽又安全。

“哇！好阔气！云莹，你还藏了这么个小金屋呢！”罗宾看着树屋周围的蜂巢，很是羡慕，“我说你怎么会酿造幽浮古堡最珍贵的彩虹蜂蜜呢！”

“彩虹蜜每一滴都像彩虹一样绚烂，每一滴都能救命！比曜能石还值钱呢！”云莹得意地说。她可以控制植物的生长，香艳的花朵正是吸引蜜蜂的绝佳工具。如果说云莹除了拥有木的能量以外，还具备哪些奇异的能力，那便是随时可以召唤蜜蜂。她好久不回来，这次一回来便开始查看大精灵们对蜂巢的管理。

罗宾深吸一口气，这蜜的香气比百花还香，层层蜂巢里都是新鲜欲滴的蜜汁，这蜜不是一般的甜美，舔上一口，便会在梦幻般香甜的蜜汁中难以自拔，仿佛所有烦心事都和自己没关系了。云莹摘下一大块挂满蜂脂的蜂巢塞进罗宾嘴里，罗宾感觉甜得都要醉了，坐在地上大口地舔着蜜汁。

“这树屋设计得好精巧，如梦如幻。”卡索从树屋望向远处，幽浮古堡的夜景一览无余，从这里眺望星空，能欣赏幽浮古堡绝佳的极光现象。

云莹不仅在队长中是出类拔萃的，在生活中也颇具经商头脑，她早看出这块领地位置绝佳，便用曜能石购买了树屋的居住权。

“放心，这地方很隐蔽，野蜂是我们最大的保护伞，没有人会找过来，你们俩暂时就住在这里，我们一起找到凶手！”云莹说。

云莹的聪慧和信任让卡索感动，两个朋友愿意出手相救，卡索更是感激不尽。但这个冒充自己的人到底是谁呢？他怎么可以骗过古堡所有人的眼睛？

黑夜里，卡索、云莹和罗宾三人突然出现在图书馆门口。正是云莹指挥露露，把三人传输到了图书馆，三人准备去图书馆查找资料，探寻这个神秘人的踪迹。

云莹、卡索和罗宾每人分别拿着一块透明的曜能石。“这是我收藏的曜能石，吴维校长送给我的，我们今天一定得有所收获！不然明天天一亮，卡索越狱的消息就会不胫而走，到时候教室包括图书馆都会被严加看管。”云莹对着对讲机说，“露露！我们要进入图书馆阅览区，这是图书馆门口啊！你赶紧重新定位一次！”

“Sorry! 队长！”传输器那边的露露正往嘴里塞爆米花。

三人又突然在图书馆门口消失了。

露露把三人传输到了图书馆内部，卡索指了指图书馆最深处的一个小屋——曜能图书区，这里是教师阅览区，禁止学生进入。

云莹在一旁放哨：“卡索，你的记忆力和阅读速度怎么样？考验你的时候到了！”

“露露，在吗？把卡索传输到曜能图书禁区，要马上！这次千万定位准确，不能搞错了！”

“收到，正在传输中！”露露定位后，开始传输。卡索瞬间被传输到曜能图书禁区。

“有人吗？”突然图书管理员走了过来，“有人在吗？”

罗宾和云莹赶紧蹲在书架下面躲起来，罗宾乘机把怀里的猫扔在空地上。

“原来是你呀！你这猫咪上午跑到哪里去了！”图书馆管理员对猫咪说。

卡索在书架上看到一本上锁的书，用光能打开锁后，阅读起来。很快，卡索合上书，脸上露出自信的微笑：“我知道为什么录像里会有我了！”

云莹看到卡索向自己示意已找到答案，立即通知露露转移所有人。

三人瞬间在图书馆消失。

路上，不巧的是，卡索三人撞到了奈西先生和杜列，两人正在就雪鸟一事交谈。

“我必须告诉吴维还有一只雪鸟的事。这件事我没告诉其他人，因为我不想节外生枝，就怕别人打雪鸟的主意。”奈西先生有些不安。

“什么？还有一只雪鸟？”杜列有些不理解。

“嘘！小点声！除了那个雪鸟蛋以外，其实还有一只小雪鸟已经孵化好几天了。你表弟都达列求我留下一只小雪鸟给他，也不知道这小子从什么时候开始对雪鸟感兴趣了！所以我一直对外说只有一只雪鸟蛋。从监控录像来看，卡索是趁着雌雪鸟睡觉，把它和蛋一起装进笼子的。但我还有一只小雪鸟，它藏起来了，我重复观看录像，发现那只小雪鸟就隐藏在枝头。雪鸟很聪明，可以看到一个人的曜能颜色，这只小雪鸟，一定评估了卡索的曜能，发现自己根本打不过他，所以隐藏了起来。”奈西怕被人听见，压低声音道。

“雪鸟可以看见人的曜能？”杜列瞪大了眼睛。

“雪鸟不仅羽毛中含有曜能液，它的眼睛也能看见曜能。如果找到这只雪鸟，就可以直接指认卡索，让卡索说出我的雌雪鸟和雪鸟蛋在哪里！”奈西先生狠狠地说。

“雪鸟怎么指认？”杜列第一次听到雪鸟的眼睛有这样的功能。

“这还用问？灵兽山的人都会灵兽的语言，雪鸟不会说谎的！而且它传递的信息在法庭上也有效！”奈西先生胸有成竹地说。

“我们已经搜山好多天了，都没有找到那只雪鸟。我们还是自己找吧，吴维校长如果知道您是因这个理由，给小雪鸟上了黑户，一定会下处分的，一波未平一波又起喽。”杜列提醒奈西。

奈西点头：“小雪鸟最喜欢柔软的巢穴和红色的浆果，我这就回去放在树梢，也许小雪鸟看到后就会飞回来！”

就在奈西先生和杜列谈话的墙背后，云莹和卡索就藏在那里，云莹心跳加速，还有一只小雪鸟？这对云莹来说可是天大的好消息！

三人回到了树屋，罗宾赶紧问卡索，找到了什么答案。

卡索在屋子里踱来踱去，沉默不语。

“你别来回走了，我头都晕了！你到底在加密的书籍里找到什么答案了？”云莹问。

云莹和罗宾瞪着眼睛看着卡索，等待他的回答。

“你们都过来！”卡索向两人招招手，云莹和罗宾把脑袋都凑了过来。

“曜能百科全书上明确写着有一种特殊曜能可以变形！”

两人张大嘴，异口同声道，“是有人变成了你的样子！”

书中讲能量分为日、月、金、木、水、火、土七种类型。罗宾具有控制土的能量，所以可以在土中穿行；云莹所到之处可以生长出青草和花朵，并可以控制它们。唯有水的能量中有变化的元素，发展出一种稀少的曜能，可使人变形。

这天半夜，云莹回来得很晚。

“云莹，你去了哪里？”

“嘘！小点声！”显然云莹怀里藏了什么东西，而且发出咕咕的叫声。

“不会吧？奈西先生说的那只小雪鸟？”卡索也从未见过这样神奇的灵兽。

“看见了吗？就是它呢！”云莹从怀里抱出小雪鸟。小雪鸟浑身毛茸茸的，白色的绒毛团成一团，像个雪白的奶油球。它抬起小脑袋，好奇地望向四周。

“你怎么可能找到这只雪鸟？灵兽山都被封了！”卡索不敢相信云莹这么快就能找到小雪鸟。

“灵兽山怎么可能关得住一只雪鸟？雪鸟的嗅觉灵敏，野蜂蜜的诱惑可是无法抵挡的！前天夜里，我用蜂蜜和红椰果吸引小雪鸟，然后用我头上和身上自然生长出来的新枝叶做成了一个巢穴，小雪鸟大概以为我是一棵梧桐树，就落在了我肩膀上。”云莹得意地说。

“天啊，小雪鸟！如果被发现，我们都会被开除！”罗宾声调突然升高。

“你可以再大点声音，让整个学校都知道小雪鸟在树屋！”云莹冲着罗宾吼了一嗓子，云莹现在完全迷上了这只可爱的小雪鸟，“嘘！别吵到它睡觉！你知道我费了多大力气，才让这只雪鸟飞到我为它做的鸟巢里？”

云莹果然是花了很多心思，她为小雪鸟做的鸟巢极其精美，里面有很多软软的棉花和用精致的小碗装着的七彩蜜和红椰果，小雪鸟羽翼还未丰满，在里面安稳地睡着。云莹把鸟巢放在树屋最安全的避风处，小心地隐藏起来，看着小雪鸟微微闭上的眼睑，云莹的心都化了:“想不想去查查真相？”

“真相？”卡索好奇地问。

“雪鸟是灵兽山最具有灵气的异兽之一，记得奈西先生说的吗，它绝对可以辨别出凶手来！”云莹有些舍不得怀里的小生命，但为了查出凶手，她也没有其他选择。

三人带着雪鸟找到了萨茹老师，萨茹老师一脸严肃地看着这只雪鸟："你们把雪鸟留在这里，我们很快就会查出答案。"

"萨茹老师，我能有个请求吗？"云莹刚放下小雪鸟，就听到小雪鸟的鸣叫，似乎在呼唤自己。

"你有什么请求？"萨茹问。

"这是野蜂蜜和红椰果，是小雪鸟最爱吃的食物，它每天要吃很多，尤其……"

"好了，云莹，这里交给我吧，很快就会有灵兽山的人来喂养它，这些食物都拿回去吧！"萨茹老师平静地说。

"雪鸟还很小，它已经把我当作亲人了，等案子查完，我想领养这只雪鸟，可以吗？"云莹诚恳地看着萨茹老师，尽管她知道这希望微乎其微。

"我们还在寻找它的亲生母亲，如果找到，它自然要在母亲身边长大，我们不能让它们母女分离，你说对吗？"萨茹说，"不过我为你们诚实的行为加分。"

云莹看着小雪鸟，恋恋不舍地离开。

云莹离开后，萨茹老师立即调出幽浮古堡所有人的正面照片，雪鸟可以看到不同人头顶的曜能光谱，结果出来，萨茹老师瞠目结舌！

好久都没有哥哥消息的卡伦，此时正和毛毛、阿伽鲁以及几个小伙伴在雷隆府邸挖隧道。

“啊！吼——”

突然，隧道里传来一阵阵可怕的咆哮声。

“这是什么声音？好像就在附近！”说着，卡伦把耳朵贴在洞壁上仔细听这痛苦的咆哮声。

“啊！放开我！放我出去！”又一阵大吼，震得隧道都在晃。

“好像只有一墙之隔，我也听到了！”毛毛放下了挖隧道的工具，仔细辨别这声音的来处。

“一定是雷隆在拿这些玩家做试验。太可恶了！”阿伽鲁想到雷隆用游戏控制玩家的行为，就气不打一处来，用拳头砸向墙壁。“咚咚！”阿伽鲁发现与刚才发出吼声的地方只有一个薄薄的石壁相隔。

毛毛把石壁撬开，一道灯光摄入隧道。毛毛赶紧把石壁堵住，生怕被人发现。

过了一阵子，没有动静了，毛毛这才向里望去，但眼前的一幕吓得它浑身战栗：

一个天使一样的人，被吊在半空中昏厥了过去！

都达列和黑暗里的阴影对话：“我还是觉得事情做得有点过了！”

“至少卡索已经被关起来了，这不是你想看到的结果吗？”那黑影中的人说道。

“那雌雪鸟和它的孩子你放在哪里了？还都安全吧？那些红椰果够吃吗？”都达列担心地问道。

“当然，你还信不过我吗？”黑暗里的人口气有些变样，这让都达列感到有些陌生。

“因为雪鸟失踪的事，我妈妈今早一病不起，希望尽快查明真相！早点把雪鸟送回来！”都达列焦急地说。

“你这没出息的东西！”阴影中的人从黑暗中走了出来！

“表哥，我想知道，你是怎么做到变成卡索的样子骗过监控录像的呢？”都达列困惑地问。

黑暗里突然出现一对巨大的黑色羽翼，杜列冷漠的脸从黑暗中露了出来。

毛毛第一个爬到了这个长着翅膀的人旁边，把人放了下来，并在这人四周嗅来嗅去，“他还活着！”

“你叫什么名字？”卡伦贴在这人耳边，轻声问道。

阿伽鲁好奇地捡起地上的羽毛，竟然是真的羽毛。难道雷隆在拿人做试验，合成了新新人类？阿伽鲁一脸困惑。大家都等着这个只剩下半条命的“天使”醒来。

“我叫……杜列……”杜列说完又晕了过去。

雪鸟指认的光谱卡正是杜列的！

杜列？不可能，他是吴维救回来的，而且是最忠诚于吴维和古堡的人之一。难道？难道说古堡的杜列不是他本人？

那真实的杜列到底在哪里？

萨茹立即联系吴维，而吴维正在飞船里探寻卡伦的定位，吴维一转身，突然看见了苏菲亚！

“苏菲亚！是你吗？苏菲亚！”萨茹的传呼一直在响，但吴维并没有心思接听。

“是我，亲爱的，我回来了！”苏菲亚柔声说道。

“苏菲亚，你怎么？”吴维虽然感觉苏菲亚说话的语气有一些不一样，但刚迎过去拉住苏菲亚，苏菲亚的脸却突然扭曲了，她狠狠地用银针刺进吴维的脖子里，吴维顿时晕倒。苏菲亚的脸立即变成了拉菲的脸。

萨茹还在继续呼叫吴维，拉菲点开了呼叫器，里面传来萨茹的声音。

“吴维，不好了，杜列可能是个假的！现在卡伦在雷隆手上，如果他知道了卡伦的真实身份以及他身上曜原石的秘密，那一切就全毁了！”萨茹在呼叫器另一头激动地说道。

“谢谢！”拉菲轻声回复了一声，把呼叫器扔在了垃圾箱内。她在嘴上放进一个棒棒糖，拎起一个蒙着黑布的笼子进了飞船。而吴维昏迷着被绑在飞船的仓库里。

“不好！吴维失联了，飞船被开走了！”萨茹赶紧跑去了冰玉温泉。

卡索也立即赶到冰玉温泉！卡伦的连接体像是瘪了的气球，渐渐融化在温泉里。

“怎么办？卡伦的连接体已经没了。”卡索眼看着卡伦的连接体化成了一滩水，卡索只捞上来了卡伦的衣服。

“连接体里的细胞存活不了多久，这是我早预料到的。现在吴维的处境也很危险，你上次报告的有可能是变形人，这个信息应该是准确的！我调出来吴维最后的监控录像，是这个女孩儿变形成了杜列、你，甚至还变形成你的母亲，欺骗了所有人的眼睛！”萨茹闭上眼睛，回想吴维曾说过雷隆将会找到古堡里来，却怎么也想不到雷隆的人就在身边。

拾壹　曜能树

情急之下，萨茹按照卡伦给的情报，联系了星际大地的阿义旺。阿义旺按照萨茹的计划，带着人从卡伦和阿伽鲁几人所挖的隧道进入，秘密潜入雷隆的府邸。

“局长您好！我是幽浮古堡的萨茹……”萨茹似乎预感到了此刻卡伦已经被雷隆发现。

拉菲驾驶着飞船带着吴维和曜原石的秘密回到雷隆的府邸。

“曜原石在一个叫卡伦的孩子的身体里？”雷隆大喜，连忙派人在府邸寻找卡伦，卡伦很快被抓住了。

“吴维落入我手心，幽浮古堡早晚都是我的，我已经给他找了一个舒服的地方。”雷隆冲着对讲机讲，“把吴维关在屏蔽曜能的牢狱，派人严格把守。”

雷隆激动地搓着手，把索伦星球的权杖拿给拉菲看。

“找到宇宙之子，将曜原石的曜能抽取出来，放在这权杖上，我就可以统领索伦星球了！”雷隆挥舞着权杖，想象着他称王称霸、众人簇拥的场面。

“历届索伦星球的领袖都凭借权杖管理整个星球，有曜原石的地方便有王的诞生，恭喜雷隆王！”拉菲半跪着向雷隆行礼。

“你立下大功，放心，曾经给你的承诺我都会兑现。”雷隆信心十足地说。

“自从巴比星球毁灭，我就一直在为族人寻找新的星球，但是，幽浮古堡那里确实很美！”拉菲不知道为什么有些怀念古堡的生活。

“拉菲！你要清醒！巴比星球人违背了曜能公约，索伦星球是不会原谅他们的，如果当时索伦星球用曜原石救助巴比星球，你的家族也不会灭亡了！”雷隆肯定地说，“吴维的为人我太了解不过，他只是想控制巴比族人，让他们成为他称霸幽浮古堡的廉价劳动力。”

拉菲沉默了，她回想起吴维对杜列的信任，心里很愧疚，但很快就被找到曜原石的喜悦冲淡了。测试结果显示，卡伦正是宇宙之子！

卡伦突然被带走，毛毛和阿伽鲁措手不及，大家都陷入了绝望的境地。雷隆的府邸把守森严，根本无法和外界取得联系。毛毛急得在墙上撞自己的脑袋，为自己没能保护好小王子而自责。隧道已经挖通了，阿伽鲁在隧道口等待着父亲的出现，虽然不知道父亲是否知道他在此地等着，但阿伽鲁仍然坚守着，等待最后的希望。

“有了曜原石，我还怕你雪莉吗？”雷隆一阵狂笑。

雷隆之所以建造了无数个玩家的连接体，正是为了等待曜原石的启动，到时候他就可以控制自己的千军万马了。“等到了那个时候，地球人、巴比人移民索伦星球，占领索伦星球就不再是梦，新的家园已经有人为我们建造好了！”

“雷隆王，我已经把卡伦放入曜能提取舱里，随时可以提取曜原石。”

“好！就是现在！”雷隆已经迫不及待了。

幽浮古堡内，卡索感到一阵心慌，眼看着弟弟的连接体化为一滩水，又得知父亲吴维和飞船都被拉菲所掠夺，真正的杜列也不知去向……如果雷隆找到了卡伦，也许已经找到了……卡索不敢往下想。萨茹老师正在联系银河系中心，但卡索不能在幽浮古堡坐等消息。就在他一筹莫展之时，云莹跑了过来。

“卡索，给你这个！”云莹把雪鸟的羽毛交给卡索，“也许只有一个地方有希望，幽浮古堡的禁区！”

……

拉菲正准备按下按钮，提取卡伦体内的曜原石时，突然迟疑了一下，把手缩了回来：“雷隆王，您还记得卡索吗？”

“当然，他是卡伦的亲哥哥。”雷隆不明白为何关键时刻，拉菲会想到卡索。

“卡索和卡伦两人在战后还能生存下来，可见曜原石不仅仅在卡伦身体里，我在苏菲亚七曜学校里学习到，有七种不同的曜能，而日月正是构成曜原石的主要成分。”拉菲讲得头头是道，连雷隆都不禁被吸引住，看来拉菲这趟幽浮古堡没有白去。

“这能说明什么？”雷隆问。

“宇宙之子有两个，曜原石分别在卡索和卡伦身体里！”拉菲肯定地回答道。

卡索和云莹坐在小灰雁 Lucky 背上，云莹护着小雪鸟，小雪鸟羽翼还未丰满，还不会飞。云莹小声和小雪鸟交流，小雪鸟张开翅膀，用嘴啄下一根身后的羽毛。

“谢谢你，小雪鸟！”云莹手里雪白的羽毛瞬间变成红色，红羽毛便是通往曜能森林的钥匙。

两人来到一座远古的巨门前，见到门前守着四大凶兽，其凶恶的模样看着就让人心惊，小灰雁远远嗅到了这四个异兽的味道，便开始浑身发颤，云莹把小雪鸟放在 lucky 的背上，和卡索一起落到地上。

只见门的四周有光圈作为护栏，这使得四大异兽的活动范围只局限在巨门门前。

“这就是传说中的上古四大凶兽，我之前只在书本上见过，它们分别是穷奇、饕餮、梼杌、混沌。看样子，它们很不好对付。”云莹说着，和卡索走进了光圈，长相类似老虎的穷奇扇动翅膀猛地向两人扑了过来。

“我听说穷奇专门攻击那些见利忘义，远君子近小人的人。”云莹立即跳起身，躲过了穷奇的攻击。

“那它伤害不了我们，我们为拯救蓝顿大地而来，并非因个人私欲！”卡索说着，将手中的光汇成一把双刃剑，指向穷奇，忽然穷奇变得安静了。原来它怕光！卡索聚集了一个光圈，把穷奇困在里面。

“干得不错！卡索！”云莹冲着卡索微微一笑。

只听天空响起一阵刺耳的吼叫。

“饕餮！这就是传说中贪婪无比的贪吃鬼！”云莹捂住口鼻，被臭气逼得连连后退。

各种食物的味道一再从饕餮的身体里散发出来。云莹释放出藤蔓，想捆住这个怪兽，却怕这怪兽脏了自己的藤蔓，只是灵巧的跳跃，与这凶兽周旋，迟迟不肯出招。真想不到幽浮古堡里还藏有这么恶心的异兽，云莹想不到这异兽的基因有什么可保留的价值。

“你想吃？好吧，异兽对蜂蜜都难以克制，你也不会例外！我请你吃蜜糖！”云莹说着把蜂蜜甩在光圈围栏的附近，饕餮闻到了蜜香，奔向围栏去舔蜜，结果撞到了光圈，如中了雷击一般倒在地上。

“小心！云莹！”突然一只看似人面猪牙，周身是毛的怪物一口咬住云莹的藤蔓，把云莹甩在地上，卡索眼看着这猛兽冲向自己！千钧一发之际，只见它的角突然被什么东西咬住了，痛苦地蜷作一团，瞬间逃回了洞穴。

云莹也呆住了，待两人缓过神来，卡索看到一只小鼠从地上蹿到自己的怀里。

“是你，闪影鼠多多，谢谢你帮助了我们！”卡索双手捧起多多。

“这只灵兽一定很喜欢你，才一直跟随你到这里。灵兽一旦确认了主人，便会一生跟随，守护你一生一世。”云莹也被这闪影鼠的英勇所感动，要知道这小鼠为保护主人，击退的可是四大凶兽之一的梼杌。

路过最后一只凶兽混沌的时候，卡索走近一看，是一只没有眼睛鼻子的怪物，卡索想起父亲告诉过自己，幽浮古堡里，人可以与灵兽沟通。

“上古异兽——混沌，久闻大名，我们此次来曜能森林是为了帮助幽浮古堡的主人，也是为了解救蓝顿大地上的人，请您网开一面，给我们开路，好吗？”卡索向混沌深深鞠了一躬。

这老兽许是困倦了，耷拉着的眼睛渐渐合上了。云莹与卡索相互对视，跨过了混沌的身体，快速走到门前。云莹将红羽毛插入门锁中，哐当一声巨响，门开了！一阵和煦的暖风扑面而来，卡索和云莹刚踏入这门，门就自动关闭，曜能森林里遍地都是花海。

“还有这样的地方！”卡索和云莹几乎异口同声地惊叹。

“传说中，这里的时间是静止的。”云莹向卡索神秘地笑了笑，两人并肩进入禁区。

“时间静止？”卡索不明白云莹在说什么。

“当运转速度超过时间，时间就会相对静止。”云莹阐述着曜能森林可以让时间静止的原理，“曜能森林是整个古堡里曜能指数最高的地方，幽浮古堡之所以能在几年之内完成数百年的进化，和这个神秘的地方息息相关。”

幽浮古堡的禁区里到处是山野和花树，能听到清脆的虫鸣，一条金色石板铺就的小径一直通向一棵参天大树。这树高得根本看不到树冠，似乎一直顶到了天空，没有尽头。卡索发现，只要轻轻跳跃，就可以脚不沾地，移动得极快，原来这里是一个半失重的空间。闪影鼠也跟着卡索进了这片森林，“吱吱”地叫着，在草地里兴奋地蹿来蹿去。

满山遍野都是色彩艳丽的花朵，远处是茂密的森林。卡索看到脚边沾着露水的蘑菇嗖地生长出来，不远处还有长满藤萝的石头房子，幼鹿在花丛里蹦跳着，野兔藏在草丛中，还能嗅到一阵阵沁人心脾的花香。

卡索和云莹忘我地沉浸在这一大片花香之中，那棵通天的大树散发着异样的光彩。卡索想起在图书馆阅览禁区中见过这棵树的图片：“记得书上写着，你可以向这棵树许愿，但只是你要求它做什么，就要偿还相同的能量。”

云莹停在这棵树面前。

“这是自然的交换法则，如果不断地索取、过度地开发能源，不懂得回馈，人最后就只能走向自我灭亡之路。”云莹发现自己轻轻一跳就可以飞起来，在空中欢快地笑着。

“云莹，小心！如果你的曜能不足，有可能会被曜能树反吸走曜能！”卡索回想起书上对神秘曜能树的介绍。但云莹已控制不好平衡，向着曜能树直冲过去，眼看就要碰到曜能树，卡索跳起来将云莹推向相反的方向。

“卡索，危险！千万不要碰那棵树！”云莹手臂中伸出藤索，但卡索没有抓住藤索，猛地撞进树里！

“卡索，你怎么样了！”云莹在树外大喊。

“我很好，云莹，我看见你了。这里面很舒服呢！”卡索透过树看到了云莹，但云莹听不见他说话。卡索感觉这曜能树非常柔软，像是弹性十足的果冻。

无论卡索如何喊，云莹都听不见也看不见他。云莹在树下急得团团转。

卡索在漆黑的树洞里摸索着，突然感到身后有暖暖的绿色的光源，转身时，看见了光源中，有一个人缓缓向自己走来，她身穿一身白色的衣服，头发长及脚踝，她赤着双足，踩在水上。金光连成一片形成了她颈上的项链。是苏菲亚！是母亲！

“卡索，你终于来了。”苏菲亚微笑着看着卡索。

卡索感到被这世界上最温暖的阳光照耀着，他跪在苏菲亚面前：“母亲！原来你在这里！”

苏菲亚轻抚着卡索的头，卡索感到母亲的灵体是如此的真实。

“您并没有死？”

“曜能树是索伦星球祖先灵魂聚集的地方，人除了有一个肉身，还有灵体，我的身体消失了，但灵体还在。我多年来就在这棵树里面，等待你的到来。你们在外面经历的一切我都知道。”苏菲亚说，“我知道你是想来救你的弟弟卡伦，还有你的父亲。”

“您是怎么知道的？”卡索不敢相信母亲竟然了知一切。

“你只要记住，找到宇宙的根本规律，并尊重规律，与宇宙合一，那时你便具备了宇宙的能量，回到本来的自己。”苏菲亚充满爱意地看着卡索。

“与宇宙合一？”卡索不解。

“日月为何终不竭？北极星为何始终明亮？”苏菲亚将一段宇宙进化的历程输入卡索的脑海中。

卡索看到了浩瀚宇宙，看到了宇宙从无变为有，一直都在不断地演变。

新的星体在这里诞生，从未曾见过
旋涡里的空气将演变成一个新的太阳系
在一个年轻的太阳周围形成

星云具有创造生命的必须元素

气体和灰尘在这里采集以创造新的星体

更令人惊奇的是，在猎户星云的中心

显示出一个蓝晶的星体孕育所

生命将在这里产生……

苏菲亚说完，继续带卡索进入更自由广阔的世界，卡索一瞬间感到自己灵魂出窍，像是脱下了盔甲，跟随苏菲亚不断向上自由快速地穿行，无拘无束。

“哇哦！”卡索穿行到了曜能树以外，云莹还在树底下急得团团转。

“生命的存在是为了与宇宙合一，不断施予爱和付出，而非贪婪和占有。当人与宇宙分离，以为自己匮乏才产生了恐惧，由此产生贪婪的欲望，这个世界就形成了正面和负面的能量。”苏菲亚牵着卡索的手迅速飞过幽浮古堡的海洋。

“七曜，就是日、月、金、木、水、火、土的能量，其中日月是宇宙核心能量，你和弟弟就代表了日和月的能量，你要相信你保有这力量，便可以成为宇宙之子，战无不胜！”

卡索突然置身于蓝顿大地：“这是地球！”

苏菲亚来到卡索身边，时间开始倒转，卡索看到了地球演变的历史，苏菲亚喊了一声“停”。卡索置身于鸟语花香的森林。

“这里才是地球。”苏菲亚缓缓地说。

苏菲亚将一粒种子放在地上，很快它就生根发芽，不断向上生长，卷曲着的树叶分离舒展，吸收着大地的水分，沐浴着阳光，卡索体会着万物孕化的美妙，内心发出了对自然的赞叹！从一颗种子到参天大树……卡索这才恍然，和母亲在一起经历了无数个春夏秋冬，内心无比安宁和满足。

“曜能树连接着索伦星球的祖先，可以找到曜能进化的孩子，卡索，是时候回你的世界去了，赶快去救你的弟弟和父亲吧！”苏菲亚把卡索推出了这棵树，临行前，在卡索耳边低声呢喃了几句。

卡索被一股力量从曜能树中推了出去，他用力抓住了藤蔓，看见头顶的光，他努力地从又黑又长的隧道爬出来，出来时，全身湿漉漉的。

云莹看到卡索从树洞出来，全身黏糊糊的:“这是什么？”

“云莹，我进去了多久？”卡索感到在树洞里仿佛过了很多年。

“几分钟吧。”云莹确定地说。

“几分钟？”卡索困惑地看着身后的参天大树。突然发现他的手里有一片绿叶，叶子上显示着坐标。“这是卡伦的坐标！”卡索激动地拉起云莹就跑。

“你还没说你刚才都看见了什么？”卡索的力气很大，云莹只好跟着卡索一起离开了曜能森林。

“我看见了光。”卡索沉思了一会儿，“光所在之处，黑暗就无法存在”。

拾贰　曜能特战队

“还记得天星一号的任务吗？”雷隆透过厚厚的玻璃窗对吴维说，口气就像多年以前一样。

吴维被关在一间特殊暗室里，这间暗室有屏蔽曜能的措施且把守严密。

“为了寻找适宜人类居住的星球。”吴维没想到雷隆会突然问自己这个问题，“天星一号肩负的使命是为全人类寻找适合生存的星球。”

“亏你还记得！你知道吗？我已经为地球人找到了适合居住的星球。”雷隆表情里充满了自信。

“什么？”雷隆的狂妄让吴维不寒而栗，他之前以为雷隆只是为了满足一己私利，摄取他人体内的能量为己所用，但今天似乎要重新认识一次他的老领导。

“你以为我会那么轻易地被雪莉所利用？曜能本来就是属于全宇宙的，不该被索伦星球垄断！我的计划包括全球人，而你呢？下等兵吴维，你为了和苏菲亚在一起，早就忘记了自己作为军人的使命和责任！”

“雷隆，事实不是你说的那样！”吴维用力敲打着透明玻璃。

“人类未来将会移民索伦星球！谁也别想阻止！”雷隆对吴维说，“只要你交出幽浮古堡，我们可以共同实现这个愿望，为人类找到新家园。”

“雷隆，你吸取其他人的曜能，已经违反曜能的规律。你在玩火自焚！”吴维说。

“我是为了整个地球的生计！”雷隆继续说，“我吸取他人的曜能，创造出了曜能连接体，只要我有了曜原石，便可以控制曜能连接体，与雪莉对抗。我唯一需要你帮助的便是把幽浮古堡交出来，这样全人类的命运就把握在你我手上了！”雷隆等待吴维的加入。

“如果我们从来没想过为何地球的生态环境遭到破坏，而总是想占领其他星球，那就算我们去了索伦星球，索伦星球也将会沦为下一个地球！”吴维坚定地说。

“这么多年过去了，你还是一样的倔强！”雷隆说，“我已经找到了卡伦，我的计划是不会改变的！”

“雷隆！”吴维抬起左手，左手变成了枪械，他冲着对面的雷隆开火，但窗户是特制的防弹玻璃。

雷隆冲着吴维得意地笑笑，转身离开。

而此时，卡索、云莹、罗宾等人已经在幽浮古堡组成了曜能特战队。

卡索接收到萨茹老师的信息，阿义旺已经埋伏在雷隆府邸的北侧，随时准备冲进去配合里面的人把被困玩家解救出来！

萨茹老师亲自转动古堡空间站的大门，再一开门，几人已经抵达星际大地。门打开后，罗宾驾驶着飞船，第一个直冲星际大地。

“快看，有飞船接近，全体戒备！”星耀大厦的保安系统响起了警报声，大厦的安保人员向飞船发起了攻击。

“罗宾，小心！”卡索搜索到前方有炮弹袭击。

“是的，船长！”罗宾迅速地转动飞船的方向，导弹袭击到后面的大厦，整个楼瞬间倒塌。

“好险！看不出来，你的飞行技术很可以啊！”云莹为罗宾竖起了大拇指。

“在巴比星球和黑煞虫大战中，我父亲可是最优秀的飞行员！”罗宾自豪地说。

卡索盯着监视器中的目标：“好，罗宾，现在准备进攻，我已经搜索到目标，我们直接冲进去！大家都扶好了！”

罗宾驾驶飞机一个俯冲，避过敌军的攻击，丢下几枚炸弹，将暗室炸翻了天。

拉菲在监视器上看到了一架飞机闯进了府邸，她立即联络雷隆，雷隆大笑道："卡索正好来个自投罗网！"吴维在暗室中也感到了巨大的震动："是卡索？"

拉菲把绿蜘蛛的笼子打开，黑暗中闪现出一双绿幽幽的眼睛。

飞机的闯入惊醒了监狱中正在沉睡的游戏玩家。毛毛大喊："大家快跟着阿伽鲁逃命！"阿伽鲁有序地疏散玩家，带领游戏玩家分拨出逃。这时候阿义旺已躲开了索伦使者的巡察，带着一群人等在隧道里。

阿义旺见到自己的儿子非常激动，父子拥抱在一起。

"孩子，你没事吧？"

"我好好的！爸，赶紧带大家离开。"

"跟着我一起走！"

"爸，我还有朋友要去救，这里交给您了！"

阿伽鲁不顾父亲的阻拦，向着与出口相反的方向跑去，阿义旺喊住了阿伽鲁。

"孩子！你长大了！爸爸以你为骄傲，我和妈妈在家里等你回来！"

阿伽鲁用力点点头。

府邸的大厅内，云莹正张开双臂，释放无数条藤索将冲过来的索伦使者绑缚起来。双方打得热火朝天，卡索用手中的光球幻化成不同的武器与雷隆的手下对抗，罗宾则冲进墙里面，把城门彻底打开……

闪影鼠多多从卡索脖子后面蹿出来，扑到继续冲出来的守卫脸上胡乱抓咬。闪影鼠看起来很小，但杀伤力极大，守卫只要听见“吱吱”的叫声，都吓得四处逃窜。

一个守卫正追着罗宾不放，却眼看罗宾瞬间钻到了地下，守卫一眨眼，罗宾已出现在另一边，他举起石头，将守卫砸晕。

绿蜘蛛从最黑暗潮湿的洞穴里爬出来，所到之处，土地都变得荒芜，云莹无法忍受绿蜘蛛散发的气味，一时间中毒晕倒，卡索连忙扶起云莹，捂住云莹的口鼻。

云莹虽然醒了过来，但一时间无法使用曜能，只有小雪鸟张开嘴向绿蜘蛛发出怒吼。罗宾赶紧潜入地下，他根本不是绿蜘蛛的对手。

卡索摊开手掌，一颗明亮的光球从掌心生出，卡索一反掌，光球幻化出无数的乱箭射向绿蜘蛛绿蜘蛛变成了八爪鱼向卡索扑过去。

云莹灵机一动，打开小瓶蜂蜜，吸引了四周的野蜂群，一大群野蜂发着“嗡嗡”的叫声冲进了府邸，向着八爪鱼猛蜇过去。

“不好，云莹被抓走了！”卡索见云莹被掠走，在八爪鱼身后紧追不舍，用光球幻化出弓箭，向八爪鱼射去。此刻，罗宾也从地下冒出来，用刀子将八爪鱼的爪子钉在地上，八爪鱼立即变成了无数的蝙蝠，冲罗宾扑过去。

“罗宾，快躲开！”云莹向罗宾叫道。

只听“嗷”的一声尖叫，一只蝙蝠首领被雪鸟吞掉，所有的蝙蝠都在刹那间停了下来，小雪鸟拍打着翅膀，落在云莹的肩膀上。

“好雪鸟！多亏了你！”云莹骄傲地对卡索和罗宾说，“它长大了，竟然会飞了！”

卡伦自从被雷隆发现后，就一直昏迷不醒，但打斗的声音惊醒了他，他睁开眼，似乎感受到了哥哥就在附近，但又很快发现自己被封闭在狭小透明的舱体里，根本出不去！

阿伽鲁找到了毛毛和杜列，但此刻，雷隆的府邸发生了巨大的震动，所有的东西都像被龙卷风卷起来一样，在雷隆府邸中心形成了一个黑色旋涡，黑色旋涡不断扩散，周围人都被吸入这黑色的旋涡里。雷隆戴上了一个头盔，他此刻正在不断吸取其他玩家合成的曜能，黑暗力量越来越大，卡索为了不被卷入黑旋风，紧紧抱住身边的柱子，无暇使用曜能来攻击雷隆。雷隆释放的黑色旋涡能量极大，府邸的摆设被瞬间摧毁了，云莹赶紧伸出藤条，将罗宾和卡索固定在柱子上。

雪莉的手下向她报告了宇宙之子的情况，她立即带着索伦使者前往星际大地，并准备好了致命武器！半路上被银河系中心联合委员会的会长拦住，萨茹代表 33 个星球首脑要求雪莉撤退！

黑色旋涡在不断扩大，四周的物体被席卷的气流卷在半空，云莹的藤索也开始断裂，“这力量太大了，我要坚持不住了！”云莹大声呼救。

“云莹，小心！”卡索看着云莹的藤条断开，头冲着柱子上撞去，他立即从手心释放出一道闪电，将柱子劈倒。云莹没有受伤，但因为身体失控，不自主地被吸向雷隆。

“我来也！”突然卡索眼前闪过蓝色的披风，是都达列！都达列双脚紧紧贴在地面，身后跟着一头身形魁梧的巨型犀牛，他一把抱住了云莹。

“都达列？是你！”云莹不敢相信都达列也来到了星际大地！

“我就说你们没我不行吧！”都达列吹了一声口哨，远处一阵烟雾，传来轰隆隆的声音……云莹眯着眼睛，看到众多灵兽都在雷隆府邸狂奔，所到之处被灵兽夷为平地。这些灵兽力大无比，把雷隆精心设置的仪器尽数毁坏。雷隆眼看着灵兽群向自己狂奔而来，赶紧扔下头盔躲藏起来。

黑色旋涡终于停息下来。都达列还不忘理理头发，他右手放在胸前，向云莹行了个绅士礼：“还好我来得及时！”他又伸手把卡索扶起来：“杜列的事，萨茹老师都告诉我了，卡索，对不起！听说你成立了一个曜能特战队，我来晚了吗？”

卡索拉着都达列的手站起来，“来得正好，我们正需要帮手！”

卡伦听到府邸传来轰鸣声，他知道一定是父亲和哥哥来救自己了，卡伦用力敲打舱体，但舱门紧闭，根本打不开。突然，卡伦脚下竟然生长出碧绿的青草来，他闭上眼睛，青草钩住并打开了舱体外的锁。

“哥哥，你在哪里？”卡伦尝试千里传音，寻找卡索。

卡索和都达列几人正要去搜寻雷隆的踪迹，突然听到卡伦在说话。

“是卡伦！”卡索惊喜地告诉队友们，大家都围过来听卡伦的信息。

卡伦说：“哥哥，我周围突然长出很多青草，而且越来越多！”卡伦看到屋子里的翠绿青草从天花板开始生长出，蔓延到了四面墙……

卡索看看云莹，云莹摇头：“我什么都没做！”

卡索突然回忆起在图书馆里看到的，有一种曜能可以吸收其他人的能量为自己所用，那是“复制”的能量，“复制”曜能的条件是“复制”身边人的禀赋。

“卡伦，你试试看，看你掌心里是否可以生出光团来！”

卡伦的眼睛变成了红色，监狱的灯都跟着变得异常明亮，发出“滋滋”的声音。

卡索兴奋道：“卡伦，我知道你的禀赋是什么了！”

“是什么？”云莹好奇地问。

“好戏要开幕了！”卡索胸有成竹地笑笑，和卡伦继续千里传音。

雷隆回到实验舱里，启动按钮:“快把他们给我赶走！天，竟然把我的实验室……哦！天啊！”雷隆对着对讲机大喊，可现场一片混乱。雷隆的手下从未见过这些巨型灵兽，都吓得嗷嗷乱叫。

“准备提取卡伦的曜原石，拉菲，现在启动所有玩家的连接体。”雷隆向拉菲命令道。

“是，雷隆王！”拉菲关掉对讲机，在后台启动了所有开关。

“不好！卡伦不见了！”拉菲看到体验舱里是空的！

雷隆急匆匆地来到关押卡伦的地方，拉菲正在屋里四处寻找，背对着自己。

“拉菲！卡伦在哪里？”雷隆问。

“我找到他了，他就在舱体里。”拉菲庆幸地说。

“我就说，他不可能逃得出去……”正当雷隆伸头去看舱体时，一只灵兽扑向了雷隆，将雷隆推入了舱体。

“不！”

舱体外的拉菲立即变形为卡伦，冲着雷隆摆手。卡伦按动了开关，雷隆瞬间像被电击了一样失去意识。几分钟时间，雷隆曜能被抽干，最终形成权柄上一颗黑色的曜能石。

卡索在监控器里看着这一幕得意地笑了:“干得好！卡伦！”卡伦在哥哥的指引下，变成了拉菲的样子，并且在灵兽的配合下消灭了雷隆。

“不好，哥哥，有索伦使者！”卡伦骑上灵兽冲开索伦使者的包围，和卡索几人会合到了一起。

但雪莉突然地出现，让卡索猝不及防。

“这两个小娃娃都在这里，太好了！”雪莉挥舞着手中耀辉大地的曜能钻控制了所有玩家的连接体，这些玩家的连接体如智能 AI 一样都被雪莉所控制，拥向曜能特战队。

阿伽鲁没想到，连隧道里的阿义旺和玩家们也被截了回来。

“爸爸 !”阿伽鲁握紧了父亲的手。

“我出去了也是担心你，不如陪你一起。”阿义旺能再次见到儿子，心里很是高兴。

曜能特战队的成员也被雪莉的索伦使者紧紧围住，雪莉控制的玩家连接体也都从实验室走出来，包围了所有玩家。玩家们看到了和自己一模一样的连接体，都感到十分震惊。吴维在暗室里焦急地徘徊着，暗室屏蔽了信号，他 筹莫展，而在隔壁的杜列奄奄一息，生命垂危。

拉菲是耀辉大地的女王，她挥舞着手中的权柄，灵兽都臣服于她，变得温顺，停止了暴虐行为。

拉菲把雷隆从舱体里救出来，雷隆得知雪莉来到府邸的消息，赶紧对拉菲说：“拉菲，我们趁乱快走！”说着，二人消失在黑色的光芒中。

“卡索，卡伦，跟着我回索伦星球做王子怎么样？你们不属于这个世界！”雪莉阴阳怪气地说道。

“我们是地球人！”卡索义正辞严，“你想蛊惑我们，我们是不会跟你走的！”

雪莉用手中的光杖控制住两兄弟，卡索和卡伦突然全身僵硬，无法移动，就连云莹和都达列也无法靠近。雪莉笑了：“如果你们不愿意，那我只好用自己的方式带你们回去了！”雪莉的光杖放射出刺眼的光芒，卡索感到被一阵电流击中了身体，浑身使不上力气，再这样下去，曜原石的能量会全被雪莉吸走！

此时，卡索突然回想起古馨爷爷教自己登山时说的，人最高的山在自己心里。

“孩子，我已经把生命之光放在你和卡伦身体里面，行在光中，黑暗便不攻自退了。”卡索又回想起母亲的话语。

第一次见到父亲，第一次和萨茹老师交心，第一次在幽浮古堡学会飞翔，还有云莹在四大宫殿保护自己，罗宾和云莹连夜去面壁区救自己出来，都达列真诚地伸出手加入曜能特战队……一幕幕都依次出现在卡索眼前。

你不能就此放弃，卡索，游戏的每一关都有通关秘笈，现实也一样，一定有转机，一定要振作！

卡索和卡伦心灵相通，两人紧握彼此的手。

“弟弟，我们不再需要什么拳法了，因为母亲说，你我便是宇宙之子！”

卡索手里生出了一团光，卡伦睁大眼看着这光团的同时，自己的掌心也开始发烫。

“哥哥，我的手！”卡伦无法控制自己的身体，眼看着自己的掌心里也生出一团耀眼的光球！

缓缓地，这光越来越大，越来越亮。

“呀呼！”卡伦的身体腾空而起，忍不住兴奋地尖叫起来，

两兄弟会心一笑，卡伦复制了哥哥的曜能，日月同辉，两人手中的光芒极耀眼，无人敢直视这光。两兄弟将手里的光用力撒向天空，光团飘散无数，又瞬间如利剑撒下，这让雪莉无处闪躲，四周的索伦使者也纷纷倒地。

雪莉正要拿起手中的光杖冲向两兄弟，却听到一声大喊。

“哇哦！战神来也！”

罗宾骑上了一头紫色的巨型犀牛，拎着大刀冲着雪莉狂奔而来。卡索、卡伦和罗宾联合共同对抗雪莉，雪莉挥舞光杖向罗宾发射光镖，光镖速度极快，罗宾从犀牛身上飞跃进墙壁中，紧接着，墙壁上留下一串银色的飞镖。

云莹为掩护罗宾，用藤蔓紧紧锁住了雪莉的光杖，藤蔓还在不断生出密密的枝叶。

“你是索伦星人？”雪莉恶狠狠地瞪着云莹，云莹紫色的瞳孔泄露了她索伦星球人的身份。

“我是索伦星球的女王，见到女王，还不跪下！”雪莉大怒。

“索伦星球的继承人不是你，是苏菲亚女王！”云莹鼓起勇气对雪莉说。

“什么？你竟敢造反！”听到苏菲亚这个名字，雪莉便气得浑身发抖。

“是你害了苏菲亚，发动了战争，真正的叛徒是你！你篡夺权位，背叛了索伦星球！”

“来人，把她给我抓过来！”云莹提到了雪莉最讨厌提及的人和事，雪莉的黑色曜能石像子弹一样射入云莹的身体，云莹当即倒地。

“你的曜性是木，遇到火，你就是一堆灰！哈哈！哈哈……”雪莉将光杖变作火焰烧向云莹。云莹被一团火圈围住，释放出的枝叶只能惹火上身。

卡索看到云莹被火困住，冲进火圈里，将手中的光团变作盾牌，抵挡雪莉释放的火焰。

“卡索？任何一种曜能都有其局限性，可谓一物降一物！我是索伦星球的主人，曜能本应归我掌管！你如果再不臣服于我，我就把你和你弟弟炼成曜原石，镶嵌在我的权杖上！”雪莉大笑说。

“你说得没错，每个人的曜能属性都不同，都有可以克制的曜能，但你不明白，宇宙的本源并没有任何属性，而它存在于所有的曜能之中。你是无法控制我的！”卡索坚定地说。

“你这是从哪里听来的？难道苏菲亚临终前留下了什么遗言？”卡索的回答出乎雪莉的意料。

“我爷爷告诉我的。”卡索笑着说。

“你爷爷？”雪莉十分困惑。

卡索回想起在蓝顿大地时，爷爷曾经让他观测星象，观看悬挂在高空的明亮的猎户星座。爷爷曾说：“世间万物瞬息万变，相生相克，无穷无尽，你要找到那个万古不变的，你要遵循它，成为它的一部分，与之合一。”

卡索立于天地之间，想起苏菲亚带着自己在瞬息间体验到永恒，在方寸中见到了寰宇的广大，他终于领悟到造物主的伟大，产生了深深的敬畏心。卡索闭上眼，与这创造天地的力量连接在一起，顿时，他感到身体里的曜原石被激活，全身发热，一种无所不能的力量贯穿他的全体。

雪莉的光杖释放出无数的雪花，卡索闭上眼睛，两人置身于冰雪皑皑的世界。“既然没有属性，便没有雪花，也没有寒冬。”卡索说着，身体释放光芒，光越来越亮，雪逐渐融化，雪莉发射的冰花也化成了雪水。

“原来你的光杖曜能属性是水。”卡索笑了。

雪莉被卡索识破，光杖再无法发光。雪莉没想到自己会输给一个十四岁的少年，她失望地看着自己的光杖，浑身都是雪水，显得十分狼狈。

雷隆和拉菲在最后离开之际，按下了自爆键，整个府邸轰然倒塌，人们都四处逃命。

“快离开这里！这里危险！”都达列在毛毛的引导下，

找到了吴维，救他出来。然后一起带领大家把关押在雷隆府邸的人解救出去。

阿伽鲁扶着杜列冲出了门，阿义旺带着玩家逃离现场……炸弹不断引爆，整个大楼摇摇欲坠……

“好你个雷隆！”雪莉意识到自己被雷隆骗了，立即带着索伦使者从崩塌的府邸中逃走，消失在不断掉落的瓦片中。

罗宾和卡伦很快和吴维会合，而此刻云莹因受伤无法行动，卡索为保护云莹，跟着云莹一起落入不断崩塌的大厦中。

卡索用光团护住云莹，但他的曜能损耗很大，只能保住一个人。他用自己最后的力量守护了云莹，而自己则被压在不断崩塌的废墟之中。

“卡索！卡索！”逃出府邸后，大家都在被夷为平地的府邸上呼唤。苏醒后的云莹，不顾一切地冲回废墟寻找卡索。

“我们必须要走了，云莹！”都达列好不容易找到了云莹，便硬拉着云莹往外面跑。

“不行，卡索把仅剩下的曜能变成光圈护住了我，他被埋在废墟里。卡索，快回答我！”云莹急得哭了起来，“卡索，你快回答我呀！”

闪影鼠急得见到石头就咬……

吴维在一旁沉默了，卡索像他妈妈一样。云莹满脸泪水，双手疯狂地挖着乱石，趴在土堆上撕心裂肺地呼唤着卡索。

都达列在旁边劝说云莹：“卡索已经被埋在里面这么久了，很难有生还的机会。”

“哥哥，你在哪里？”卡伦心里念着哥哥，却没有一点回音。

“哥哥，快回来，你快回来啊！”卡伦跪在乱石中祈祷，毛毛也跟着跪下来，跟着小王子一同祈祷。

卡索被压在大石下面，停止了呼吸。瞬间，卡索的记忆回到了自己七岁那年。那一天，战争爆发，幼小的他站在炮火连天的村庄里，母亲一把抱住他，把他藏在卧室的柜子里，整个屋子都被炸弹炸毁了，已经面目全非。卡索满头满脸都是尘土，只见眼前一道耀眼的光，母亲把手杖上的曜原石分成两块，一块放在卡索身体里，一块放在卡伦身体里，卡索感到身体释放出巨大的光芒，无限温暖……

卡伦的身体突然开始发出金色的光：“哥哥，没有死，他在那里！”卡伦看到了废墟里折射出的一道道光芒！

“卡索！那是卡索！”云莹满脸是泪，泪水滴在开出了七色花和不断向下生长的藤蔓上，藤蔓的力量极大，向着有光源的地方迅速生长。

“卡索，卡索！我来了！”云莹闭上眼，用尽全力，四面八方的植物都伸向卡索所在的地点，乱石开始移动，发出巨大的声响。

“吱吱！”闪影鼠立即钻进孔穴，咬开一条路，卡伦和毛毛冲了进去，把卡索扶了起来。

“小心，下坠的柱子！”罗宾大喊道。

小雪鸟在啼鸣，它用力飞着，罗宾拿来绳索，系上了卡索几人，就这样带他们躲避下坠的柱子飞出去……

“卡索，卡索，醒醒……”飞船里，云莹抱住卡索，卡索的眼皮在抖动。

三个月后，吴维在地球上种下了第一株曜能植物，卡索作为幽浮古堡的优秀学员代表驻扎在蓝顿大地，曜能特战队也正式入驻蓝顿大地，卡伦、阿伽鲁和毛毛也加入了曜能特战队，共同参与蓝顿大地的重建。

在幽浮古堡的关底，卡索准备迎战杜列！

而太空中的雷隆，带着足够的曜能石，再次恢复了体力。拉菲手里的雪鸟羽毛正是可以开启幽浮古堡禁区的钥匙。笼子里，小雪鸟刚刚破壳……